Rückkehr nach Blackwattle Lake

Die Autorin

Die Liebe zur Sprache und zum Schreiben begleitet Pamela Cook seit ihrer Kindheit. Nachdem sie einige Jahre als Englischlehrerin gearbeitet hatte, machte sie einen Master-Abschluss im Fach Kreatives Schreiben an der University of New South Wales und widmet sich seitdem hauptberuflich dem Schreiben. In Workshops und Online-Kursen unterstützt sie außerdem angehende Schriftsteller.

Pamela Cook ist eine begeisterte Reiterin und lebt mit ihrer Familie in Sydney und an der Küste in New South Wales. Mehr über die Autorin erfahren Sie unter www.pamelacook.com.au.

Pamela Cook

Rückkehr nach Blackwattle Lake

Roman

Aus dem Australischen
von Sabine Schilasky

Weltbild

Die australische Originalausgabe erschien 2012 unter dem Titel *Blackwattle Lake*
bei Hachette Australia Pty Ltd, Sydney, NSW, Australia.

Besuchen Sie uns im Internet
www.weltbild.de

Dieses Werk wurde vermittelt durch die Literarische Agentur
Thomas Schlück GmbH, 30827 Garbsen.
Übersetzung: Sabine Schilasky
Projektleitung: usb bücherbüro, Friedberg/Bay
Redaktion: Redaktionsbüro Küchenzeile, Berlin
Umschlaggestaltung: *zeichenpool, München
Umschlagmotiv: Shutterstock.com (© kwest / © Trevor Reeves /
© Eddie J. Rodriquez /© mariait)
Satz: Catherine Avak, Iphofen
Druck und Bindung: CPI Moravia Books s.r.o., Pohorelice
Printed in the EU
ISBN 978-3-95569-006-9

2020 2019 2018 2017
Die letzte Jahreszahl gibt die aktuelle Ausgabe an.

Für Amelia, Georgia und Freya

»Folge deinen Träumen voller Zuversicht,
und führe das Leben, das du dir vorstellst.«

Henry David Thoreau

1

Außer dass der Sessel neben der Tür mit dem ausgeblichenen Blumenmuster leer war, sah das Haus genau wie immer aus; lächelnd stand es am Ende der Auffahrt, die Veranda voller Kartons und Taschen. Von ihrer Warte hinterm Lenkrad aus konnte sie es nicht genau sehen, aber sie wusste, dass entlang der Wand Stiefel aufgereiht waren, Hüte und Driza-Bone-Ölhautmäntel an Haken hingen und Satteldecken und Zaumzeug überall verteilt waren.

Wie hieß es noch – je mehr sich die Dinge verändern, desto ähnlicher bleiben sie? Na ja, fast gleich, aber nicht ganz. Unkraut wucherte in dem letzten Flecken Garten, Farbe blätterte vom weißen Lattenzaun ab, und eine zerdrückte Coladose verschmutzte den einst makellosen Weg zum Haus. Doch abgesehen davon hätte sie ebenso gut in einer Zeitschleife stecken können. Die Pferde waren noch hier. Sie war nicht sicher gewesen, ob sie es nach so vielen Jahren noch wären. Doch sie verstreuten sich über die Paddocks, hatten ihre Köpfe gesenkt und knabberten an Grasbüscheln, um sich die Zeit zu vertreiben. Es mussten über ein Dutzend sein, überschlug sie.

Ja, alles schien noch ziemlich genauso zu sein wie vor ihrem Weggang. Bis auf eines: die Stille. Keine Menschen, keine Autos, kein Lärm. Einzig das Geräusch des Windes, der in den Eukalyptusblättern spielte, und das Zirpen der Zikaden, das sich irgendwo über Eves Kopf zu einem Crescendo steigerte.

Eve holte tief Luft und stieg aus ihrem Van. Innerlich zitterte sie. Vielleicht würde es nicht so einfach wie gedacht, wieder hier zu sein. Sie beugte sich vor, um das Tor zu öffnen. Verdammt. Es war abgeschlossen – mit einem Vorhängeschloss, zu dem Eve keinen Schlüssel hatte. Oder doch? Sie ging wieder zu ihrem Wagen und wühlte in ihrer Tasche, bis sie den Schlüsselbund gefunden hatte. Sie probierte einen Schlüssel nach dem anderen in dem schweren Metallschloss aus, drehte sie hin und her, aber ohne Erfolg.

»Mist. Was machen wir jetzt, Banjo?«

Der rostbraune Kelpie stellte die Ohren auf und leckte ihr die Hand.

»Hmm, das ist keine Hilfe. Trotzdem danke, Süßer.«

Sie lehnte sich ans Tor und kraulte den Hundekopf. Banjo setzte sich, halb an ihr Bein geschmiegt, und Wasser tropfte ihm von der heraushängenden Zunge. Eine Elster ließ sich im nahen Gras nieder und betrachtete die beiden skeptisch, während sie umherstolzierte und in den Rasen pickte. Banjo beobachtete den Vogel aufmerksam und winselte leise.

»Bleib.«

Eve fühlte, wie ihr die Sonne auf den Nacken brannte. Ein letztes Mal rüttelte sie an der Pforte, hoffte beinahe, es würde helfen. Als sich nichts tat, trat sie dagegen und weigerte sich, das Gesicht zu verziehen, als ihr Stiefel zu hart gegen das Metall schlug. Die Elster flatterte weg, und Banjo ließ die Ohren hängen.

»Ach, was soll's? Rumstehen ist auch keine Lösung. Lassen wir den Van hier und gehen rein.«

Die Seitentür des Vans glitt mit einem Rumms auf. Eve hievte eine Reisetasche von der Rückbank, bevor sie sich mit ihrem ganzen Gewicht gegen die Tür stemmte, um sie wieder zu schließen. Irgendwann muss ich das blöde Ding reparieren lassen, dachte sie. Sie schob die Taschen durch den Spalt zwischen den Zaunlatten und kletterte hinterher. Der Hund kroch unter dem Zaun durch und flitzte die Einfahrt hinauf, seine Nase dicht über dem Boden, um all die frischen Gerüche mitzubekommen. Eve schwang sich die Tasche über die Schulter und folgte ihm. Es war ein komisches Gefühl, auf das Haus zuzugehen, aus dem sie mit siebzehn geflohen war. Alles war so verrückt gewesen. Sie war davongestürmt, ohne sich noch einmal umzudrehen, und es kam ihr vor, als würde ihr gesamtes Leben in einen Strudel gezogen, sodass nur noch die Hülle zur Pforte hinausspazierte.

Und das war das Ende des einzigen Lebens und des einzigen Zuhauses gewesen, das Eve gekannt hatte.

Jetzt war sie wieder hier, wenn auch nicht für lange. Diesmal würde sie nicht mit leeren Händen fortgehen. Vielmehr hätte sie ein wenig Geld, um sich niederzulassen, vielleicht sogar genug, um sich ein eigenes Haus zu kaufen.

Banjos Bellen schreckte sie aus ihren Gedanken. »Was ist los?« Er war stehengeblieben, drehte sich bellend vor ihr und wedelte wild mit dem Schwanz. Eine Gans watschelte auf sie zu, schwankend wie ein muskelbepackter Sicherheitsmann, und ließ sich kein bisschen vom Gekläff des Hundes stören. Unbeeindruckt kam sie näher, reckte ihnen warnend den orangefarbenen Schnabel entgegen und stieß ein lautes Fauchen aus. Banjo duckte sich und schlich hinter Eve. Die Gans drehte sich um und zog sich zum großen Teich zurück, denn ihr Job war erledigt.

»Du bist mal ein Held!« Eve lachte, als der Hund sich vorsichtig wieder hinter ihr hervortraute. Sie pfiff, und er sprang im Kreis herum, eindeutig froh, dass die Gefahr überstanden war. Vor allem genoss er diesen Ort und die Freiheit nach der langen Fahrt. Eve merkte, wie sich ihre verspannten Schultern langsam entkrampften. Wie lange war sie unterwegs gewesen? Vier, nein, fünf Stunden mit einer einzigen kurzen Kaffeepause. Und während der Fahrt hatte sie entschieden zu viele Zigaretten geraucht und viel zu viel Country-Radio gehört.

Jetzt war später Nachmittag. Die Sonne versank hinter den Hügeln, und sanftes Zwielicht fiel auf das Land. Der Himmel war in Rosa, Orange und Violett marmoriert. Eine Entenfamilie flatterte herunter und landete auf der Teichseite. Eine nach der anderen plumpsten sie ins Wasser. Die Küken bildeten eine Reihe hinter den Eltern und hinterließen Kreismuster auf der Wasseroberfläche. Lebten Enten eigentlich monogam, fragte Eve sich, während sie ihnen zusah, wie sie durch das Schilf schwammen und das Ufer der kleinen Felseninsel in der Teichmitte hinaufkletterten. Tauben taten es, Pinguine auch, überhaupt eine Menge Tiere. Bloß Menschen schienen damit ein Problem zu haben.

Manche Menschen jedenfalls.

Sie schob den Gedanken so weit von sich, wie sie konnte, und ging weiter, Schritt für Schritt auf das Haus zu. Die Pferche hinter der großen Koppel waren verlassen. Das letzte Mal, als Eve sie gesehen hatte, waren sie voller gesattelter Pferde gewesen, die geduldig auf ihren Ausritt warteten. Da waren der Fuchs gewesen, der hässliche kleine Braune, den alle Kinder liebten, und Bella, das alte Zugpferd. Eve sollte die Gruppe an jenem Tag zum Ausritt begleiten, doch sie war schon weg, ehe die ersten Reiter ankamen.

Okay, das reicht.

Sie ging um die Ecke, stieg die Stufen hinauf und warf ihre Tasche auf die Veranda, ehe sie sich danebensetzte. So ungern sie es auch zugab, weckte die Rückkehr hierher mehr Erinnerungen, als ihr lieb war. Dieser Gefühlswirrwarr in ihr wunderte sie. Alles war lange her, und sie hatte es zusammen mit ihren alten Fotos und ihrem alten Liebeskummer sicher unter Schloss und Riegel gehalten. Sie hatte es hinter sich gelassen, sich ein neues Leben aufgebaut und war nicht mehr der wilde, verwirrte Teenager von einst. Es hatte eine Weile gedauert, doch sie hatte den ganzen Mist verarbeitet, der hier geschehen war, und sie erlaubte nicht, dass die Gespenster der Vergangenheit zurückkehrten und sie verfolgten.

Auch wenn das jüngst verstorbene Gespenst der Grund für ihre Rückkehr war.

Sie zog eine Zigarette aus der Schachtel in ihrer Tasche und suchte in ihren Jackentaschen nach dem Feuerzeug, ehe ihr einfiel, dass sie es im Wagen gelassen hatte. Seufzend kramte sie stattdessen die Hausschlüssel hervor. Es war sinnlos, das Unvermeidliche aufzuschieben. Sie sollte einfach die Türe öffnen und hineingehen.

In der Ferne hörte sie ein Auto kommen und anhalten. Banjo hatte es ebenfalls gehört. Beide blieben stehen und sahen zum Ende der Auffahrt, wo eine Gestalt das Vorhängeschloss öffnete und das Tor aufschob. Der Mann stieg zurück in seinen Geländewagen, der neben Eves Van parkte, und fuhr auf sie zu.

Wer ist das denn?

Banjo kläffte kurz.

»Schhh. Platz.« Der Hund legte sich winselnd hin, das Kinn zwischen den Vorderpfoten, während Eve mit der unangezündeten Zigarette und den Schlüsseln in der Hand von der Veranda ging. Der Wagen hielt vor dem Schuppen, und ein großer, breitschultriger Mann stieg aus.

»Hallo, Angie.«

Die Stimme erkannte sie sofort, nur das Gesicht war ihr fremd. »Harry?« Aus der Nähe erschrak Eve, wie grau er geworden war. In seinem wettergegerbten Gesicht hatten sich die Falten vervielfacht. Noch größer jedoch war der Schock, mit diesem Namen angesprochen zu werden. »Seit Jahren hat mich keiner mehr Angie genannt.«

»So heißt du doch, oder nicht?«

»Nicht mehr. Ich heiße jetzt Eve.« Ihr voller Name war Evangeline, wie Harry sehr wohl wusste. Sie hatte nie erfahren, was ihre Mutter dazu brachte, ihr solch einen langen, viktorianischen Namen zu geben. Andererseits hatte sie eine Menge an ihrer Mutter nicht verstanden. Und der Name eröffnete ihr immerhin eine Wahlmöglichkeit. Die ersten siebzehn Jahre war sie Angie gewesen. Später, als sie so viel Abstand wie möglich von ihrem heranwachsenden Ich wollte, hatte sie sich für Eve entschieden. Jetzt wieder Angie zu sein, war wie ein Schlag ins Gesicht. Sie ersparte sich den Hinweis, dass sie auch keine Flanagan mehr war.

»Na, ich war mal Onkel Harry für dich, aber wo du jetzt so erwachsen bist, hat sich manches geändert, schätze ich.« In seiner Stimme schwang eine zynische Note mit, und Eve wappnete sich für mehr. »Ist das dein Van da draußen?«

»Ja, ich konnte das Tor nicht öffnen. Der Anwalt hat mir ein ganzes Bund Schlüssel gegeben, nur passt von denen keiner.«

»Weil der hier ist.« Er nahm einen Schlüssel von seiner Kette und hielt ihn in die Höhe. Sollte es ein Köder sein? Wollte er, dass sie nach dem Schlüssel griff, damit er ihn in letzter Sekunde wegziehen konnte? Falls ja, biss sie nicht an. Banjo kam und schnupperte an Harrys Beinen. »Deiner?«, fragte Harry.

»Ja, wir gehen überall zusammen hin, nicht wahr, Banj?« Kaum wurde sein Name gesagt, trottete der Hund zurück zu ihr und setzte sich hin. Stille trat ein, während Eve seelenruhig stehenblieb und wartete, dass Harry ihr den Schlüssel gab.

»Ich habe die Pferde gefüttert und mich ein bisschen gekümmert, seit …« Er blickte zum Haus, dann auf den Boden und scharrte mit dem Fuß im Kies. »Seit deine Mutter gestorben ist. Viel Zeit hatte ich nicht, aber ich habe getan, was ich konnte.«

»Danke, das war sehr nett.«

»Ich hab's nicht für dich gemacht.« Seine Stimme war leise, aber schneidend wie eine Rasierklinge.

»Nein.« Eve wusste, worauf das hier hinauslief, und das brauchte sie wahrlich nicht. Sie wollte nur eine Zigarette, einen Drink und eine Nacht richtig durchschlafen.

Harry sah zum Hügel, wo die Pferde am Zaun auf ihr Abendessen warteten, und kam einen Schritt näher, ehe er fragte: »Was hast du jetzt vor?«

»Mit der Farm? Alles etwas aufpolieren, einen Makler herholen und verkaufen.«

»Ich dachte, du kommst vielleicht zurück und führst hier die Farm weiter. Das hätte deine Mutter sich gewünscht.«

Eve spürte, wie ihre Knie zitterten, während sie sich anstrengte, ihre Wut zu bändigen. Was fiel ihm ein, ihr zu erzählen, was *ihre* Mutter sich gewünscht hätte? Es ging ihn nichts an, was sie mit dem Land und dem Haus machte. Obwohl sie sich seit zwanzig Jahren nicht gesehen hatten, hatte Nell ihr alles hinterlassen. Jetzt gehörte es ihr, und sie konnte damit tun und lassen, was sie wollte. Ohne irgendjemandem eine Erklärung zu schulden. Sie atmete tief ein, bevor sie etwas sagte, damit ihre Stimme ruhig und gefasst klang.

»Tja, du weißt genauso gut wie ich, dass wir seit Jahren nicht miteinander geredet haben. Und ich bin nicht bereit, mich zu opfern, um das Andenken an eine Tote am Leben zu halten.« Sie beobachtete, wie sich Harrys Züge verhärteten. »Außerdem bin ich nicht mal in der Nähe eines Pferdes gewesen, seit ich siebzehn war.«

»Ich habe keinen Schimmer, was sie sich dabei dachte, dir das hier zu vererben.« Er spuckte die Worte förmlich aus und gab sich keinerlei Mühe mehr, einen Anflug von Höflichkeit zu wahren.

»Ich auch nicht, aber das hat sie nun mal, also was soll's?« *Jetzt verzieh dich und lass mich in Ruhe, dämlicher alter Wichtigtuer!*

»Willst du nicht mal fragen, wie sie gestorben ist? Wie es ihr die ganzen Jahre ging, in denen du es nicht für nötig gehalten hast, sie zu besuchen?«

»Nein, aber sicher erzählst du es mir trotzdem.« Sie verschränkte die Arme vor der Brust und machte sich auf einen Vortrag gefasst.

Harry starrte sie an und sie ihn. Er war inzwischen ein alter Mann, nicht mehr der fitte, sonnengebräunte »Onkel«, der sie auf den Schultern durch die Paddocks getragen und über die Zäune gehoben hatte, damit sie hinauf zu seinem Haus laufen konnte; der seiner Frau, Tante Margo, zurief, dass die »Prinzessin« zu Scones und Saft hier war. Eve beobachtete ihn. Hatte er Tränen in den Augen, oder lag es am seltsamen Licht?

Mist, tu mir das nicht an. Lass mich einfach machen, wozu ich hergekommen bin, und rühr nicht an altem Kram.

»Du bist nicht das Mädchen, zu dem du erzogen wurdest, Angie. Aber das wussten wir ja schon lange, nicht? Ich bin rübergekommen, weil ich sehen wollte, ob wir das Kriegsbeil begraben und ich dir helfen kann. Aber wenn du lieber willst, dass ich dich in Ruhe lasse, dann eben nicht.«

»Danke für das Angebot, Harry.« Sie sprach ihn bewusst nicht mit »Onkel« an, genau wie er sie bewusst bei ihrem alten Kosenamen nannte.

»Wie du willst.« Er drehte sich um und ging zur Fahrertür seines Wagens.

»Harry.«

Er stoppte, drehte sich jedoch nicht um.

»Darf ich den Schlüssel haben?«

Für einen Moment waren beide wie erstarrt, ähnlich Pappfiguren auf einer Bühne. Eves Augen fixierten die dichten silbernen Locken auf seinem Hinterkopf. Dann beugte Harry sein linkes Knie und hob die Ferse, als wollte er einen Schritt machen. In der rechten Hand hielt er den Schlüssel. Er vollführte eine halbe Drehung und schleuderte den Schlüssel über die Motorhaube, sodass er auf der Erde unten vor der Verandatreppe landete. Banjo sprang auf und beschnüffelte den Schlüssel, bevor er kehrtmachte und sich stöhnend wieder hinlegte.

Die Dämmerung war inzwischen kurz vorm Übergang in eine fast schwarze Nacht. Eve bückte sich, hob den Schlüssel auf und sah Harrys Wagen in einer Staubwolke die Auffahrt hinunterrauschen. Er wendete neben dem Van und fuhr weg, ohne das Tor zu schließen. Mit der Dunkelheit senkte sich Stille über das Grundstück. Eve klimperte mit den Schlüsseln in ihrer Hand, starrte in die Nacht und fröstelte.

»Wir brauchen keine Hilfe, was, Banj? Wir kommen prima alleine klar.«

Ganz prima.

2

Eve wachte vom Krähen eines Hahns und mit einem Kopf auf, der sich auf keinen Fall vom Kissen wegbewegen wollte. Obwohl das Haus von außen wie früher aussah, war ihr altes Zimmer nicht wiederzuerkennen: Die Popstarposter waren verschwunden, und die Wände in einem faden Beige gestrichen, nicht mehr in dem Neonblau, das Eve auf die Tapeten klatschte, sowie Nell ihr freie Hand ließ. Eve quälte sich zum Sitzen hoch und linste durch die Spitzengardinen. Einige braune Hennen liefen pickend durchs Gras. Eine Kakadu-Gang hockte auf den oberen Ästen eines toten Baumes, kreischte im Chor vor Schreck und stob in den Morgenhimmel auf. In Sydney wurde Eve normalerweise vom Ächzen und Quietschen der Müllwagen und vom Türenknallen der Nachbarn geweckt. Keines von beidem war so nervig wie das ohrenbetäubende Kreischen dieser beknackten Kakadus.

Dreht mal leiser, Jungs. Es ist nicht mal richtig hell.

Sie angelte unter dem Kissen nach ihrem Handy. 6:07 Uhr, sechs Nachrichten. *Aaaahh!*

Als sie sich gegen die Wand lehnte, kippte die leere Bourbonflasche vom Nachttisch auf den Boden und zerbarst auf den Holzdielen.

»Scheiße!«

Banjo, der am Fußende lag, hob den Kopf und wedelte mit dem Schwanz.

»Schlafen wir noch ein bisschen, was, Süßer?«

Sie hatte einen Geschmack wie Sägemehl im Mund. Ihr Stöhnen deutete Banjo irrtümlich als Einladung, kroch neben ihr auf dem Bett weiter nach oben und leckte ihre Hand.

»Oh nein, jetzt nicht, Banjo, bitte. Wie wär's, wenn du mir

ein schönes großes Glas kalten Orangensaft aus der Küche holst?«

Er hockte sich auf die Bettdecke und grinste sie idiotisch an.

»Na gut, du musst mal raus, nehme ich an.« Er sprang vom Bett, schaffte es irgendwie, den Scherben auszuweichen, und rannte zur Zimmertür, an deren Holz er einmal kratzte, bevor er zu Eve sah.

»Ja, ja, ich komme ja schon. Das hier kann ich später sauber machen.«

In dem T-Shirt und dem BH von gestern balancierte Eve durch den Schlamassel und zog ihre Jeans über. Sie erinnerte sich nicht, die Halbliterflasche Bourbon ausgetrunken zu haben, die sie gestern aus dem Van mit hereingebracht hatte und die nun zerschmettert auf dem Boden lag. Vor zehn Jahren, sogar noch vor fünf, hätte sie doppelt so viel vertragen, ohne einen Anflug von Kopfschmerzen zu kriegen. Das waren noch Zeiten!

An der Hintertür drängte Banjo sich an ihr vorbei und rannte die Stufen hinunter zum nächsten Baum.

Es war entsetzlich hell draußen, sodass Eve blinzeln musste. Jeden Moment würde ihr die Sonne ein Loch in den Schädel brennen und ihr Gehirn grillen. Sie wünschte, ihre Sonnenbrille würde wie von Zauberhand erscheinen und sich auf ihre Nase setzen. Wo sie die gelassen hatte, wusste sie beim besten Willen nicht mehr.

Sie schlurfte wieder nach drinnen und nahm eine Zigarette aus der Schachtel auf dem Tisch. Es tat schon gut, sie nur in den Fingern zu halten. Als sie die Zigarette ansteckte und inhalierte, wurde die Spitze hell, und das Nikotin linderte ihr Kopfweh. Eve schloss die Augen und entspannte sich.

»Halleluja.«

Kaffee als Nächstes. Sie blickte sich in der Küche um. »Unglaublich.«

Alles sah genauso aus wie früher: der Tisch mit der gelben Resopalplatte und den knarrenden Stühlen, die nicht zusammenpassenden, angeschlagenen Teetassen, der ausgeblichene Linoleumboden. Als Kind war ihr all das völlig normal vorgekommen. Heute wirkte es schlicht ramschig. Nell hielt nichts davon, Geld oder Zeit an die Inneneinrichtung zu verschwenden.

Allerdings hatte sie ihr Koffein gebraucht, und tatsächlich stand eine Dose mit *International Roast* neben dem Kessel. Das war zwar kein doppelter Espresso, aber besser als gar nichts.

Danke, lieber Gott. Eve neigte den Kopf wie zum Gebet und befüllte den Kessel. Bald gurgelte kochendes Wasser in die Tasse und vermengte sich mit dem gehäuften Teelöffel Kaffee zu einer köstlichen dunklen Brühe. Eve atmete das Aroma ein, nahm noch einen Zug, blies den Rauch aus und nippte. Jetzt fühlte sie sich allmählich wieder menschlich.

Ich sollte den Mist dringend aufgeben, dachte sie, nahm ihre Sonnenbrille vom Küchentisch und setzte sie auf. *Vielleicht morgen.*

»Also, wo steckt der Hund?« Die Fliegentür knallte hinter ihr zu, als sie zur Hintertür hinausging, was ein Vibrieren in ihrem Leib wie von einem Stromschlag zur Folge hatte. Sie sackte auf die alte Holzbank, die noch an derselben Stelle wie immer stand – zwischen der Treppe und der Jauchegrube –, und ließ den Tag auf sich wirken.

Feiner Dunst waberte über dem Gras und erhob sich einem Schleier gleich, während Eve zuschaute. Darunter sah alles frisch und klar aus. Der Geruch von Heu und Pferdemist hing in der Luft wie Dampf von irgendeiner Bio-Kräutertinktur. Lange hatte sie das nicht mehr gerochen, diese einzigartige Mischung von Tier und Erde, die Erinnerung daran, dass alles lebte und wuchs. Fast konnte man hören, wie es unter der Erde brodelte vor Leben. Im Paddock am Hofende kam ein einsames Pferd, ein Palomino, zum Gatter getrottet und wieherte. Eve merkte, dass sie lächelte, und ging vorbei am alten Hühnerauslauf, um es zu begrüßen.

»Hey, Hübscher, was machst du denn hier ganz allein?

Möchtest du etwas zu fressen?« Das Pferd schwenkte seinen Kopf weg, als Eve ihre Hand ausstreckte, doch sie blieb beharrlich und streichelte ihm sanft die Wange. Nun lehnte es sich vor, bog den Hals nach unten und genoss die Aufmerksamkeit eindeutig. Drüben auf dem Hügel grasten andere Pferde. Viel Gras war dort nicht, und das wenige sah braun und löchrig aus. Die Sommersonne hatte einiges versengt. Eve klopfte dem Pferd den Hals. Es neigte sich nach unten und schnupperte an der Erde, um ihr zu signalisieren, dass es Hunger hatte. Da Harry gestern abrupt wieder weggefahren und Eve zu sehr mit ihren eigenen Gefühlen beschäftigt gewesen war, hatten die Tiere kein Abendessen bekommen. Reumütig kraulte sie das Palomino hinter den Ohren.

»Ich sollte dich und deine Kumpel erst mal füttern.«

Sie zählte die Pferde, die sie sehen konnte. Mindestens vierzehn, wahrscheinlich noch mehr auf der anderen Hügelseite.

Es war eventuell voreilig, Harry in die Wüste zu schicken.

Aber lieber so, als ihn dauernd hier zu haben, wo er die Nase in ihre Angelegenheiten steckte und ihr Schuldgefühle einreden wollte. Also sollte sie loslegen. Sie drückte die Zigarette an der Wellblechwand des Hühnerstalls aus und ging zurück zum Haus. Es tat gut, die Erde unter ihren nackten Füßen zu spüren.

Drinnen brauchten ihre Augen einige Sekunden, sich an das andere Licht zu gewöhnen, als sie zu ihrem Zimmer ging, um sich anzuziehen. Ihr Telefon summte. Noch eine SMS von Marcus: *Wo steckst du, verdammt?*

»Nirgends, wo du mich findest, Vollidiot.«

Sie schaltete das Handy ab und fragte sich, ob Selbstgespräche wirklich ein Zeichen für beginnenden Wahnsinn waren.

Der Futterschuppen war auf der Rückseite der Garage und Nebengebäude. Ein verrosteter alter Jeep stand vor dem Schuppen; beide Türen fehlten. Eve wollte kaum glauben, dass »Fred« immer noch im Einsatz war. Sein armeegrüner Lack war inzwischen in Gewehrgrau überstrichen worden. Der Schlüssel steckte im Zündschloss, und als Eve ihn umdrehte, sprang der

Motor sofort an. Sie stellte ihn wieder aus und ging in den Schuppen. An der Rückwand stapelten sich Heuballen und Säcke mit Luzerne. Eimer standen aufgereiht und warteten darauf, befüllt zu werden. Eve zerrte die Heuballen einen nach dem anderen herunter und lud sie auf den Anhänger des Jeeps. Bald standen ihr Schweißperlen auf der Stirn. Sie krempelte ihre T-Shirt-Ärmel hoch und wünschte, sie hätte Shorts anstelle der Jeans angezogen. Das Haar band sie sich im Nacken zu einem Knoten. Hinter einer Bar zu arbeiten, konnte bisweilen auch körperlich anspruchsvoll sein, aber es war nichts verglichen mit der heftigen Arbeit auf einer Farm. Als Mädchen war es ihr so leichtgefallen, doch die Zeit und die Großstadt hatten sie verweichlicht. Sie leckte sich den Mundwinkel, wischte mit dem Handrücken über ihr Gesicht und richtete sich auf, um ihr Werk zu begutachten. Der Anhänger war ungefähr so voll beladen, wie es ging. Eve sprang hinters Steuer, drehte den Zündschlüssel, und Fred erwachte hüstelnd zum Leben.

Das sollte klappen.

Banjo landete mit einem Satz neben ihr. »Na, dir gefällt es hier offensichtlich.«

Der Hund legte die Vorderpfoten aufs Armaturenbrett und sah sie mit einem Blick an, der zu fragen schien, worauf warten wir noch?

Eve lachte und fuhr den Weg hinauf am Haus vorbei.

Die Sonne war jetzt vollständig aufgegangen. Wolken, dünn wie Spinnweben, standen am Himmel, und Wasser schimmerte im großen Teich. Obwohl er nicht so voll war wie früher mal, speiste ihn die nahe Quelle noch ausreichend. Die Entenfamilie, die Eve gestern einfliegen sah, hockte bei einem Ruderboot am Ufer und putzte sich das Gefieder.

Was hatten wir für einen Spaß in dem Ding.

Bei dem Gedanken musste sie grinsen, auch wenn es ihr sofort einen kleinen Stich versetzte.

Denk nicht dran, ermahnte sie sich und sah in die andere Richtung.

Pferde kamen über die Paddocks galoppiert, als sie den Jeep kommen hörten. Ihre Mähnen flogen, und ihre Schweife peitschten durch die Luft. Es war eine dieser Visionen, die sie hatte, wenn sie nachts die Augen schloss – sogar als sie weit weg von all dem war. Dennoch ging nichts über das echte Bild.

Sie hielt vor dem Gatter, und das »Leittier« blieb wenige Schritte entfernt stehen. Es handelte sich um eine schwarzbraune Stockhorse-Kreuzung, ungefähr sechzehn Hand hoch und mit einer weißen Blesse auf der Stirn. Sowie sich eines der anderen Pferde zu weit vorwagte, legte der Hengst die Ohren an und warf bedrohlich seinen Kopf hin und her, um sie zu verscheuchen. Eve nahm einige Heukuchen und warf sie über das Gatter, um die Pferde auseinanderzutreiben, sodass möglichst jedes Futter bekam. Kaum waren sie beschäftigt, hob Eve zwei Eimer vom Hänger, öffnete das Gatter und begann, die Futtertröge zu füllen – alte Lkw-Reifen, in der Mitte durchgesägt und auf ein Brett genagelt, damit sie der Wind nicht umblies. Ein paar der Pferde folgten ihr wiehernd und schnaubend vor Freude aufs Frühstück. Sie sahen gesund aus, hatten glänzendes Fell und waren wohlgenährt. Sie mussten also genug zu fressen gehabt haben, trotz der Dürre und der verbrannten Weiden.

Eve hob den letzten Eimer vom Hänger und ging ans andere Ende des Paddocks, um den letzten Trog zu füllen. Dort wartete ein kleines Pferd. Es hatte sich nicht mit den anderen nach vorn gedrängelt, und als Eve näher kam, wurde ihr auch klar, warum. Massenhaft Fliegen umschwärmten das hintere rechte Bein, und das Knie war auf die doppelte Größe des linken angeschwollen. Als Eve den Trog füllte, humpelte das Pferd erbärmlich schwerfällig zu ihr.

»Oh, du armes Ding«, flüsterte Eve.

Es war eine Fuchsstute, etwa fünfzehn Hand hoch mit langer, dichter Mähne und sanften Augen. Eve rückte den Trog näher zu ihr, woraufhin sie den Kopf neigte und gierig zu fressen begann. Eve rieb den Hals des Pferdes und strich mit der

Hand über seinen Rücken und das verwundete Bein hinunter. Es fühlte sich heiß an, könnte also entzündet sein. Als Eve die Fliegen verscheuchte, sah sie einen tiefen Schnitt gleich über dem Knie, der ein oder zwei Tage alt sein musste. Die Hitze wies auf eine Infektion hin, aber wenigstens fraß das Tier noch. Wahrscheinlich wurde die Stute von einem der größeren Pferde getreten, weil sie zur falschen Zeit am falschen Ort war.

»Das müssen wir sauber machen, was, Mädchen?«

Die Stute schnaubte zustimmend ins Futter. Eve blickte sich nach Banjo um. Er war einem Ibis nachgejagt und lief nach wie vor am Zaun Patrouille, falls sich das Tier zurück traute. Eve pfiff, und prompt drehte er sich um und kam auf sie zugeflitzt. Hier war es himmlisch für ihn, genau die Umgebung, für die er durch seine Rasse bestimmt war. Als Eve ihn im Tierheim fand, konnte sie ihr Glück nicht fassen. Da war er noch jung gewesen, erst sechs Monate alt, doch die Leute, die ihn abgaben, waren mit seiner Energie und seinem Gebell überfordert gewesen. Eve erinnerte er an Scooter, den Hirtenhund-Kelpie-Mischling, den sie hatten, als sie noch ein Kind war. Zwar war sie mittlerweile ein Stadtmensch, doch manche Dinge schüttelte man schwer ab. Sie hatte sich auf den ersten Blick in ihn verliebt, und Banjo war ebenfalls hin und weg gewesen. Sie beide waren ein Team. Jetzt war er fünf Jahre alt und machte seine allerersten Erfahrungen mit dem Landleben.

Er saß neben Eve und guckte der Stute beim Frühstücken zu. Die Wunde musste gereinigt, desinfiziert und tunlichst verbunden werden, dachte Eve. Vielleicht musste sie sogar genäht werden, was bedeutete, dass sie einen Tierarzt auftreiben musste, der wiederum Geld kostete. Wenn sie später in die Stadt fuhr, um Vorräte zu besorgen, würde sie sich erkundigen. Was war heute noch mal für ein Tag? Mittwoch. Das war okay, denn es hieß, dass ab neun alle Läden geöffnet hatten. An einem Sonntag hätte sie sich keinerlei Hoffnung auf einen offenen Laden machen dürfen. Andererseits galt das vor Jahren – selbst in Yarrabee könnten sich die Dinge geändert haben.

Als sie zurück zum Haus fuhren, knurrte Eves Magen. Hatte sie gestern Abend irgendwas gegessen? Ach ja, ein paar Stückchen Toast mit Vegemite, die sie mit einigen Extraschlucken Bourbon herunterspülte. Eve rief sich im Geiste zur Räson. Das Essen musste warten, denn zuerst kam das Pferd. Im Geräteschuppen suchte sie nach einem sauberen Eimer und Lappen. In den Regalen standen Glasflaschen und -tiegel mit Salben und Lotionen, und obwohl bei den meisten schon die Etiketten weggerieben waren, fand Eve auf Anhieb, was sie suchte. Es war komisch, wie alles wiederkam. Das Zeug, nach dem sie wie selbstverständlich griff, hatten sie bei Schnitten und Schürfwunden benutzt, und es schien immer zu helfen. Binnen weniger Tage schlossen sich die Wunden und begannen zu heilen.

Eve hielt sich die Flasche ans Ohr und schüttelte sie, bevor sie den Deckel abschraubte.

Leer.

Mist!

Vorerst musste es schlichtes altes Wunddesinfektionsmittel tun. Wenigstens war davon noch was da. Eve füllte einen alten Eimer zur Hälfte mit Wasser und packte alles in den Jeep. Ihr weißes T-Shirt war voller Heu und Flecken. Na, hier gab es sowieso niemanden, den sie beeindrucken musste. Trotzdem nahm sie sich vor, künftig Schwarz zu tragen.

»Dir ist es egal, nicht, Banj?«

Sie ließ Fred wieder an und brauste hinüber zu den Paddocks, wo die Pferde nach wie vor beim Fressen waren. Manche hatten zu anderen Trögen gewechselt und festigten ihre Dominanz, indem sie die rangniederen Pferde vertrieben. Der Boss hatte sich zur verwundeten Stute begeben und fraß deren Frühstück, während sie scheu im Hintergrund blieb. Die kleineren Stuten kamen gewöhnlich ganz unten in der Hackordnung. Auch wenn ältere, größere Stuten oft für Ordnung auf der Weide sorgten, war es letztlich immer der Hengst – oder der Wallach, der sich noch für einen hielt –, der das Sagen hatte. Und Eves Erfahrung nach tummelten sich reichlich Männer auf dem Planeten, die genau dieselbe Haltung einnahmen. Sie hatte zu viele Tage UND Nächte mit Männern verbracht, die von ihr erwarteten, nach ihrer Pfeife zu tanzen. Anfangs waren sie natürlich alle süß und so unglaublich sensibel und verständnisvoll, doch sowie der Alltag einkehrte, wollten sie ihre Hemden gebügelt und ihren Kaffee ans Bett gebracht haben, und ehe sie sich's versah, war sie »das nette Weibchen«. Das war dann normalerweise der Zeitpunkt, an dem Eve ihre Sachen packte und ging.

Und dann erschien Marcus. Er war anders gewesen. Jedenfalls hatte sie das geglaubt. So viel zu häuslicher Glückseligkeit. Jetzt war sie hier, wischte Eiter von einer nässenden Wunde und scheuchte Millionen Fliegen weg. Ganz allein.

Und so soll es bleiben.

Die Stute war eine gute Patientin und zuckte nur wenig, als Eve den Schnitt mit einem Wattebausch abtupfte, der mit Desinfektionsmittel getränkt war. Die Wunde sah nicht allzu schlimm aus, doch dass sie sich heiß anfühlte war besorgniserregend. Eve wickelte einen Verband darum, damit sie sauber und fliegenfrei blieb.

»Das war's, Mädchen. Sehen wir mal, wie es wird.«

Das Pferd stupste Eve mit der Nase am Arm und humpelte unter einen Baum, wo es ganz alleine stand. Die anderen hatten so gut wie aufgegessen. Eve packte den Eimer und die Verbände ein und ging zurück zum Jeep. Banjo lag hechelnd unter dem Wagen im Schatten. Es war schon glühend heiß, und dabei musste es erst gegen acht Uhr morgens sein. Zeit für ein bisschen Frühstück, eine Dusche und dann ab in die Stadt.

Als sie den Jeep zurücksetzte und wenden wollte, bemerkte Eve aus dem Augenwinkel etwas Funkelndes. Sie blickte über den Hügel weiter hinten, wo sich der Boden leicht erhob. Es dauerte eine Minute, bis sie richtig erkannte, was sie dort sah: zwei Grabsteine, direkt auf der höchsten Stelle des Grundstücks. Sie knallte ihren Fuß auf die Bremse. Banjo fiel in den Fußraum des Beifahrersitzes. Eve saß vollkommen regungslos da, starrte zu den Gräbern. Auf einmal war ihr Mund trocken, und ihr Herz pochte sehr schnell.

Einer der Grabsteine war alt und verwittert. Von dem hatte sie natürlich gewusst, ihn aber bis zu diesem Moment total vergessen gehabt. Es war der Anblick des zweiten, der sie dazu brachte, das Lenkrad fest zu umklammern und stocksteif dazusitzen. Warum schockierte es sie eigentlich so? Sie war nicht hier gewesen, als Nell krank wurde und starb, nicht mal zur Beerdigung, und sie hatte sich bisher nicht erlaubt, auch bloß eine Sekunde über Einzelheiten nachzudenken, weil sie sich wie eine Heuchlerin vorgekommen wäre. Aber diesen Granitklotz im Sonnenlicht funkeln zu sehen, machte alles so real … und brachte es direkt zurück.

Der Motor lief noch. Eve schluckte angestrengt, trat das Gaspedal durch und wirbelte eine Staubwolke hinter sich auf, weil sie viel zu schnell zum Haus zurückfuhr.

3

Die Fahrt ins Tal war dieselbe, die sie erinnerte. Hohe Eukalyptushaine säumten die Straßen, dünnten sich zu Gestrüpp und Büschen aus, ehe sie dichteren Ansammlungen von Riesenlilien und Känguruhgras wichen, gefolgt von weiten, kahlen Farmlandhängen. Eve lies ihr Seitenfenster herunter und wünschte sich nicht zum ersten Mal, ihr Van hätte eine Klimaanlage. Sie atmete den vertrauten Duft von Buschminze ein, der mit dem Fahrtwind ins Auto getragen wurde. Während sie ein Farmhaus nach dem anderen passierte, fühlte sie sich immer mehr wie eine Zeitreisende. Es war, als hätte die Erde hier stillgestanden, solange sie in eine andere Dimension verschwand. Und jetzt war sie wieder hier und alles so, als wäre nichts gewesen. Einzig dieses nagende Gefühl von Einsamkeit war anders … Aber hatte sie das nicht auch schon früher gekannt?

Nicht dass dieses Gefühl schlimm wäre, allein geboren zu werden und es zu bleiben. Egal mit wie vielen Leuten man sich umgab oder wie wuselig das Leben wurde, man ging allein schlafen und wachte allein auf, selbst wenn irgendein Mann neben einem im Bett lag. Es bedeutete, dass man am Ende nur für sich selbst verantwortlich war. Ganz gleich, was andere über einen denken oder sagen mochten. Und die Leute hatten dauernd etwas über einen zu denken oder zu sagen, vor allem hier.

Eve drosselte ihr Tempo auf fünfzig, als sie den Stadtrand erreichte. Der Van tuckerte die Hauptstraße entlang, und Eve wurde sich bewusst, wie laut der Auspuff war. Das war eines der vielen Dinge, die sie eigentlich reparieren lassen wollte, aber irgendwie nie die Zeit – oder das Geld – hatte, es zu tun. In den Straßen von Marrickville war der Lärm vor lauter Motorrädern und Fahranfängern mit Watte in den Ohren nie aufgefallen. Aber hier in Yarrabee klang ihr Van wie ein Panzer, der das lauschige Städtchen in Schutt und Asche zu legen drohte. So viel zum Nicht-Auffallen.

Sie bog ab, den Schildern zum Parkplatz folgend. Die waren neu. Neu für sie zumindest, genau wie der asphaltierte Parkplatz mit den vorgezeichneten Lücken, den Gehwegen und den Abflussgittern. Es gab sogar ein auf Café gestyltes Schnellrestaurant mit Tischen und Stühlen auf dem Gehweg. Eve hüpfte aus dem Van, und Banjo sprang neben ihr heraus.

Gegenüber war ein Surf-Laden, dessen Name »Wipeout« in neongrünem Graffiti-Look auf die Markise gesprüht war. Daneben war so ein Eso-Laden mit Kristallen und Windspielen, die über dem Eingang klimperten – »Seelenfrieden«. Und es gab einen Klamottenladen – eigentlich eher eine Boutique – mit Guess-Schmuck im Fenster. Ein Geschäft, das sich »Retro« nannte, verkaufte ebensolche Sachen, was es bereits mit der lebensgroßen Elvis-Figur am Eingang vermittelte. Und dann gab es noch eine Pizzeria, »Chicco's«, die laut schwarzer Tafel mit weißer Kreideschrift jeden Freitagabend Live-Musik bot. Wäre nicht mittendrin noch »Sam's Newsagent« gewesen, hätte Eve geschworen, dass sie in der falschen Stadt war. Sie kam an der Bäckerei vorbei und spähte hinein. Der Duft von Kuchen und Brot direkt aus dem Ofen war unwiderstehlich.

»Sitz«, sagte sie zu Banjo.

»Guten Morgen. Was darf's sein?«

Noch eine Überraschung: Der Mann hinterm Verkaufstresen sah vietnamesisch aus. Als Eve hier aufwuchs, waren die einzigen nicht-englischen Gesichter die gelegentlichen Erntehelfer gewesen, die nach der Obsternte mit ihrem Lohn in die Großstadt zurückkehrten. Offensichtlich hatte sich doch einiges verändert.

Eve suchte einen Kuchen für sich und ein Wurstbrötchen für Banjo aus. Damit setzten sie sich auf die Bank vor der *Bendigo Bank* – eine weitere Neuheit – und aßen.

Die Stadt war recht ruhig, aber es war ja auch noch früh an einem gewöhnlichen Wochentag. Eve blickte sich nach einem Makler um und entdeckte einen am anderen Ende der Straße. Sobald das Pferd verarztet war und sie sich einen besseren Überblick verschafft hatte, was zu tun war, um die Farm verkaufsfertig zu machen, würde sie wieder herkommen und sich mit dem Makler unterhalten. Besonders eilig war es nicht. Wahrscheinlich war es sogar klüger, sich erst mal ruhig zu verhalten und die Geschichte mit Marcus abklingen zu lassen. Sie sollte sich ein bisschen Zeit nehmen und vernünftig planen.

Banjo behielt sie fest im Blick, während sie ihren Kuchen aufaß. Von seinem Frühstück war längst nichts mehr übrig, nicht einmal ein Krümel auf dem Pflaster. Eve warf den letzten Happen in die Luft, und Banjo sprang hoch, fing ihn und leckte sich die Lefzen.

»Lecker, nicht? Braver Junge. Jetzt komm.« Er lief neben ihr her, ohne Leine, hielt genau Schritt mit Eve und horchte auf ihr nächstes Kommando. Beim IGA-Supermarkt setzte er sich neben die Eingangstür und wartete.

Eve schob den Wagen durch die Gänge und staunte über die Auswahl an Pasta, exotischen Käsesorten und Obst. Früher war dies ein winziger Lebensmittelladen gewesen, in dem es nur die Grundnahrungsmittel gab; wollte man etwas anderes, musste man eine Stunde fahren. Jetzt fand man hier alles, was man wollte. Eve bevorratete sich mit Obst und Gemüse, einigen Frühstücksflockensorten und sonstiger Grundausstattung und ging zur Kasse. Das Mädchen in der himmelblauen Uniform strahlte sie an.

»Sind Sie hier zu Besuch?«, fragte sie, während sie die Einkäufe über den Scanner schob. Dieser beiläufige Small Talk hatte Eve in der hektischen Stadt gefehlt.

»Ja, kann man so sagen.«

»Wo wohnen Sie?«, fragte das Mädchen unbedarft.

Eve wollte nicht zu viel preisgeben, aber auch nicht lügen. Ihr war klar, dass die halbe Stadt erfahren würde, was sie hierauf antwortete. Doch über kurz oder lang hörte sowieso jeder die Neuigkeit, also konnte sie es ebenso gut gleich hinter sich bringen.

»Draußen auf der Mossy Creek Farm.«

»Bei Mrs Flanagan?«

»Ja.« Eve zog ihre Kreditkarte durch das Lesegerät und vermied es, das Mädchen direkt anzusehen, damit sie hoffentlich ihre Sachen schnappen und gehen konnte.

»Früher war ich da immer zum Reiten. Ich war richtig traurig, als ich gehört habe, dass sie gestorben ist.« Das Mädchen tippte auf die Kasse ein und riss den Bon ab. Eve nahm sich ihre Tüten und hoffte, dass sie schnell hier rauskam. »Sind Sie eine Freundin von ihr?«

Eve stockte für zwei Sekunden, und es lag nicht bloß an den Einkaufstüten in beiden Händen, dass sie das Gefühl hatte, von einem Gewicht nach unten gezogen zu werden. Ein Teil von ihr wollte dem Mädchen sagen, es solle seine Klappe halten und sich um seinen eigenen Kram kümmern. Nur war Eve klar, dass es so nicht lief. Sie würde eine Weile hier sein, einen Monat oder länger, und auch wenn sich die Gegend ins einundzwanzigste Jahrhundert katapultiert haben mochte, gab es hier sicher noch reichlich Leute mit einem guten Gedächtnis – Leute wie Harry. Die kannten ihre Geschichte oder glaubten es zumindest, und würden es ihr nicht angenehm machen.

»Ich bin Nells Tochter.«

Die junge Frau richtete sich erschrocken auf. »Oh, das tut mir leid.« Sie starrte Eve an, als könnte sie nicht recht begreifen, was sie eben gehört hatte. Den Kassenbon hielt sie noch zwischen den Fingern. »Ich wusste gar nicht, dass sie Kinder hatte.«

»Ist schon gut. Danke.«

Eve konnte es nicht erwarten, aus dem Laden zu kommen. Banjo, der draußen neben den Einkaufswagen saß, stand schwanzwedelnd auf, als sie aus dem Supermarkt trat. Eve drehte sich um und sah, dass sich die Kassiererin zur Kollegin an der Nebenkasse hinüberlehnte und nach draußen zeigte.

»Und los geht's, Banj. Der Landfunk ist noch sehr intakt.« Sie schüttelte grinsend den Kopf. Sollten sie doch tratschen, so viel sie wollten. In wenigen Wochen würde Eve ihr Geld zählen und Pläne machen. Pläne, die nichts mit Yarrabee zu tun hatten.

Der Futterhandel sah noch ziemlich wie früher aus, nur dass ihn ebenfalls das Schicksal der Modernisierung heimgesucht hatte und er sich jetzt »The Shed« nannte. Dies war früher eine weitestgehend männliche Domäne gewesen, in der ausgiebig über Schalthebel, Zahnkränze und Düngemittel geredet wurde. Als Kind hatte Eve es geliebt, durch die Gänge zu laufen und die vielen Werkzeuge und Geräte anzuschauen. Sogar jetzt stellte sich ein komisches Bauchkribbeln ein, kaum dass sie über die Schwelle schritt.

Krieg dich ein!

Was wollte sie hier noch mal? Ja, das blaue Spray für die Stute. Jeder Landhandel führte es, denn es war quasi das Mercuchrom der Reiter – und Reiterinnen. Tatsächlich stand es gleich geradeaus im Regal. Gewiss brauchte sie auch bald mehr Futter, aber das konnte noch ein paar Tage warten. Nell dürfte feste Liefertermine vereinbart haben. Das würde Harry wissen, nur wollte Eve ihn auf keinen Fall fragen.

Die Kasse war einsam und verlassen. Von irgendwo hörte Eve Lärm: Dosen, die herunterfielen und über Estrichboden schepperten. Banjo tapste zur Tür und schnupperte. Ein Fingerschnipsen von Eve genügte, und er war wieder neben ihr.

Dann erschien ein Gesicht an der Ecke hinter der Kasse. »Oh, Entschuldigung. Bei dem Krach habe ich gar nicht mitgekriegt, dass hier jemand ist.«

Eve stellte die Sprühflasche auf den Tresen und öffnete ihr Portemonnaie.

»Ist das alles, ja?« Der Mann, der sie bediente, war mittleren Alters. Ihm standen Schweißperlen über den buschigen Augenbrauen, und seine Augen lächelten.

»Ja, danke.«

»Eine Wunde, hä?«

»Ja, na ja, das Pferd hat eine.« Beinahe hätte sie »eines meiner Pferde« gesagt, konnte sich jedoch gerade noch bremsen.

»Schlimm?«, fragte er. So einfach ließ er sie nicht davonkommen.

»Kann sein. Ich habe sie morgens im Paddock entdeckt. Ein Schnitt und eine Schwellung am Knie, voller Fliegen. Es fühlt sich ein bisschen warm an, aber ich dachte, ich probiere erst mal allein, sie zu behandeln, bevor ich den Tierarzt rufe.«

»Gute Idee. So können Sie ein kleines Vermögen sparen. Diese Tierärzte sind doch allesamt Halsabschneider. Falls Sie aber doch einen brauchen, unserer ist ein ganz anständiger Kerl. Es heißt, dass er gut mit Pferden kann. Und nett ist er.«

Eve nahm die Visitenkarte, die er ihr gab. *Hugh Robertson – Tierarzt.* Sie steckte die Karte in ihre hintere Jeanstasche.

»Viel Glück.«

»Danke.«

Als sie sich zum Gehen wandte, ertönte eine andere Stimme hinter ihr. »Angie Flanagan. Lange nicht gesehen.«

Eve erstarrte. Ihre Knie klemmten sich zusammen, und ihr Magen verkrampfte sich. Noch ehe sie sich umdrehte, sah sie im Geiste den ungepflegten blonden Farmjungen vor sich. Umso froher war sie, als sie sich umwandte und sich einem gut aussehenden Mann gegenüberfand. Zum Glück war es nicht das Gesicht, das ihr durch den Kopf gegeistert war.

»Grant«, hauchte sie mit einem erleichterten Seufzen, sodass sie nicht sicher war, ob er sie überhaupt hörte. Stumm blickten sie einander an.

»Kennt ihr zwei euch?«, fragte der ältere Mann hinter der Kasse.

Grant antwortete zuerst. »Ja, wir kennen uns. Darf ich vorstellen, Tom? Angie Flanagan, Nells Tochter.«

»Ah, verstehe.« Toms Tonfall und Nicken entnahm Eve, dass er die Geschichten kannte. Eve war genervt, denn sie war nicht hergekommen, um die Stadt mit frischem Klatsch zu versorgen.

»Eve, genau genommen, nicht mehr Angie. Eve Nicholls. Freut mich.« Sie reichte Tom die Hand, der sie verdutzt schüttelte. Dann gab sie Grant die Hand. »Wie geht es dir?«

»Gut. Und dir?«

»Nicht schlecht. Ich halte mich über Wasser.« Sie lachte verlegen. Ihre Wangen fühlten sich heiß an, und sie wusste, dass sie rot wurde.

Bin ich bescheuert, das zu sagen?

»Das mit deiner Mum tut mir leid«, sagte Grant. »Ohne sie wird es hier nicht mehr dasselbe sein. Ein Jammer, dass du es nicht zur Beerdigung geschafft hast.«

Seufzend sah Eve zur Tür. Banjo hatte sich in den Schatten des Vans gelegt. »Na ja, Nell und ich waren nicht direkt dicke Freunde, wie du ja weißt.«

»Nein, aber Familie ist nun mal Familie. Es ist schön, dich wiederzusehen. Jack müsste jeden Moment kommen. Du solltest bleiben und ihm Hallo sagen.«

»Jack?«

»Ja. An den erinnerst du dich doch, oder?« Grant schmunzelte spöttisch. »Er und ich haben den Laden vor ein paar Jahren gekauft.«

»Ah. Super.«

Eve merkte, wie sie bei der Erwähnung von Jack in sich zusammenschrumpfte. Ihm jetzt über den Weg zu laufen, wollte sie lieber nicht riskieren.

»Okay. Tja, ich kann nicht bleiben, weil ich zu der Stute muss. Aber wir sehen uns. Bye, Tom.« Sie schnappte sich die Sprühflasche vom Tresen und eilte zu ihrem Van. Auf dem Weg über den Parkplatz brannten ihr die Blicke der beiden Männer Löcher in den Rücken. Sie ließ den Motor an, setzte zurück und fuhr weg. Mit einem gekünstelten Lächeln winkte sie den Männern zu.

* * *

Auf der Straße sank Eve tief in den Fahrersitz, schaltete in den zweiten, dann den dritten Gang und verließ die Stadt, so schnell sie konnte.

»So ein Mist, Banjo. Ich bin noch keine vierundzwanzig Stunden zurück, und schon wird es dämlich. Ich hab's ja gewusst. Haben die denn kein eigenes Leben, dass sie ihre Nasen in das anderer stecken müssen?«

Die Antwort hierauf kannte sie bereits. In einer so kleinen Stadt wie Yarrabee waren die eigenen Angelegenheiten die *aller*. Das gehörte dazu, war ein Grund, weshalb man hier lebte – dieses Gefühl von Nachbarschaft und Gemeinschaft, dieses »Alle für einen und einer für alle«. Brach man die Regel, pochte auf Individualität und tat Dinge, über die die »Stadt« die Stirn runzelte, wurde man zum Paria. In dem Moment wurde das ganze Konzept, Teil eines Ganzen zu sein, richtig hässlich, und man begriff, dass es Zeit wurde, zu verschwinden.

Eve drückte den Knopf an ihrem CD-Player und hoffte, dass die Musik das wütende Surren in ihrem Kopf übertönte. Tracy Chapmans trauriger Gesang strömte aus den Lautsprechern. Es war ein Song über eine alte Liebe – nicht das, was Eve jetzt brauchte. Sie drückte wieder auf den Knopf, und Tracy verstummte.

Warum musste sie an ihrem ersten Tag in der Stadt ausgerechnet auf die Mitchell-Brüder treffen? Allerdings hätte es auch schlimmer kommen können. Jack hätte hinter der Kasse stehen können. Damit wäre ihr Morgen perfekt gewesen. Grant sah immer noch gut aus, bedachte man, dass auch er zwanzig Jahre gealtert war. Eve fragte sich, wie nett die Zeit zu seinem Bruder gewesen war. Die beiden trennten nur vierzehn Monate, und damals sahen sie fast wie Zwillinge aus. All die Jahre war Jack in Eves Gedanken der niedliche Achtzehnjährige geblieben, der er war, als sie wegging. Als sie gestern auf der Fahrt überlegte, wer noch hier sein könnte, auf wen sie sich gefasst machen müsste, war Jack ihr gar nicht in den Sinn gekommen. Stundenlang hatten sie gemeinsam ihren Tagträumen nachgehangen, wegzugehen und die Welt zu sehen, das Kleinstadtleben und vor allem die kleingeistigen Menschen weit hinter sich zu lassen. Und er war noch hier.

Der Weg machte eine scharfe Biegung. Eve drosselte das Tempo und bemerkte, dass sie unbewusst die längere Strecke zurück gewählt hatte. Komisch, wie das Hirn manchmal auf Autopilot schaltete. Hätte sie es früher gemerkt, hätte sie gewendet, doch jetzt würde sie den Weg dadurch verdoppeln. Also wappnete sie sich für das Schild, das demnächst auftauchen würde, und versuchte, sich ganz auf die Straße zu konzentrieren. Hinsehen musste sie so oder so nicht mehr, denn sie wusste ja, was dort stand: *Blackwattle Lake.*

Ihre Finger umklammerten das Lenkrad, als sie beschleunigte. Sie schaltete den CD-Player wieder an und tippte auf »Random«, in der Hoffnung, dass etwas Schwungvolleres sie von ihrer Vergangenheit ablenkte. P!nks »Funhouse«. Das war besser.

Eve kurbelte das Fenster herunter, und der Fahrtwind blies ihr Haar in alle Richtungen, während sie lauthals mitsang. Die Krise war abgewendet, nichts passiert, und die Sonne schien. Und je näher sie der Farm und den Pferden kam, umso ruhiger fühlte sie sich. Bis der Refrain einsetzte und Eve einfiel, dass sie ihre eigene Sammlung böser Clowns im Wandschrank hatte.

Sie schaltete die Anlage wieder aus und fuhr ohne Musik nach Hause.

4

Es war beinahe Mittag, und eine träge Ruhe legte sich über den Hof. Zikaden zirpten ihre pulsierenden Lieder; Frösche, die sich irgendwo im Schilf des großen Teichs verbargen, quakten die Harmonien dazu. Eine Hand am Lenker, wedelte Eve mit der anderen eine Fliege weg, die vor ihrer Nase schwirrte und jeden Moment in ein Nasenloch zu fliegen drohte. Banjo schnappte zu und schluckte. »Gut gemacht, Banj.«

Sie hielt den Jeep neben dem Paddock und sah sich auf dem Hügel um, doch die verwundete Stute war nirgends zu entdecken. Eve griff hinter sich nach der Tinktur, öffnete das Gatter und ging zu den Bäumen hinten auf der Koppel. Mehrere Pferde waren vor der Hitze unter die Eukalyptusbäume geflohen. Sie hoben ihre Köpfe und schlugen mit den Schweifen, als Eve sich näherte. Die Stute stand weiter hinten. Noch ehe Eve bei ihr war, hörte sie das Gesumme. Fliegen schwärmten um das bandagierte Knie, klebten in dichten Trauben auf dem Verband, und Dutzende weitere plagten das arme Pferd, indem sie ihm übers Gesicht und in die Augen krabbelten. Sie gehörten zu den Dingen, an die man sich gewöhnte, wenn man auf dem Land lebte, aber Eve hatte nicht vergessen, wie pestig sie sein konnten.

»Haut ab!«

Sie wedelte die Fliegen weg, zupfte die besonders hartnäckigen herunter und kniete sich hin, um den Verband zu lösen. Die Wunde sah ein wenig besser als vorher aus, aber Eve wollte kein Risiko eingehen. Sie nahm den Deckel von der Flasche und sprühte die blaue Flüssigkeit auf die Wunde. Die Stute zuckte und riss ihr Bein nach oben, ließ jedoch zu, dass Eve es vorsichtig wieder nach unten führte und festhielt, um den gesamten Bereich mit dem Mittel zu behandeln.

»Das müsste helfen.« Sie wickelte das Bein frisch ein und klopfte dem Pferd den Hals. »Ich komme später wieder und gucke nach.« Das Pferd bewegte sich desinteressiert von ihr weg. Sie war eine wirklich hübsche Stute, mit weichem, seidigen Fell und einem kohlschwarz gesträhnten Schweif. »Mit einem schwarzen Sattel und schwarzem Zaumzeug würdest du richtig klasse aussehen, meinst du nicht?«

Eve stapfte zurück zum Jeep und blickte sich nach Banjo um. Komisch, normalerweise blieb er immer in ihrer Sichtweite; andererseits gab es hier reichlich zu erkunden für ihn. Wahrscheinlich sah er sich bloß alles an. Sie blieb stehen und tat es ihm gleich. Es war kaum noch grünes Gras da, die Zäune mussten gerichtet werden, und mancherorts wucherte Besenginster. Die kleinen künstlichen Teiche waren fast leer, und einige Bäume mussten gestutzt werden, ehe sie umkippten. So eine Farm machte Arbeit, und zwar rund um die Uhr.

Wie hat sie das all die Jahre alleine geschafft?

Es war die Entscheidung ihrer Mutter gewesen, zu bleiben und mit den Mädchen von der Farm zu leben. Früher dachte Eve, Nell wäre aus Loyalität zurück auf die Farm gezogen. Das Land hatte ihren Eltern gehört, und die vererbten es ihr. Doch als Eve älter wurde, begriff sie, dass ihrer Mutter das Landleben im Blut steckte. Ihr Zwischenspiel in der Stadt war ein Experiment gewesen – ein gescheitertes. Eigentlich war sie immer nur hier auf dem Lande heimisch gewesen.

Eve hörte Banjo bellen und pfiff. Wo war er? Sie folgte seinem Kläffen, das lauter wurde, je näher sie der Hügelkuppe kam. Dann sah sie seinen Schwanz wie verrückt hin und her schlagen. Er hatte seinen Kopf gesenkt und kroch wie wild bellend vorwärts. Eve rief ihn wieder, aber er ignorierte sie. Nun ging ihr Atem schneller, und ihr Herz begann zu rasen. Ein Kaninchen, das Banjo bereits gefangen hatte, lag starr vor Angst vor ihm, direkt am Eingang zu seinem Bau. Es war noch ein Junges mit großen dunklen Knopfaugen, und die Brust bebte unter den raschen Atemzügen. Bevor Eve etwas tun konnte, packte der Hund es im Genick und schüttelte es kräftig. Eve stürzte nach vorn, griff nach Banjos Halsband und riss ihn zurück. Doch es war zu spät. Das Kaninchen fiel leblos aus seiner Schnauze.

»Böser Junge! Du kommst, wenn ich dich rufe, verstanden?«

Banjo beachtete die Zurechtweisung gar nicht und versuchte, wieder an das Kaninchen zu kommen, was Eve nicht zuließ. Kaninchen waren eine Pest, keine Frage. Als Kinder stellten sie Fallen auf, zogen den Tieren das Fell ab und verkauften sie an den Schlachter. Aber die Zeit und die Vorstadt hatten Eve weich gemacht. Sie schluckte gegen den Kloß in ihrem Hals, als sie das schlaffe tote Tier betrachtete, dessen eines schwarzes Auge vorwurfsvoll auf sie gerichtet war. Das Letzte, was Eve jetzt gebrauchen konnte, war ein Anfall von Zimperlichkeit. Wenn sie diese Farm auf Vordermann bringen wollte, musste sie die Zähne zusammenbeißen. Sie kickte das Tier in den Bau zurück und schob mit dem Schuh so viel Erde hinterher, wie sie konnte, bevor sie Banjo zurück zum Jeep zerrte.

»Rein!«, sagte sie und wies auf den Wagen.

Der Hund kletterte in den Beifahrerfußraum, rollte sich zusammen und rührte sich nicht mehr, bis sie beim Haus waren.

Eve nahm die Einkaufstüten von hinten und hoffte, dass die Milch in der Hitze nicht schon sauer geworden war. Nach dem Mittagessen sollte sie eine Putzrunde einlegen. Nell war nie eine tolle Hausfrau gewesen, und Eve konnte Unordnung nicht ausstehen. Sie musste Kartons auftreiben, um alles einzupacken. Die Frage war nur, wo sie anfangen sollte. Aber das konnte warten. Eve war am Verhungern.

Sie schnitt zwei dicke Brotscheiben ab und belegte sie mit Käse und frischen Tomaten. Es ging nichts über frisches Brot aus der Bäckerei, vor allem wenn man seit anderthalb Tagen so gut wie nichts gegessen hatte. Ihr Kater schien überstanden. Sie war sowieso zu beschäftigt gewesen, ihn sonderlich zu bemerken, aber etwas zu essen würde das Loch in ihrem Bauch stopfen. Mit dem Sandwich in der Hand ging sie hinaus auf die

Veranda und ließ sich in den Sessel fallen. Banjo hatte sich zu seinem Nachmittagsnickerchen hingelegt. Eve lehnte sich zurück und schloss die Augen. Bilder der letzten paar Tage huschten ihr einer Slideshow gleich durch den Kopf: das Lächeln der jungen Kassiererin, die untergehende Sonne hinter den Paddocks, Harrys Hinterkopf, als er sich umdrehte und wegging. Die beiden Gräber auf dem Hügel.

Ihr Telefon klingelte und riss sie aus ihrer Träumerei. Sie lief nach drinnen und nahm ab.

»Hallo?«

»Hallo. Spreche ich mit Miss Flanagan?« Die Stimme war männlich und eindeutig von einem Verkäufer.

»Wer will das wissen?«

»Hier ist Brent Walters von Town and Country Real Estate.«

»Verstehe. Allerdings heiße ich Eve Nicholls.«

»Sie sind aber Nell Flanagans Tochter?«

Eve spürte, wie sich ihre Züge verhärteten. Die Geier waren da und kreisten über ihr. »Woher haben Sie meine Nummer.«

»Aus dem Telefonbuch. Ich hörte, dass Sie zurück sind und eventuell verkaufen wollen?«

Und von wem hast du das gehört? Von Harry, Grant oder dem Mädchen aus dem Supermarkt?

Sie linste durch die Gardine und erwartete fast, dass jemand mit einem Fernglas auf dem Zaun hockte und sie beobachtete. Ach, was soll's? Einem geschenkten Gaul schaute man nicht ins Maul. Der Typ ersparte ihr einen Anruf, da konnte sie die Gelegenheit gleich nutzen.

»Ja, da haben Sie richtig gehört, Mr Walters.«

»Was halten Sie davon, wenn wir mal zu Ihnen rauskommen, uns alles ansehen und Ihnen ein Wertgutachten erstellen? Sie können versichert sein, dass wir sehr preisgünstig sind und man mit unseren Diensten hochzufrieden sein kann.«

Bla-bla-bla.

»Prima. Wann können Sie kommen?« Sie gab sich betont munter, um ihre Verachtung zu überspielen.

Brent schien überrascht, wie begeistert sein Vorschlag aufgenommen wurde. »Gut, ja, wie wäre es morgen Vormittag um zehn? Passt es Ihnen da?«

Eve blickte sich um. Das Haus war ein Albtraum. Wenn es bei der Besichtigung einen guten Eindruck machen sollte, würde sie heute Nacht nicht viel Schlaf bekommen. Wie konnte jemand so leben?

»Miss Nicholls?«

»Oh, ja, tut mir leid. Morgen um zehn passt gut. Im Moment sieht es hier noch ein bisschen chaotisch aus, aber vielleicht können wir uns unterhalten, und Sie sagen mir, was Sie meinen.«

»Natürlich. Dann bis morgen. Und vielen Dank.«

Morgen. Wo sollte sie anfangen? Es war sinnlos, das ganze Haus bis dahin in Form bringen zu wollen, aber ein oberflächliches Aufräumen sollte zu machen sein.

Ein Zimmer nach dem anderen.

Eines nach dem anderen.

Sie ging wieder nach draußen, um ihr Sandwich aufzuessen, nur war das von der Sessellehne verschwunden und hatte nicht mal einen Krümel hinterlassen. Der Schuldige döste in der Sonne. Seufzend trottete Eve zurück ins Haus und knallte die Tür gerade laut genug zu, dass sie Banjo aus seinem Schlummer weckte.

Eve krempelte die Ärmel nach oben und begann mit der Küche. Wunder konnte sie keine vollbringen, aber der Raum sollte wenigstens sauber und ordentlich sein. Eve sortierte, schrubbte und räumte, stürzte sich ganz in die Arbeit und dachte an nichts anderes. Die alten Holzschränke waren zerkratzt, und die Fronten blätterten ab. Die laminierte Arbeitsfläche war zu einem rissigen Weiß verblasst. Im Grunde müsste man die Küche komplett herausreißen und eine neue einbauen. Gut möglich, dass der Makler diese Maßnahme für das ganze Haus vorschlug. Dies war keine Immobilie, die man kaufte, wenn man auf schlichten, praktischen Komfort aus war. Den eigentlichen Wert stellte das

Land dar. Über sechzig Hektar sanfte Hügel und Busch, angrenzend an den staatseigenen Wald, Reit- und Wanderwege, die sich an und über Bäche schlängelten und hinreichend Weidegrund, um Pferde, Rinder oder was auch immer zu halten. Bei ihren Großeltern war es Milchvieh gewesen, bei Nell waren es Pferde. Man könnte sogar wieder eine Reitschule eröffnen, wenn man wollte. Dem Anwalt zufolge war sie schon über ein Jahr nicht mehr in Betrieb. So oder so barg dieses Land einiges an Potenzial, was der Makler hoffentlich auch erkannte.

Nachdem sie die Küche hergerichtet hatte, widmete Eve sich dem Wohn- und Esszimmer. Die Regale und Beistelltische waren voller Bücher, auf denen eine zentimeterhohe Staubschicht lag, sowie Papieren, die durchgesehen werden mussten. Vorerst stapelte Eve sie in einen Karton und schob ihn in die Ecke. Sie ging zur Vordertür und schüttelte das Putztuch auf der Veranda aus.

Der Nachmittag war heiß. Über der Auffahrt und den Paddocks flirrte die Luft. Eve wischte sich die Stirn mit dem T-Shirt-Saum und lockerte ihren verspannten Nacken. An harte Arbeit war sie gewöhnt. Zu ihrer Arbeit im Café hatte gehört, alles tipptopp zu halten. Es waren die Temperaturen, die sie schafften. Klimaanlagen mochten umwelttechnisch eine Katastrophe sein, doch sie fehlten einem schmerzlich, hatte man ihren Luxus erst einmal genossen. Nur noch einige Handgriffe hier, dann konnte Eve sich die Schlafzimmer vornehmen. Sie schüttelte den Lappen nochmals aus und ging wieder nach drinnen.

Gott sei Dank war Nell nicht für Nippes zu haben gewesen. Für Fotos hingegen hatte sie ein echtes Faible gehabt. Aufgereiht auf dem Kaminsims standen die gerahmten Familienbilder, die Eve jahrelang angeschaut hatte. Sie hob eines hoch und wischte den Staubfilm vom Glas. Eve und Rebecca, ungefähr elf und acht Jahre alt, zu beiden Seiten von Nell, die ihre Arme um die Schultern der Mädchen gelegt hatte. Alle drei lächelten. Sie standen draußen vorm Haus.

Eves Hand mit dem Foto zitterte. Es war an Nells vierzigstem Geburtstag aufgenommen worden, aber Eve erinnerte sich nicht mehr, wer es gemacht hatte. Wahrscheinlich Harry oder Margo oder einer der anderen Nachbarn. Zum Nachmittagstee auf der Veranda hatte es kleine Pfannkuchen und Kuchen gegeben, von Eve gebacken, und alle waren glücklich gewesen.

Eve stellte das Bild wieder auf den Holzsims und nahm das nächste in die Hand. Bec und sie auf ihren Ponys, als sie etwa sieben und zehn waren. Becs schönes goldenes Haar wirkte auf dem Foto stumpf, doch Eve sah es seidig und weich vor sich, so lang, dass Bec darauf sitzen konnte. Eves Haar war dunkel und dick, fiel in Wellen um ihr Gesicht. Das tat es bis heute. Immer schon hatten die Leute gestaunt, wie unterschiedlich sie aussehen, dabei konnte Eve auf den Fotos durchaus einige Ähnlichkeiten entdecken. Die Wangenknochen waren gleich, ebenso wie die Münder. Eves Pony war Pebbles gewesen. Es sah eher wie ein zu großer Dalmatiner aus, weniger wie ein Pferd. Es war zur Hälfte ein Clydesdale-Kaltblüter gewesen, jedoch sehr beweglich. Eve hatte es geliebt, mit ihm über die Reitwege zu fliegen, den Hügel hinauf zur letzten Biegung und zu fühlen, wie sich seine Beine unter ihm streckten und er auf dem Heimweg in den Wind schnupperte. Schon in jungen Jahren hatte sie den Kitzel gemocht. Bec war anders gewesen, scheuer und vorsichtiger. Sie fand das Vorführreiten in den Round-Pens besser, bei dem Eve einging vor Langeweile. Nell lachte immer und sagte, sie wünschte, dass sie ihre beiden Töchter in ein Einweckglas kippen, ordentlich durchschütteln könnte und danach in jeder von ihnen etwas von der anderen hätte. So wären sie beide waghalsig, aber vorsichtig, ernst, aber mutig, neugierig, aber vernünftig.

Schade, dass du das nicht gemacht hast. Vielleicht wäre dann manches anders gekommen.

Sie stellte das Foto zu grob wieder hin, weil es sie ärgerte, wenn sie in solch eine sentimentale Nostalgie verfiel. So kriegte sie gar nichts zustande. Sie hob den Karton mit Sachen hoch, die sie bisher für den Müll zusammengesammelt hatte, und hievte ihn nach draußen. Es tat gut, der drückenden Luft und den Erinnerungen des Hauses zu entkommen.

Oben an der Hintertreppe pfiff Eve, und Banjo kam um die Ecke gesaust.

»Hi, Süßer, wie wär's mit einem Spaziergang?«

Sie gingen hinter das Haus und hinunter zum Stall. Gestern hatte Eve schon einen flüchtigen Blick hineingeworfen, um sicherzugehen, dass er leer war und dort drinnen kein Pferd stand, das gefüttert werden musste. Der Stall war ein gutes Zwischenlager für alles, was sie später richtig entsorgen müsste. Drinnen war es angenehm schattig, im Gegensatz zur brütenden Hitze draußen. Und erstaunlicherweise wirkte es hier sauber und ordentlich, anders als im Haus. Der Fußboden in der Mitte war glatt gefegt. Auch die fünf großen Boxen zu beiden Seiten waren sämtlichst sauber und leer. Hier war nichts zu putzen.

Klar, die Pferde haben es netter als die Menschen.

Als Eve zuletzt hier war, waren diese Freistallboxen vollbesetzt gewesen. Mieter mit Zuchtponys zahlten besser, wenn die Tiere überdacht standen, zweimal täglich gefüttert und gut umsorgt wurden, sodass sie selbst nichts mehr tun mussten. Manche zahlten sogar extra, damit ihr »ganzer Stolz« auch nachts bei Licht stand, damit das Fell nicht wuchs und sie im Vorführring zottelig aussahen. Stuten mit Fohlen blieben immer einige Wochen nach der Geburt hier, weil Nell sicher sein wollte, dass es ihnen gut ging, bevor sie zurück in den Paddock gebracht wurden. Eve hatte als Kind Stunden damit verbracht, den neugeborenen Fohlen zuzusehen, wie sie auf ihren zu langen Beinen umherstaksten, mit ihren Stummelschwänzen wedelten und sich an ihre Mütter drängten.

Obwohl der Stall leer war, konnte Eve noch die Mischung von Heu, Dung und Pferd riechen, die in die Holzgatter der großen Boxen eingezogen sein musste.

Ein Anflug von Traurigkeit überkam sie, als sie durch den verlassenen Stall schritt und ihre Stiefel auf dem nackten Zement hallten. Hinten im Stall schob sie den Eisenriegel zurück und öffnete die Tür. Eine Schwalbe schoss aus dem Dachgebälk über ihr, tauchte nach unten und kreiste über Eves Kopf, bevor sie in die entgegengesetzte Richtung davonsegelte. Draußen über dem Tal hatte sich der Himmel verdunkelt. Schwere Regenwolken brauten sich zusammen.

Eve hatte die Gewitter hier geliebt: das Gefühl von Spannung, das sich mit dem grauer und grauer werdenden Himmel einstellte, und das einsetzende Rascheln in den Bäumen. Irgendwo in der Ferne war Donnergrollen zu hören, das sich steigerte wie nahende Hufe, beständig näher rückte und lauter wurde. Die Blitze, die den Himmel einer Peitsche gleich teilten, und schließlich der pladdernde Regen, der auf die Erde trommelte, sprühende Pfützen bildete und die Teiche und Regentonnen mit frischem, klarem Wasser füllte.

An der Landschaft war deutlich zu sehen, dass es hier schon eine Weile nicht geregnet hatte. Manche der Bäume fingen an, ihr Laub abzuwerfen, und die Pegel der Teiche waren niedriger, als Eve sie jemals gesehen hatte. Wahrscheinlich war es kein günstiger Zeitpunkt zum Verkaufen, mitten in einer Dürreperiode, aber sie hatte keine andere Wahl. Sie musste sich auch etwas für die Pferde ausdenken – sie ebenfalls verkaufen –, doch mit diesem Problem würde sie sich befassen, wenn die Hausgeschichte geregelt war.

Als sie Schritte hörte, drehte sie sich um.

Keiner da.

»Hallo?«

Nichts als das Echo ihrer Stimme.

Muss der Wind gewesen sein.

Sie schob den Riegel vor die Tür und ging zum Stallausgang zurück. Als sie an einer der großen Boxen vorbeikam, schwang die Tür auf und knallte gegen die Wand. Eve blieb stehen. Ihre Muskeln spannten sich ein wenig an, während sie wartete und beobachtete. Eine Feldmaus huschte aus der Box und kroch in einen sagenhaft kleinen Spalt im überdachten Durchgang.

Leise lachend machte Eve sich auf den Weg zurück zum

Haus. Einzelne Regentropfen sprenkelten den Boden, doch die Wolken lösten sich schon wieder auf, und blauer Himmel brach durch. Es würde kein Gewitter geben, keine Unterbrechung der Dürre. Eve bog um die Ecke und erstarrte.

Sekundenlang war sie stumm.

»Jack. Was tust du hier?«

»Ich habe gehört, dass du in der Stadt warst. Da dachte ich, ich komm mal vorbei und sage Hi.«

Sie standen da und sahen einander an. Eves Schreck verklang bald, als das vertraute Lächeln auf sein Gesicht trat, das ihn wie einen frechen Schuljungen aussehen ließ, selbst nach zwanzig Jahren noch. Sie fühlte, wie sich ihre Mundwinkel automatisch nach oben bogen.

»Aha, na dann, hi.«

»Genau genommen hat Harry mir erzählt, dass du zurück bist. Ich arbeite gerade an einem Auftrag für ihn.«

Allein Harrys Name reichte, dass Eve gereizt wurde.

»Sicher hat er dir auch erzählt, dass wir uns gezofft haben.«

»Mehr oder weniger.«

»Tja, ich stehe nicht gerade ganz oben auf seiner Beste-Freunde-Liste.«

Jack senkte den Kopf und guckte auf den Boden. »Er sagt, dass du verkaufst.«

»Natürlich! Warum sollte ich sonst hier sein?«

Sie bemerkte, dass Jack zusammenzuckte, und sofort tat es ihr leid. Schließlich hatte sie damals nicht bloß die Farm und ihre Mutter verlassen, und bei der Erinnerung daran war ihr nicht wohl. Sie redete weiter, um es zu überspielen. »Egal, wie geht es dir?«

Banjo kam winselnd angerannt, einen Stock im Maul und ein kleines Mädchen mit rotblonden Locken dicht auf seinen Fersen.

»Daddy, guck mal, ein Hundchen!« Sie rannte zu Jack und schlang die Arme um seine Beine. Ihr Kopf ging ihm knapp bis übers Knie. Banjo legte sich hechelnd neben Eve.

Er hat ein Kind.

Obwohl er vor ihr stand, sein Haar schon etwas schütter wurde und sich Falten in seine Stirn und seine Augenwinkel gegraben hatten, sah Eve in ihm den achtzehnjährigen Farmjungen, in den sie sich so gefährlich und bis über beide Ohren verliebt hatte.

Denkst du das Gleiche über mich?

»Lilly, das ist … Eve. Sag Hallo.«

Harry hatte ihm offenbar alles brühwarm berichtet, selbst das mit der Namensänderung.

»Ist das dein Hund?«, fragte das kleine Mädchen sofort.

»Mhm, ist er. Er heißt Banjo.«

»Das ist ein komischer Name.«

»Du hingegen hast einen schönen Namen«, sagte Eve und musste unweigerlich lächeln, weil die Kleine sie so geschickt in ein Gespräch verwickelte. »Hast du auch einen Hund?«

»Nein. Aber ich habe einen Kater. Der heißt Tiger, weil er so orange Streifen hat.«

»Na komm, Plappermaul. Es wird Zeit, dass wir nach Hause kommen.« Jack hob Lilly in die Höhe und schwang sie sich auf die Schultern. Dann griff er in seine Tasche, holte eine Karte heraus und gab sie Eve. »Falls du bei irgendwas Hilfe brauchst, ruf mich an.« Seine Stimme war sanft, und Eve merkte, wie sie innerlich dahinschmolz. Das schaffte er schon früher jedes Mal, indem er sie bloß direkt ansah. Sie blickte auf die Karte.

Jack Mitchell. Bauunternehmer. 425 Acacia Lane.

Gleich auf der anderen Seite der Stadt. Weiter hatte er sich nicht wegbewegt.

So viel zu »weg von hier«.

»Danke, Jack. Bye. Bye, Lilly.«

»Bye, Eve.« Das kleine Mädchen winkte ihr von den Schultern ihres Vaters aus zu, als sie am Haus vorbeigingen. »Bye, Banjo.«

Plötzlich fielen Eve die Schritte wieder ein. »Ach, Jack, du warst nicht zufällig eben unten beim Stall, oder?«

Er drehte sich um und sah sie verwundert an. »Nein, ich bin gerade erst gekommen. Warum?«

»Nichts, egal, vergiss es.« Sie verschränkte die Arme vor der Brust. »Bis dann.«

Jack schüttelte den Kopf und ging weiter, während Lilly auf seinem Kopf trommelte.

Er muss mich für bekloppt halten.

»Schicker Wagen.« Er grinste.

»Danke.«

Wir kaufen uns einen Van und fahren los, erst durch Australien, dann durch die ganze Welt.

Warum konnte sie sich an solche Dinge so genau erinnern, hatte aber Mühe zu sagen, was sie gestern gesagt oder getan hatte – oder heute Morgen?

Eve überkam ein unerklärliches Verlustgefühl, als sie zuguckte, wie Jack seine Tochter in den Kindersitz schnallte, in seinen Truck stieg und wegfuhr. Eine Weile blieb Eve dort stehen, während der Nachmittag verblasste. Sie lauschte dem Quaken der Frösche und dem Gezwitscher der Vögel und fragte sich, warum ihr Tränen in die Augen stiegen und wieso sie auf einmal dachte, dass alle Entscheidungen, die sie jemals getroffen hatte, völlig falsch gewesen waren.

Aus dem Gewitter war nichts geworden. Vom Tag war nicht mehr viel übrig, und die Pferde mussten gefüttert werden. Also war der restliche Hausputz erst mal verschoben. Eve ging in die Scheune und begann, die Eimer zu befüllen und Heuballen auf den Hänger zu laden. Neben dieser Arbeit nahm sich das Putzen wie ein Picknick aus. Sie bemerkte, dass ihr schwarzer Nagellack abgebröckelt war, als sie die letzte Ladung auf den Anhänger hievte, und nahm sich vor, ihn später ganz abzumachen. Es gab nichts Fieseres als abblätternde Fingernägel, auch wenn keiner hier war, dem es auffallen würde. Sowie der Hänger beladen war, sprang Eve in den Jeep, ließ den Motor an und inhalierte die schweren Benzindämpfe, die aus dem röhrenden Auspuff rauchten. Fred mochte ein verrosteter Schrotthaufen sein, doch es steckte noch Leben in dem alten Ding. Banjo nahm seinen üblichen Platz ein, und sie röhrten aus der Scheune und den Hügel hinauf. Eve war froh, vom Haus und der Melancholie wegzukommen, die sie noch vor einer halben Stunde heruntergezogen hatte.

Sie wanderte von Trog zu Trog, füllte jeden mit Futter. Hinter ihr wieherten die Pferde und jagten sich gegenseitig, die Ohren angelegt. Die Schüchternen blieben zurück, bis sich die anderen ihre Position ausgesucht hatten. Die Stute kam langsam angehumpelt.

»Sieht nicht aus, als würde die Wundertinktur helfen«, sagte Eve zu Banjo, der sich in einem offenbar unwiderstehlichen Haufen Pferdeäpfel wälzte. Eve legte der Stute ein Halfter an, das sie für alle Fälle mitgebracht hatte.

»Bringen wir dich lieber runter zum Stall und haben ein Auge auf das Knie, Mädchen. Vielleicht müssen wir doch den Tierarzt rufen.«

Banjo rollte sich immer noch im Mist. »Wir müssen zu Fuß nach Hause, Banj, und hinterher Fred holen.« Sie ging gemächlich neben der Stute her, der es trotz ihrer Verletzung gelang, mit Eve Schritt zu halten. Der kürzeste Weg zum Stall führte über die Paddocks, was allerdings hieß, dass sie direkt an den Grabsteinen vorbeikamen, die Eve bisher weiträumig mied. Entweder das, oder die Stute musste beinahe doppelt so weit laufen, und so wie sie humpelte, konnten sie schon von Glück reden, wenn sie es zum Stall schaffte, ohne zusammenzubrechen. Eve machte die Schultern gerade.

Sei nicht so eine Heulsuse! Na los!

Komisch, genau das sagte Nell früher zu ihr, als sie reiten lernte. Eve lernte, ihre Furcht hinunterzuschlucken, und das war gut für sie gewesen, hatte sie abgehärtet. Vielleicht ein bisschen zu sehr, doch daran war nichts mehr zu ändern.

Als sie sich den Gräbern näherten, blickte Eve stur auf die Erde, führte das Pferd um die Steine herum und blickte bewusst nicht zur Seite. Aber etwas in ihr wollte hinsehen. Es war dasselbe Gefühl, das sie hatte, wenn sie Gruselfilme guckte – dieses »Ich will gar nicht hingucken, aber auch nichts verpassen«-Gefühl, wenn sie sich den Adrenalinrausch wünschte, der mit der Angst kam, und sie eisern sitzenblieb, obwohl sie wusste, dass sie hinterher mindestens eine Woche nicht einschlafen könnte. Jetzt wollte sie dies hier nicht sehen. Vermeidung war eine Fertigkeit, die sie weidlich trainiert hatte. Doch hier, wenige Schritte entfernt, blieb ihr gar nichts anderes übrig. Sie machte den letzten Schritt, stellte sich vor die Gräber und blickte auf.

Die Inschrift auf dem ersten Stein war verwittert und ausgeblichen. Beim Lesen zog sich alles in Eve zu einem Knoten zusammen.

Rebecca Anne Flanagan
23/7/1974 – 15/11/1987
Viel zu früh von uns gegangen.
Tochter von Ellen.
Geliebte Schwester von Evangeline.
Für immer in unserem Herzen.

Eves Mund wurde trocken und der Knoten in ihrem Bauch härter. Sie starrte die Worte an, bis sie zu einem Letterngewirr verschwammen und sie blinzeln musste, um sie wieder zu ordnen. Nun trat eine Zeile fett hervor: *Geliebte Schwester von Evangeline.*

Die Wucht zwang Eve in die Knie. Sie sank auf den Boden, dachte gar nicht mehr an das Pferd, das geduldig hinter ihr wartete. Ein Bild von Bec – nein, nicht von Bec, von ihrem Körper –, die kalt und weiß auf einer metallenen Rollbahre in der Leichenhalle lag, die Augen geschlossen, als würde sie schlafen, ihr Kopf einzig von ihrem dünnen blonden Haar gepolstert, drängte sich in Eves Kopf. Weit weg im Lärm und Gewimmel der Großstadt zu leben, hatte ihr möglich gemacht, jene Erinnerung in eine dunkle Nische zu verdrängen. Über die

Jahre perfektionierte sie die Kunst des Nichterinnerns. Ihre Schwester war zu einer abstrakten Idee geworden. Jetzt versuchte Eve aufs Neue, das Bild von sich zu schieben, schloss die Augen und wollte es durch ein glücklicheres austauschen – das von dem Foto, das sie erst heute angesehen hatte. Es gelang ihr nicht. Sie hob den Kopf, richtete sich mühsam auf und drehte sich zu dem zweiten, blanken Grabstein.

Ellen Flanagan
3/11/1942 – 22/12/2008
Geliebte Mutter von Evangeline und Rebecca.
Ruhe sie in Frieden.

Sechsundsechzig Jahre. Sie muss grau gewesen sein.

Eve war nicht sicher, was sie mehr erschreckte: die Vorstellung von Nell als alter Frau oder der Anblick ihres Namens auf dem Grabstein. Sie war überzeugt gewesen, dass die mangelnde Kommunikation mit ihrer Mutter all die Jahre auf Gegenseitigkeit beruht hatte, dass sie beide einander entfremdet waren. Und plötzlich wurde sie mit sich selbst als trauernder Tochter konfrontiert. Sie kickte gegen die Steine in dem kargen Boden vor dem Grab. Nell war erst seit drei Wochen tot, und dennoch waren sämtliche Formalitäten erledigt – bis hin zum Begräbnis.

Wer hat das alles organisiert?

Zweifellos jemand aus »der Familie«, wie Nell die Nachbarschaft gerne nannte. In Wahrheit gab es natürlich keine Verwandten, nur die eine noch verbliebene Tochter, die freiwillig fernblieb. Die Tochter, die sich weigerte zurückzukehren.

Die Stute scharrte neben ihr. »Entschuldige, Mädchen. Gehen wir weiter.«

Dies war immer schon Eves liebste Tageszeit gewesen. Die Sonne sank allmählich hinter die Bäume und bemalte den Himmel in Aquarellfarben. Alles wurde ruhig und still: die Frösche, die Vögel, die Pferde. Das einzige Geräusch war das Knirschen von ihren Stiefelsohlen auf dem steinigen Boden.

5

Das Summen kam nicht aus ihrem Kopf.

Diesmal war es das Telefon.

Sie nahm ab, ohne auf die Nummer zu sehen, und bereute es sofort.

»Eve, ich bin's. Ich muss mit dir reden.« Der Tonfall war dringlich, die Stimme vertraut. Am liebsten wollte sie gleich wieder auflegen, doch etwas in ihr musste ihn anhören, auch wenn es nur in einem Streit enden konnte. Jedenfalls achtete sie darauf, nicht zu interessiert zu klingen.

»Marcus, hast du einen Schimmer, wie spät es ist?«

»Zwei Uhr nachts, wieso? Bist du beschäftigt? Ist jemand bei dir?«

»Das geht dich einen Dreck an, aber, nein, bin ich nicht und ist keiner.«

»Ich muss dich sehen. Ich will das wieder hinbiegen.«

»Was? Die Tatsache, dass du hinter meinem Rücken mit einer anderen geschlafen hast? Dass dir die letzten zwei Jahre unserer vermeintlichen Beziehung nichts bedeutet haben? Dass du mich zwölf Monate davon tagein, tagaus belogen hast?«

»Eeeve!« Sie hörte deutlich, dass er betrunken war. »Hast du mich gehört? Ich will versuchen, es wiedergutzumachen. Wie wär's, wenn ich später vorbeikomme, nach der Arbeit? Wir können was trinken, über alles reden. Du fehlst mir, Baby.«

»Tja, du kannst vorbeikommen, wenn du willst, aber ich werde nicht da sein. Meine Mutter ist gestorben. Ich bin in ihrem Haus.«

»Scheiße. Echt?« Sie konnte sich lebhaft vorstellen, wie er beim Sprechen schwankte. »Dann darfst du jetzt nicht alleine sein. Ich komme und ...«

»Nein. Ich bin hier, um alles zu regeln, und ich brauche keine Hilfe.« Eigentlich wollte Eve auflegen, doch sie genoss es, die Macht über dieses Gespräch zu haben. Ausnahmsweise sagte sie mal, wo es langging.

»Und wann kommst du zurück?«

»Gar nicht.«

»Was soll das heißen? Wo willst du denn hin? Was ist mit deinem Job?«

»Wenn du es unbedingt wissen willst, ich habe gekündigt. Ich weiß noch nicht, wo ich hinterher hingehe, aber ganz sicher nicht in deine Nähe.« Und mit diesen Worten drückte sie den Anruf so fest weg, wie sie konnte, bevor sie das Telefon aufs Bett warf. Es war schwer zu sagen, was sie wütender machte: dass sie nicht aufs Display gesehen hatte, ehe sie abnahm, oder dass Marcus die Stirn besaß, auch nur vorzuschlagen, dass sie sich trafen und aussprachen. Und jetzt, wo sie einen klaren Kopf für den Makler brauchte, hockte sie nachts um zwei hellwach da und konnte es vergessen, noch mal einzuschlafen.

Sie stolperte im Dunkeln durch den Flur und blieb auf dem Weg in die Küche vor Nells Schlafzimmertür stehen. Bislang hatte sie das Zimmer absichtlich gemieden, aber Instinkt oder Neugier trieben sie, den Knauf zu drehen und die Tür zu öffnen. Sie kippte den Lichtschalter nach oben und nach unten, doch es blieb dunkel, bis auf das wenige Licht, das aus dem Flur hereinfiel. Nichts deutete darauf hin, dass dies das Zimmer einer Toten war, dass der Mantel an dem Haken oder die Haarbürste auf der Kommode nicht gestern oder vor einer Stunde noch benutzt wurden. Auf dem Nachtkästchen lag eine Brille neben einem aufgeschlagenen und umgedrehten Buch nahe der Lampe, bereit, wieder aufgenommen zu werden. Genau das tat Eve, klappte das Buch zu und las den Titel, *Das geheime Spiel*. Nell war eine Vielleserin gewesen, hatte Eve und Bec dauernd in den Ohren gelegen, sie sollten mehr lesen. Natürlich hatte Eve damals nicht auf sie gehört. In letzter Zeit jedoch war sie zu einem Bücherwurm geworden, las bis spät in die Nacht, wenn Marcus fort war oder »Arbeit aufholte«. Die Wörter hatten den Leerraum gefüllt, der um sie herum wuchs, und die Bücher leisteten ihr Gesellschaft. Über Stunden konnte sie in die Geschichten eintauchen, bis es sie schließlich nicht einmal mehr kümmerte, ob oder wann der Schlüssel in der Tür klickte, ja, am Ende sogar froh war, wenn er es nicht tat.

Eve streckte seufzend den Arm vor und knipste die Nachttischlampe an, ehe sie die Schublade aufzog.

Er war nicht einmal unter irgendwas anderem verborgen, nein, ganz oben lag er, mit ihrem Namen – genauer gesagt, dem Namen, auf den sie getauft wurde – in der Handschrift ihrer Mutter auf dem Umschlag. Eves Kopfhaut juckte. Sie warf das Buch in die Schublade, knallte sie zu und setzte sich auf die Bettkante. An der Wand direkt vor ihr hing eine verblasste Fotografie, die sie anstarrte. Es war ein gerahmtes Bild von ihrem Großvater, der in einem Sulky saß. Zwei Kaltblüter mit Scheuklappen waren vor den Wagen gespannt, und ihr Großvater sah Eve durch das Glas an.

Sei nicht feige, Evangeline, hörte sie ihn flüstern. *Mach den Brief auf und guck nach, was sie zu sagen hat.*

Schatten musterten den Boden. Draußen hatte der Wind aufgefrischt, und der Balkenrahmen des Hauses ächzte und knarrte.

Eve hörte ein Stöhnen, und sie wurde stocksteif, bis ihr aufging, dass es Banjo war, der nebenan in ihrem Zimmer schlief und wohl träumte, er würde auf einer Weide einem Kaninchen nachjagen. Eve stand auf und schüttelte sich.

Sie glaubte nicht an Geister oder rastlose Seelen, die herumspukten. Die Schritte im Stall heute waren allerdings real gewesen, und jetzt dies. Der Besuch bei den Gräbern nachmittags hatte sie aufgewühlt, sonst nichts. Na ja, dann noch der Anruf von Marcus. Und nun der Umschlag. Er lag in der Schublade, wartete, dass sie ihn öffnete. Das durfte er noch ein bisschen länger. Sie brauchte jetzt wahrlich keine Gardinenpredigt aus dem Grab. Und ganz sicher wollte sie sich nicht auf einen emotionalen Schuld-Trip von jemandem schicken lassen, dem sie nichts entgegnen konnte.

»Bedaure, Pop«. Sie richtete das Foto, schaltete die Lampe aus und zog die Türe hinter sich zu.

Sie brauchte dringend etwas, das ihr half, wieder einzuschlafen. Eve drehte den Deckel der Jack-Daniel's-Flasche ab, die sie in der Stadt gekauft hatte, und goss den Whiskey in ein Glas mit Eiswürfeln. Die warme braune Flüssigkeit glitt ihr die Kehle hinunter und tröpfelte durch ihre Adern. Beinahe sofort merkte sie, wie ihre Schultern herabsanken und sich ihr Körper entkrampfte. Sie war froh, dass sie vor dem Zubettgehen nichts getrunken hatte. Weiß der Geier, wie sie auf Marcus reagiert hätte, wäre sie auch bloß etwas angetrunken gewesen.

Als sie die Textnachrichten auf seinem Handy fand, war sie völlig zusammengebrochen. Sie hatte geheult wie ein Baby, während sie die Sachen zusammenpackte, die er in ihrer Wohnung lagerte.

Es war nicht bloß die Erniedrigung. Sie hatte wirklich geglaubt, diese Beziehung wäre etwas Dauerhaftes. Zwar hatten sie nie über Heirat gesprochen, aber Eve hatte sie als Möglichkeit gesehen, sowie er seinen Job sicherer hatte und nicht mehr wochenweise zwischen zwei Städten pendeln musste. Wie absurd das alles jetzt schien!

Sie bebte innerlich. Warum ging es ihr nach wie vor so nahe, mit ihm zu reden? Er war ein schleimiger, verlogener Idiot, dem man nicht trauen konnte. Jedenfalls hatte sie Wichtigeres, über das sie nachdenken musste. Der Makler würde morgens herkommen, das Haus musste geputzt und die Pferde mussten gefüttert werden.

Sie sank aufs Sofa. Das Bild von dem Umschlag schwirrte ihr durch den Kopf, als ihr die Augen zufielen. Die Stimme ihres Großvaters raunte weiter in ihren Gedanken. *Sei nicht feige, guck nach, was sie zu sagen hat, guck nach, was sie zu sagen hat* – es wurde zu Nells Flüstern – *Sieh doch nach, was ich zu sagen habe* – und zu Marcus' Betteln – *Hör dir an, was ich zu sagen habe.*

Eve war mit den Pferden und dem groben Hausputz fertig, bevor sie ins Bad eilte, um sich selbst zu putzen. Fliesen fielen von der Wand, und im Waschbecken war ein riesiger Sprung. Die Rohre klimperten und klapperten, als das Wasser aus dem Duschkopf tröpfelte. Eve drehte den Hahn weiter auf, doch es blieb beim Tröpfeln.

Wie konnte Nell so leben?

Eve zog sich aus und stellte sich unter das lauwarme Wasser, wo sie sich, so gut sie konnte, wusch und achtgab, das Wesentliche zuerst zu erledigen. Die Duschwannenränder waren von Schwarzschimmel eingerahmt, und der Vorhang hatte einen Riss von der Mitte bis zum Boden. Vielleicht fiel es dem Makler nicht auf, redete sie sich ein, als sie ausstieg und sich abtrocknete. Sie wickelte sich das Badelaken um, zurrte es unter ihren Armen fest und sah in den Spiegel.

Seltsam, wie anders man in anderen Spiegeln aussieht, dachte sie. In diesem sah sie jünger aus. Es könnte am Licht liegen. Sie wischte sich das Haar aus der Stirn und guckte genauer hin. Da war nirgends eine Spur von Grau in dem dunklen Braun, noch nicht. Und die Falten neben ihren Augen und an ihrer Stirn waren nur zart. Ihre Wangen waren gerötet, was von der gestrigen Sonne sein musste. Doch bedachte man, dass sie nur sehr wenig geschlafen hatte, sah sie okay aus. Nicht ganz wie die kluge Großstädterin, für die sie sich hielt, aber ausreichend welterfahren, zumindest für Mossy Creek. Sie entschied sich, ein wenig Mascara und einen Hauch Lippenstift aufzulegen.

Es klopfte an der Tür. Rasch warf sie sich ihre Sachen über und lächelte ihrem Spiegelbild gekünstelt zu.

Showtime.

»Also, was meinen Sie?« Eve hatte über eine Stunde zugeschaut, wie der Makler mit seinem Klemmbrett umherwanderte. Sein

Gesicht verriet rein gar nichts. Er beherrschte die Verkäufertaktik, das Positive zu kommentieren und alles andere nicht anzusprechen, meisterlich. Doch Eve wusste, dass es eine Menge Kreuze auf seinem Formular geben würde.

»Das Haus hat großes Potenzial«, sagte Brent.

»Ja, der Traum eines jeden Restaurators, nicht?«

»Und ob.« Er lächelte. »Wie viel Land gehört noch mal dazu?«

»Etwas über sechzig Hektar, von denen ungefähr zehn Weideland sind und der Rest Buschland. Es gibt einen Bach, der quer durch das gesamte Land fließt«, ergänzte Eve optimistisch. »Und das Grundstück grenzt an staatseigenes Waldgebiet.«

»Hmm, die Größe ist gut, und es ist viel nutzbares Land. Leider hilft die derzeitige Dürre im Moment niemandem. Ich würde sagen, dass Sie bei sieben-fünfzig ansetzen sollten. Mit ein bisschen Arbeit an den Bauten könnten sie auf zehn bis dreißig mehr gehen, je nachdem, wie viel Sie investieren wollen. Aber den eigentlichen Wert macht das Land aus. Käufer würden das Haus wohl am ehesten zusammenschieben und neu bauen.«

Eve spürte, wie sich ihre Schultern verspannten, hatte allerdings keine Ahnung, warum. »Na ja, ich möchte nichts ausgeben, Mr Walters … Brent. Und je schneller ich verkaufen kann, umso besser.«

»Dann wäre eine Versteigerung zu empfehlen. Normalerweise hat die einen sechswöchigen Vorlauf, und es gibt keine Garantien, aber wir bei Town and Country genießen einen guten Ruf und konnten schon sehr ansprechende Gebote erzielen.« Eve wartete nur darauf, dass er seine Schnurrbartspitzen zwirbelte und seine Zähne blitzen ließ. »Wir können binnen ein paar Tagen ein Schild aufstellen und einen Anschlag in unserem Schaufenster machen. Mit der richtigen Werbung würden wir dann zum Wochenende hin anfangen. Wie klingt das?«

»Richtig klasse!«

Brent klappte sein Klemmbrett zu. »Gebongt. Ich melde

mich. Wir kommen noch mal her, um Fotos zu machen, und Sie müssten noch einige Papiere unterschreiben. Kommen Sie zu uns ins Büro, wenn es Ihnen passt, aber so bald wie möglich wäre gut.«

Eve stand auf der Veranda und sah ihm nach, als er wegfuhr. Siebenhundertfünfzigtausend Dollar. Nie hätte sie sich erträumt, einmal so viel Geld zu besitzen. Es war genug, um ihre Schulden zu begleichen, gen Norden zu ziehen, sich irgendwo ein kleines Café zu kaufen und von vorne anzufangen.

Genug, um ein bisschen Glück zu kaufen.

Das Bein der Stute wurde schlimmer. Trotz Eves Bemühungen, die Wunde sauber zu halten, lahmte das Pferd noch und fraß merklich schlechter. Es war Zeit, zu handeln und den Tierarzt zu rufen. Eve zog die Karte aus ihrer Tasche, die Tom ihr gegeben hatte. Doch anstatt in der Praxis anzurufen, fand Eve, dass ein persönlicher Besuch das Beste war. Vielleicht konnte er ihr irgendein Mittel geben, das einen Besuch hier draußen überflüssig machte. Sie musste sowieso zur Post und ins Fach sehen.

Es war ein weiterer warmer Tag mit einem Himmel von flüssigem Blau, das in alle Ewigkeit auszulaufen schien. Der Van brummte brav dahin, und Banjo steckte seinen Kopf aus dem Seitenfenster und griente in den Fahrtwind. Ihm gefiel dieses Leben, und Eve musste wohl oder übel gestehen, dass es ihr nicht anders ging. Es war, als hätte sich etwas in ihr hiernach gesehnt, ohne dass es ihr klar war.

Anfangs hatte Eve so viel Distanz wie möglich zwischen sich und auch bloß einer vagen Ähnlichkeit von Landleben gewollt. Die meisten jener Jahre hatte sie auf Reisen verbracht, so wie sie es sich als Teenager erträumt hatte. Jack und sie hatten Stunden, Tage, Wochen geplant, wohin sie reisen und was sie machen wollten. Manches davon hatte sie getan – größtenteils in Australien, dann in Griechenland, der Türkei, Spanien, Marokko –, aber mit dreißig hatte sie genug davon, die Welt zu sehen, und wollte irgendwo länger bleiben, Wurzeln schlagen.

Irgendwo, wo es eine Toilette mit Spülung gab und einen Garten für einen Hund. Sie landete in einem Reihenhaus im inneren Westen von Sydney: nicht zu schick, aber ein Anfang und Platz für ihre Sachen und mit einem zusätzlichen Schlafzimmer, das sie vermieten konnte, falls sie Geld brauchte. Dann verließ das Glück sie, und sie suchte sich den Job bei *Spence's*, einem Café inklusive Weinbar, wo sie sich in nicht einmal einem Jahr zur Managerin hocharbeitete. Das war ihr Ding: Leute kennenlernen, ihnen das Gefühl geben, zu Hause zu sein, genau die richtige Atmosphäre schaffen. An den Samstagabenden hatte sie sogar gesungen und sich auf der Gitarre begleitet. Dort war sie Marcus begegnet. Mit seinen fast schwarzen Augen hatte er sie von der Bar aus beobachtet, als sie auf der Bühne war. Sein angedeutetes Lächeln, das etwas versprach. *Und eine glatte Null lieferte!*

Eve zwang ihre Aufmerksamkeit gerade rechtzeitig ins Hier und Jetzt zurück, um den Truck zu sehen, der auf sie zugerumpelt kam. Sie schwenkte scharf nach links. Der Van schlingerte über den Randstreifen, sodass Staub und Steine aufstoben und teils gegen die Windschutzscheibe klackerten. Eve und Banjo hüpften auf ihren Sitzen wie die Wackeldackel, bis Eve endlich mit Kraft auf die Bremse trat und sie unmittelbar vor einem gewaltigen Niaoulibaum zum Stehen kamen.

»Scheiße!«

Eve nahm beide Füße von den Pedalen, woraufhin der Wagen vorruckte, noch näher an den Baum, und der Motor stotternd verreckte.

»Was war das denn?« Sie sah sich um, doch der Truck war weg.

»Alles klar, Banj?« Er sprang aus dem Fußraum, in den er geflogen war, auf ihren Schoß und schlabberte ihr das Gesicht ab. Seine Beine zitterten. »Schon gut, Süßer. Alles ist gut.« Sie hob ihn zurück auf den Beifahrersitz. »Sehen wir mal, ob wir hier wieder rauskommen.«

Der Motor sprang sofort an, aber als Eve in den Rückwärtsgang schaltete, drehten die Räder durch und der Van bewegte sich nicht von der Stelle. Sie stellte den Motor aus, öffnete die Tür und stieg aus, doch ihre Füße stießen auf Luft anstatt Erde, und sie stürzte ziemlich unsanft nach unten. Dort blieb sie einen Moment liegen und wartete, dass ihr Herzrasen aufhörte. Schmerz schoss ihr durch das Bein, als sie aufzustehen versuchte. Banjo war sofort bei ihr.

»Gib mir nur eine Minute«, sagte sie mehr zu sich als dem Hund. Das Problem war ihr Fuß. Sie hätte gerne den Stiefel ausgezogen, doch dem Brennen nach zu urteilen, war es wohl klüger, ihn anzulassen. Nach ein paar kräftigen Atemzügen gelang es ihr, sich aufrecht hinzusetzen.

Der Van stand schief über einem Graben, und der linke hintere Reifen berührte nicht mal den Boden. Vorne rechts, wo sie gestürzt war, befand sich eine riesige Vertiefung, die wie ein alter Wombat-Bau aussah.

War ja klar. Wie soll ich denn hier wieder rauskommen?

Eve verfluchte den Truckfahrer und sich, weil sie nicht auf die Straße geachtet hatte. Ihr Handy lag auf der Farm in der Küche, wo sie es zum Aufladen angeschlossen hatte. Also konnte sie niemanden anrufen. Andererseits hätte sie sowieso nicht gewusst, wen sie anrufen sollte. Nun blieb ihnen nur, entweder hier zu sitzen und zu warten, dass jemand vorbeikam, oder zur Hauptstraße zu humpeln. Eve stemmte sich hoch und konnte halbwegs stehen, wobei sie sich am Van abstützte und noch einmal tief Luft holte, ehe sie nach den Schlüsseln griff.

Zuerst war jeder Schritt eine Tortur. Banjo trottete langsam neben ihr her und sah immer wieder zu ihr auf. Als Eve einen langen Stock am Straßenrand entdeckte und ihn aufhob, wedelte Banjo begeistert mit dem Schwanz. »Nein, den werfe ich dir nicht«, erklärte sie ihm, knackte einige seitliche Zweige ab und lehnte sich auf den Stock, um zu testen, ob er ihr Gewicht hielt. Immerhin konnte sie den Fuß so ein bisschen entlasten. Trotzdem würde es ein langer Marsch in die Stadt.

Eve trug eine knielange Jeans und ein Trägertop. Schon jetzt merkte sie, dass sie sich die Schultern verbrannte. Als sie jünger war, wurde sie mit der ersten Sommersonne braun; aber mit dem jahrelangen nachtaktiven Leben schien das Öl versiegt – oder was immer es war, was die Haut mühelos bräunen ließ. Und überhaupt war es ungesund, zu viel in der Sonne zu sein. Bei dem Gedanken wurde Eve mulmig. Nell war an einem Krebs gestorben, der mit einem unentdeckten Melanom begann. Die vielen Jahre im Freien hatten ihren Preis gefordert. War so ein Krebs vererblich? Eve rieb sich mit den Händen über die Schultern, als würde das etwas nützen.

An der Kreuzung bogen sie auf die Hauptstraße ab, und Eve zwang ihre Gedanken zurück zu ihrer gegenwärtigen Lage. Es war mindestens eine halbe Stunde Fußweg in die Stadt, bei ihrem Tempo eher doppelt so lange. Banjo machte bereits schlapp, obwohl er ein sehr fitter Hund war. Die Zunge hang ihm seitlich aus dem Maul und tropfte, und trotz ihres langsamen Gehens hechelte er. Die Hitze setzte ihnen beiden zu.

Ein Stein unter einem Baum weiter vorn sah wie der ideale Platz aus, um einen Moment zu verschnaufen und nachzudenken. Eve setzte sich hin und holte die Halbliterflasche Wasser hervor, die sie in ihrer Tasche hatte. Sie krümmte ihre Hand und schüttete etwas Wasser für Banjo hinein, der es gierig aufschlabberte und sie erwartungsvoll ansah.

»Tut mir leid, Süßer. Wir müssen uns das teilen.« Sie nahm selbst einen Schluck und gab dem Hund noch etwas.

Ihr Fuß tat höllisch weh, und kaum saß sie still, wurde ihr schlecht vor Schmerz. Sie musste wohl oder übel warten, bis jemand vorbeikam und sie mitnahm. Als hätte sie es allein durch diese Feststellung heraufbeschworen, tauchte ein Auto in der Ferne auf. Eves Übelkeit wurde schlimmer, sowie der Wagen näher kam und sie den Fahrer erkannte. Sie wappnete sich, als er wendete, zu ihr zurückfuhr und die Tür öffnete.

»Na, wen haben wir denn hier?« Das spöttische Grinsen in seinem Gesicht und der zynische Ton waren wenig hilfreich.

»Hi, Jack.« Eve konnte nicht fassen, dass sich ihre Wege

gleich zweimal binnen zwei Tagen kreuzten, nachdem sie sich zwanzig Jahre lang gar nicht gesehen hatten.

Banjo lief zu Jack, sprang an ihm hoch und schleckte ihn übermütig ab.

»Wenigstens der Hund freut sich, mich zu sehen.«

»Ich mich auch«, log Eve. »Ich glaube sogar, dass ich mich noch nie mehr gefreut habe, jemanden zu sehen.« Das stimmte zur Hälfte, denn sie brauchte dringend Hilfe. Blöd war nur, dass es zufällig Jack sein musste.

»Was ist passiert?«

»Passiert ist irgendein wahnsinniger Truckfahrer, der mich von der Straße gedrängt hat, sodass ich im Graben gelandet bin. Mein Handy lädt im Haus auf, und du bist der Erste, der vorbeikommt, seit Banjo und ich beschlossen haben, eine Pause einzulegen, bevor wir verschrumpeln und sterben.«

»Aha.«

»Zu allem Überfluss scheine ich mir auch noch den Fuß verstaucht zu haben, als ich aus dem Van gesprungen bin.« Zur Veranschaulichung wollte sie das Bein heben, aber das Gewicht des verletzten Fußes erwies sich als zu groß. »Aaahh.«

»Tja, ich könnte euch anbieten, mit euch zurück zum Van zu fahren und mir die Bescherung mal anzusehen.«

In jedem seiner Worte schwang ein Grinsen mit. Doch Eve konnte seinen Gesichtsausdruck nicht deuten. Fand er die Situation wirklich amüsant, oder verhöhnte er sie, weil er bis heute wütend auf sie war?

»Ja, könntest du«, sagte sie so gelassen wie möglich.

Sie hinkte zu seinem Wagen. Die Pause war keine gute Idee gewesen, denn ihr Fuß schwoll in dem Stiefel auf Ballongröße an. Es wäre ein Wunder, sollte sie den Stiefel je wieder herunterbekommen.

Jack öffnete die Beifahrertür, und Eve rutschte hinein. Banjo sprang nach oben, kletterte über Eve hinweg und hockte sich zwischen sie und Jack.

»Sieht aus, als sollten wir zur Arztpraxis fahren, nachdem wir uns um den Van gekümmert haben«, sagte Jack, wendete wieder und fuhr die Straße zurück.

Eve starrte aus ihrem Seitenfenster, weil ihr plötzlich unwohl dabei war, ihrer alten Liebe so nah zu sein. Anfangs waren die Erinnerungen an ihn ausschließlich gute gewesen, bis sie sich in Kummer auflösten. Wie kam es, dass schreckliche Ereignisse jeden und alles befleckten, was man mit ihnen assoziierte?

»Also, was bringt dich in die Stadt?«, fragte Jack.

Eve sah ihn verständnislos an.

»Heute Morgen, meine ich.«

»Ach so. Ich wollte mal mit dem Tierarzt reden. Eine Stute hat eine üble Schnittwunde am Bein. Sie sieht entzündet aus, und ich will nicht, dass es schlimmer wird. Das Tier ist eine ganz Süße.«

»Du hattest schon immer ein Händchen für Tiere.«

Die Anspielung auf ihre gemeinsame Vergangenheit machte Eve verlegen, deshalb sagte sie nichts. Sie war froh, als hinter der Biegung ihr Van zu sehen war, Millimeter vom Baum entfernt.

»Du hast Glück gehabt, dass du nicht durch die Windschutzscheibe geflogen bist, Angie. Entschuldige … Eve. Da muss ich mich erst noch dran gewöhnen. Ich denke immer an dich als Angie.«

Was denkst du, wenn du an mich denkst?

Jack fuhr an den Straßenrand. »Warum die Namensänderung?«

Eve überlegte gründlich, bevor sie antwortete, was sie zu dem Aufwand bewegte, ihren Namen notariell ändern zu lassen. »Ich wollte so weit weg von der, die ich war, wie ich irgend konnte.« Sie machte eine Pause. »Und eigentlich war es keine Namensänderung, sondern eher ein Wechsel der Betonung.«

Jack grinste. »Hmm, stimmt, Evangeline.« Er gehörte zu den wenigen Menschen, die ihren vollen Namen kannten. Hätten andere es gewusst, wäre sie gnadenlos gehänselt worden. »Und hat sie funktioniert, die Veränderung?«

»Teils ja, teils nein.« Ihr gefiel nicht, wohin sich diese Unterhaltung bewegte. »Willst du dir jetzt den Van ansehen?«

»Sicher doch.«

Eve öffnete die Tür, um die Sache zu beschleunigen, und Jack verstand den Wink. Benzindämpfe lagen in der Luft. Komisch, die hatte sie nicht bemerkt, als sie vom Wagen weghumpelte. Sie hinkte zum Heck des Vans, wo Jack sich auf den Rücken gelegt hatte, um die Unterseite zu prüfen. An seinem rechten Arm war ein Tattoo. Eve konnte den Namen Lilly entziffern, und da war noch ein zweiter Name, der jedoch vom Hemdsärmel verdeckt wurde.

»Zum Glück hast du nicht noch mehr kaputt gemacht«, sagte er, als er wieder unter dem Wagen hervorrutschte, aufstand und sich den Staub abklopfte.

Eve wurde sauer, weil er andeutete, dass der Unfall ihre Schuld gewesen war. »Ich habe das nicht mit Absicht gemacht! Ich musste ausweichen, um nicht frontal in den blöden Truck zu krachen.«

»Habe ich ja auch nicht behauptet. Anscheinend ist eine der Benzinleitungen beschädigt worden, als du über den Graben gekippt bist, und hat ein Leck.«

»Kann ich damit fahren?«

»Nee. Du schaffst es vielleicht zurück, oder der Motor gibt vorher schon seinen Geist auf. Ich kann dich in die Stadt schleppen, wenn du willst. Ein Abschleppseil habe ich hinten im Auto.«

Das Brennen im Fuß wurde schlimmer. Inzwischen wurde Eve schon schwindelig davon, nur halb auf dem Bein zu stehen. Sie setzte sich auf den Boden, lehnte sich an einen Baum und schloss die Augen.

»Wäre vielleicht nicht schlecht, sich auch gleich mal den Knöchel anzugucken.«

Sie hörte seine Stimme durch den dichten Nebel, der in ihrem Kopf waberte. Das Letzte, was sie wollte, war irgendwem hier verpflichtet zu sein, vor allem Jack. Das gehörte definitiv nicht zu ihrem Plan. Doch ob es ihr gefiel oder nicht, sie hatte keine andere Wahl.

Jack nahm das Ausbleiben ihrer Antwort als Ja, steckte Keile unter die Hinterräder und schob den Van aus dem Graben. Es waren mehrere Anläufe nötig, ehe der Wagen ansprang, und als er es tat, quoll Rauch aus der Motorhaube. Nach einem kleinen Stück, gerade genug, dass er wieder auf der Straße war und in die richtige Richtung zeigte, soff der Motor ab.

»Tja, das beantwortet die Frage. Meinst du, du kannst lenken und bremsen, wenn ich dich abschleppe?«

»Mein linker Fuß ist noch in Ordnung. Das sollte gehen.«

Eve beobachtete, wie Jack zu seinem Truck ging und den Van mit ihm vertäute. Er befestigte das Seil an der vorderen Stoßstange und ruckte mehrmals kräftig an beiden Enden, um sich zu vergewissern, dass sie fest verknotet waren. Jack war zu einem gut gebauten Mann herangewachsen: groß, sonnengebräunt und mit tollen Oberarmmuskeln.

Jack streckte Eve die Hand hin. »Soll ich dir einsteigen helfen?«

»Ah, tausend Dank, Sir.« Sie nahm sein Angebot an, musste sich aber noch einen Moment am Baum festhalten, nachdem sie aufgestanden war, um nicht umzukippen.

Er lächelte. Sie fielen in die alten Kabbeleien von früher zurück. Eve lehnte sich an ihn, als er ihr zum Van half, ließ seinen Arm an ihrer Taille den Großteil ihres Gewichts tragen und fühlte seine Kraft bei jedem Schritt, den sie machten. Als sie hinter Banjo eingestiegen war, Jack die Tür hinter ihnen zugeschlagen hatte und ihr durchs Fenster zuwinkte, war Eve froh, alleine zu sein. Zwischen ihnen hingen Unmengen unausgesprochener Worte in der Luft, und je länger Eve in seiner Nähe war, umso hartnäckiger spürte sie die Frage, die gestellt werden wollte. Ihr Fortgang damals hatte nichts mit Jack zu tun gehabt, jedenfalls nicht direkt, und dennoch war sie ohne Erklärung oder Abschied verschwunden. Er muss wütend auf sie gewesen sein. Es grenzte an ein Wunder, dass er überhaupt noch mit ihr redete. Aber mit ihm zusammen zu sein, gab Eve das Gefühl, wieder jung zu sein, als wäre der ganze Mist seit Rebeccas Tod nie passiert, als wäre sie wieder siebzehn und verliebt und bereit, die Welt im Sturm zu erobern.

Doch das war bloß eine Fantasie.

Dies hier war die Realität: in einem kaputten Wagen von einem Mann abgeschleppt zu werden, den sie nicht mehr kannte, in eine Stadt, in die sie nicht gehörte.

Die Fahrt war langsam. Das Lenken und Bremsen nahm Eves gesamte Aufmerksamkeit ein. In der Stadt bog Jack an der ersten Kreuzung rechts ab und stoppte mitten auf der Straße.

Eve kurbelte ihr Fenster herunter, als er zu ihr kam.

»Ich lasse dich hier beim Doc, geh die Straße runter zu Porter und hole einen der Jungs, damit er den Wagen mit mir hinbringt.«

»Ist Macintosh noch der Arzt?«

Jack guckte sie an, als wäre sie nicht ganz dicht, und half ihr aus dem Van. »Der ist seit fünfzehn Jahren tot.«

Sie sahen sich an und lachten beide los.

»Tja, ich bin nicht mehr so ganz auf dem Laufenden.«

»Sein Ersatz wird dir gefallen. Soll ich dir in die Praxis helfen?«

Sie bemühte sich, keine Miene zu verziehen, als ihr Fuß den Boden berührte. »Danke, geht schon.«

»Okay, ich komme dich nachher abholen und bringe dich nach Hause.«

»Ist schon gut, Jack, ehrlich, du hast schon genug getan.«

»Hast du eine andere Mitfahrgelegenheit?« Er zog eine Braue hoch. Leider konnte sie die Frage nicht bejahen.

Eve wartete, bis er außer Sichtweite war, ehe sie versuchte, zur Praxis zu humpeln. Ihr Fuß fühlte sich an, als wollte er explodieren, doch sie machte konzentriert einen Schritt und biss die Zähne zusammen.

»Du musst hier warten, Banj.« Sie zeigte auf eine Stelle neben der Tür. »Sitz.«

»Oh, Sie sehen aber elend aus«, stellte die Arzthelferin am Empfang lächelnd fest und kam hinter ihrem Tresen hervor, um Eve zu einem Stuhl zu helfen. »Was haben Sie gemacht?« Ihr Lächeln und ihre Art taten Eve erstaunlich gut. Es musste wohl daran liegen, dass sie sich an die alte Helferin erinnerte, Sandra, die Eve angefaucht und dort stehen gelassen hätte, während sie ihr Terminbuch durchging und den lästigen Notfall mit entsprechendem Kopfschütteln tadelte.

»Ich hatte einen kleinen Autounfall auf dem Weg in die Stadt.«

Klein im Sinne von: von einem beknackt riesigen Truck von der Straße gedrängt.

Die Arzthelferin – Lindsay, laut ihrem Namensschild – schürzte besorgt die Lippen. »Da packen wir erst mal Eis drauf. Zum Glück ist heute Nachmittag wenig los, also kommen Sie bestimmt schnell dran. Sind Sie alleine hier?«, fragte sie und sah zur Tür.

»Ja, mich hat jemand hergefahren.«

»Sehr gut, einen Moment noch.« Sie eilte in ein Hinterzimmer und kehrte mit einem Ice-Pack zurück. Eve klammerte sich an die Stuhlkante, als Lindsay ihr behutsam den Stiefel auszog. Der Fuß hatte bereits einen scheußlichen Blauton angenommen, und der Knöchel war auf doppelte Größe angeschwollen.

»Uuuh, das sieht fies aus!«

Beim Druck des Kühlkissens ging Eve beinahe durch die Decke, doch nach ein paar Minuten linderte die Kälte ihren Schmerz. Seufzend lehnte sie den Kopf an die Wand.

»Darf ich Sie nach einigen Daten fragen?« Lindsay war wieder hinter ihrem Tresen, und die Vorderkante war so hoch, dass Eve sie dahinter kaum sehen konnte.

»Klar. Mein Name ist Eve Nicholls.« Sie machte sich auf die Reaktion gefasst, die gleich käme. »Adresse: 630 Mossy Creek Road.«

»Nell Flanagans Farm?«

Und los geht's.

»Ja. Ich bin ihre Tochter.« Für einen Moment dachte Eve, die junge Frau würde in Tränen ausbrechen, deshalb fuhr sie schnell fort: »Wird es noch lange dauern?«

»Nein, sie hat nur einen Patienten, und der ist gerade drin.«

Demnach hatte sich manches verändert – eine Ärztin? Wer hätte das gedacht?

Stimmen erklangen im Korridor, und Sekunden später erschien ein älterer Mann. »Tschüss«, rief er, als er an Eve vorbeiging. Sie lächelte ihm zu, oder zumindest dachte sie, dass sie es tat. Nun erfuhr sie, was es hieß, taub vor Schmerz zu sein.

»Sie können jetzt rein«, sagte Lindsay und kam wieder zu Eve, um ihr zu helfen.

»Geht schon«, sagte Eve, auch wenn sie beim Aufstehen ins Wanken geriet. »Oder auch nicht.« Dankbar hängte sie sich bei Lindsay ein und hinkte durch den kleinen Korridor.

Als sie durch die Sprechzimmertür ging, war schwer zu sagen, welche der beiden Frauen verwunderter war, die Patientin oder die Ärztin.

Eve stand sprachlos da, bis sie schließlich den Namen flüsterte.

»Cat?«

6

Und der dritte Treffer: Harry, Jack und jetzt Cat.

Könnte Eve rennen, wäre sie sofort rausgestürmt, aber die Arzthelferin war weg, und sie konnte sich nirgends verstecken.

»Angie! Ich habe schon gehört, dass du wieder in der Stadt bist.« Ihre Stimme war monoton, und sie hatte die Augen niedergeschlagen.

Sein Ersatz wird dir gefallen.

Jetzt wurde Eve klar, was Jack gemeint hatte. Und wieso es so zynisch klang.

»Lindsay hat dich hier als Eve Nicholls eingetragen.« Immer noch sah Cat nicht auf, sondern starrte weiter auf das Blatt Papier vor ihr.

Eve kam sich wie ein Schulmädchen vor, das von der Direktorin in die Mangel genommen wurde. »Der Name meines Vaters.« Nell hatte ihren Mädchennamen Flanagan wieder angenommen, nachdem Charlie auf und davon war, und den der Mädchen gleich mit geändert. Das war inzwischen so lange her, und keiner erinnerte sich mehr, dass sie nicht immer so geheißen hatten. Die Änderung zurück in Nicholls war Eves Art gewesen, ihre eigene Identität zurückzuholen und sich noch schärfer von ihrer Mutter zu distanzieren.

Du siehst fantastisch aus, wollte Eve sagen, tat es aber nicht. Als Teenager war Cat eine schlaksige Rothaarige gewesen mit einem Gesicht voller Sommersprossen und einer Brille, die den Nerd-Look komplett machte. Jetzt war sie hellhäutig und gertenschlank mit dichtem, blondgesträhntem Haar, einer mit Strass besetzten Brille und einer Garderobe, die geradewegs aus einer »Landleben«-Zeitschrift stammen könnte.

Ohne ein Wort drehte Cat sich auf ihrem Stuhl, beugte sich

vor und inspizierte Eves Fuß. »Du musst wahnsinnige Schmerzen haben«, sagte sie, während sie den Fuß erst in die eine, dann in die andere Richtung bewegte.

»Ging mir schon mal besser«, sagte Eve und wollte ein kleines Lachen ausstoßen, aus dem leider nur ein Quieken wurde. Sie hatte immer gedacht, dass ihre Schmerzschwelle reichlich hoch läge, doch jetzt war sie sich nicht mehr so sicher. Und sie wünschte wirklich, Cat würde aufhören, den Knöchel zu bewegen. »Denkst du, der ist gebrochen?«

»Könnte sein. Oder mächtig verstaucht. Das wird uns ein Röntgenbild verraten.«

»Kannst du das hier machen?«

»Ja, können wir.« Cat notierte etwas, und das Kratzen ihres Stifts auf dem Papier war das einzige Geräusch in dem Sprechzimmer. Offenbar hatte Cat keinerlei Interesse an Small Talk mit Eve, wollte sich nicht erkundigen, wie es ihr ergangen war; und Eve konnte sich denken, warum nicht.

Alle hatten sich sehr rasch ein Urteil über sie gebildet, doch niemand schneller als Cat. Sie war stets die moralisch Überlegene gewesen, urteilte über alles, was Eve sagte oder tat, gemessen an ihren eigenen hohen Ansprüchen, welche wiederum unerreichbar für ihre allerbeste Freundin waren. Eine Zeit lang hatte Eve es auf unterschiedliche Persönlichkeiten geschoben, sonst nichts. Als jedoch alles den Bach runterging und Cat sich weigerte, mit ihr zu sprechen, tat es weh. Jener gallige Geschmack zerbrochener Freundschaft stellte sich jetzt wieder ein, als wäre es erst gestern passiert. Und er war ebenso schwer zu schlucken wie damals mit siebzehn. Unwillkürlich rückte Eve auf ihrem Stuhl weg von Cat.

»Und, wie hast du das angestellt?«, fragte Cat weder besorgt noch annähernd neugierig. Es war der neutrale Tonfall der Ärztin, die ihre Patientin befragte.

Eve erzählte ihr die Geschichte in so wenigen Worten wie möglich und starrte dabei auf den schwärzlichen Ballon, in den sich ihr Fuß verwandelt hatte.

»Und wie bist du hergekommen?«

»Tja, wie es das Schicksal wollte, kam Jack Mitchell vorbei. Er hat meinen Van zur Werkstatt geschleppt und mich auf dem Weg hier abgesetzt. Allerdings hat er mir nicht verraten, dass du jetzt die Ärztin hier bist.« Nun sah sie zu Cat auf.

Cat erwiderte ihren Blick. »Hat er dir erzählt, dass ich jetzt seine Frau bin?«

Da war ein Anflug eines Lächelns, als Cat aufstand, zur Tür hinaus- und den Korridor hinunterging. Im Regal hinter Cats Schreibtisch stand ein Foto von Jack und Cat, die Lilly durch die Luft schaukelten. Eve neigte sich vor, vergrub den Kopf in den Händen und betete, dass sich ein Loch im Boden auftat und sie verschluckte – auf der Stelle.

Warum hat Jack nichts gesagt?

Sie dachte an seinen amüsierten Gesichtsausdruck, als er sie vor der Tür absetzte, und prompt hatte sie die Antwort. Er hatte schon immer einen schrägen Humor gehabt. Und dieser Scherz ging eindeutig auf Eves Kosten.

So viele Fragen schwirrten ihr durch den Kopf. Warum hatte Cat nach Jahren an der Uni entschieden, hierher zurückzukommen? Warum hatte Jack beschlossen, hier zu bleiben? Und wie kam es, dass die beiden am Ende geheiratet hatten?

Bevor Eve eine Chance hatte, sich irgendetwas davon zu erklären, war Cat mit Lindsay und einem mobilen Röntgengerät zurück. Ihre Stimmung wirkte unbeschwerter. »Das Ding sollte uns zumindest zeigen, ob irgendwas gebrochen ist. Falls sich zeigt, dass der Schaden größer ist, müssen wir dich ins Krankenhaus überweisen, damit die sich den Knöchel genauer ansehen.«

Eve stöhnte, denn sie wollte mit diesen Schmerzen am liebsten nirgends mehr hingehen. Ihre Übelkeit wurde schlimmer, und als sie aufstand, drehte sich das Zimmer um sie. Wenige schreckliche Sekunden lang fürchtete sie, ohnmächtig zu werden. Sie biss die Zähne zusammen und konzentrierte sich auf den orangenen Smiley auf dem Kinderplakat vor ihr an der Wand. Mit Lindsays und Cats Hilfe brachte sie ihren Fuß in die richtige Position für die Aufnahme, und die beiden machten die nötigen Bilder.

»Dauert nicht lange«, sagte Cat und verschwand wieder. Eve war beeindruckt von ihrer Professionalität. Sie blickte sich im Zimmer um. Es war hell und luftig. Das Familienfoto in dem Silberrahmen stand neben einer Vase mit gelben Rosen. Alles auf dem Schreibtisch war geordnet: Stifte lagen aufgereiht nebeneinander; ein Stapel blassrosa Briefpapier; noch ein Foto, in Schwarz-Weiß, von Lilly als Neugeborener an einer Schulter. Es sah aus wie aus einem dieser Anne-Geddes-Kalender. Eve nickte zustimmend, während sie alles in sich aufnahm. Cats Leben hatte sich anscheinend genauso entwickelt, wie sie es sich wünschte: wohlgeordnet, normal, vollkommen. Wie sie es verdiente. Die Vorwürfe gegen Cat, die Eve all die Jahre genährt hatte, lösten sich in nichts auf. Sie kannten sich, seit sie sechs waren, und abgesehen von den hässlichen Worten, die sie bei ihrer letzten Begegnung gewechselt hatten, konnte Eve ihrer ältesten Freundin nichts als Glück wünschen.

Es fühlte sich wie eine halbe Ewigkeit an, bis Cat mit dem Untersuchungsergebnis zurückkehrte, und trotz der merkwürdigen Situation war Eve froh, als die Tür endlich wieder aufging.

»Gute Neuigkeiten. Der Fuß ist nicht gebrochen, aber der Aufnahme und der Schwellung nach übel verstaucht. Du darfst ihn einige Tage lang nicht belasten, gar nicht, und musst ihn mindestens eine Woche möglichst ruhig halten, vielleicht länger.« Cat wickelte in Lichtgeschwindigkeit einen Verband um den Knöchel. »Lass diesen Verband als Stütze dran und nimm zwei von diesen hier gegen die Schmerzen, sobald du zu Hause bist, danach morgens und abends je eine, bis die Schmerzen weg sind.« Sie schrieb etwas auf ihren Rezeptblock, riss die Seite ab und reichte sie Eve. »Ach ja, und fahr die nächsten paar Wochen nicht und tu auch sonst nichts, was den Fuß belastet.«

Cat gab sich jetzt freundlich distanziert. Etwas in Eve wollte eine persönliche Unterhaltung provozieren. »Kann ich wohl kaum«, erwiderte sie. »Der Van fährt die nächsten Tage nirgends hin. Jack hat ihn in die Werkstatt gebracht, und dann wollte er wieder herkommen und mich nach Hause bringen.«

»Der Ritter in schimmernder Rüstung«, murmelte Cat, als sie ihr die Krücken hinhielt, die Lindsay gebracht hatte, und öffnete die Tür. Sie lächelte. »Pass auf dich auf.«

Eine Krücke unter jedem Arm, kämpfte Eve sich nach draußen. Auf dem Flur drehte sie sich zu Cat um. »Ich habe Lilly gestern kennengelernt. Sie ist umwerfend. Und sie hat dein Haar.«

Cat wurde merklich zugänglicher, weil ihre Tochter erwähnt wurde. »Danke. Sie ist eine Süße. Übrigens muss ich sie gleich abholen. War schön, dich zu sehen«, fügte sie hinzu. Ein Unterton in ihrer Stimme sagte Eve, dass sie es ernst meinte.

Cat war schon weg, als Jack ankam.

»Und? Wie schlimm ist es?«, fragte er, nahm Eve die Krücken ab und warf sie auf die Ladefläche neben Banjo, der es sich dort schon gemütlich gemacht hatte.

»Bloß fies verstaucht. Das sollte schnell wieder okay sein. Was ist mit dem Van?«

»Weiß ich nicht. Pete ist heute total ausgebucht und hat nur einen kurzen Blick draufgeworfen. Der Tank ist hinüber, und es wird dauern, einen neuen heranzuschaffen. Das ist das Problem mit alten Autos: Die Ersatzteile sind schwer zu kriegen. Er gibt dir Bescheid, was sonst noch gemacht werden muss und wie viel es dich kostet.«

»Aber er hat meine Nummer gar nicht.«

»Er weiß, wo du wohnst.«

Weiß das nicht jeder?

Die Unterhaltung auf der Rückfahrt drehte sich um Vans und Kelpies, wie lange Eve schon das eine oder andere besaß, und sonstigen Small Talk. Sie redeten quasi über alles, nur nicht darüber, dass Jack mit Cat verheiratet war, die zufällig die Ärztin der Stadt war. Eve wusste sehr wohl, dass Jack darauf brannte, zu erfahren, was in der Praxis gewesen war, doch diese Befriedigung gönnte sie ihm nicht.

Zappel ruhig noch ein bisschen, Witzbold.

Auf der Farm holte Jack die Krücken von hinten, streckte einen Arm aus und umfing Eve in der Taille, um ihr aus dem Wagen zu helfen. Ihr Gesicht streifte seinen Hals, als sie sich hinstellte. Er roch nach Sägespänen und Schweiß. Bei dem rohen maskulinen Duft wurde ihr ganz duselig. Sie balancierte sich auf den Krücken aus und blickte hinüber zu den Paddocks, wo die Pferde wie irre umhergaloppierten und sich gegenseitig jagten, dass die Mähnen und Schweife flogen. Jack folgte ihrem Blick. »Ich hab's hier immer gemocht«, sagte er leise.

Ich auch. »Danke für alles. Das war ehrlich sehr nett von dir.« Ihre förmlichen Worte kamen ihr lachhaft vor, und Eve fand es einfach zu albern. »Ganz schön schweißtreibend, allerdings. Kann ich dir ein Bier anbieten?«, fragte sie mit einem Nicken zum Haus.

»Ich trinke nicht.«

»Ach nein, seit wann?«

»Seit ungefähr zwanzig Jahren«, antwortete er ernst, und ein Schleier legte sich über seine Augen. »Aber zu einer Cola würde ich nicht Nein sagen.« Er grinste. Da war wieder der aufmüpfige Junge, den Eve mal geliebt hatte, er stand direkt vor ihr, die Hände in den Jeanstaschen. Als hätte die Zeit stillgestanden.

Eve bekam weiche Knie. *Denk nicht mal dran.*

Sie saßen auf der vorderen Veranda, nippten an ihren Getränken und sahen auf den leeren Reitplatz.

Jack brach das Schweigen. »Hübsches Tattoo, übrigens.«

Eve blickte hinab zu dem Pferdebild gleich unter ihrer linken Schulter. In der Mähne stand *Bec,* aber man musste schon sehr genau hinsehen, um es zu erkennen, und das hatte Jack eindeutig nicht.

»Deines auch.« Wieder sah sie zu Jacks Arm, wo der Name über Lilly wohl Cat sein musste.

»Verrätst du mir, was du die ganzen Jahre getrieben hast?«, fragte Jack.

Eve verscheuchte eine Fliege, die auf ihrer Wange gelandet war. »Da gibt es nicht viel zu erzählen. Ich bin ein bisschen rumgereist, habe auf einer Farm im Westen gearbeitet, ein wenig Geld zusammengespart und bin einige Zeit in Übersee gewesen. Dann bin ich zurückgekommen und habe mir einen Job in der Stadt gesucht. Eigentlich eher langweilig.«

»Für mich hört sich das nicht langweilig an.« Er verstummte und sah sie direkt an. »Du hast all das gemacht, was wir uns früher vorgenommen hatten.«

Der Hauch von Bedauern in seiner Stimme traf Eve mitten ins Herz. Sie hatte ihn und ihre gemeinsamen Pläne im Stich gelassen. Wenn er nur wüsste, was sie dafür geopfert hatte!

»Wir waren so jung, Jack. Das waren Träume, verrückte Teenagerträume.«

»Ja, waren sie wohl.«

Eve leerte ihr Glas und stellte es auf den Tisch zwischen ihnen. Sie wollte das Gespräch von sich weglenken – von ihnen beiden weg. »Und anscheinend hat sich für dich doch alles ganz gut entwickelt. Lilly ist bezaubernd. Sie hat so gar keine Ähnlichkeit mit ihrem Vater.«

Jack grinste über die Spitze. »Zum Glück schlägt sie nach ihrer Mutter.«

Und dies war die perfekte Gelegenheit. »Warum hast du mir nicht gesagt, dass Cat die Ärztin ist?«

»Ich dachte, ich überrasche dich.«

»Mich überraschen? Mann, ich bin fast umgekippt, als ich ins Sprechzimmer kam! Und das hatte nichts mit meinem Fuß zu tun.« Jack warf lachend den Kopf in den Nacken. »Was hat Cat gesagt?«

»Nicht viel. Eigentlich nur den üblichen Arzt-Patienten-Kram. Ich glaube, sie war genauso geschockt wie ich.«

Cat und Eve waren sehr enge Freundinnen gewesen. Eve hatte ihr sogar jedes intime Detail aus ihrer Beziehung mit Jack anvertraut. Cats damaliger Freund Evan war eine Weile lang einer von Jacks Freunden gewesen. Cat war früher eine stabilisierende Kraft für Eve, die Stimme der Vernunft, die versuchte, ihr die wilden Ideen auszutreiben. Von denen hatte Eves Teenagergehirn einige ausgespuckt. Eve hätte häufiger auf Cat hören sollen.

Sie kraulte Banjos Ohren und wartete, dass Jack etwas sagte.

»Letzten Monat waren wir zehn Jahre verheiratet. Es hat eine Weile gedauert, bis wir Lilly kriegten.«

»Was hat sie gesagt, als du ihr erzählt hast, dass ich zurück bin? Nachdem du gestern hier warst?«

»Sie hat geweint. Ist ins Schlafzimmer geflohen und wollte nicht darüber reden. Du warst immer so was wie ein Tabu zwischen uns, und ich wollte nicht nachhaken.«

»Verständlich.« Jacks Antwort enttäuschte Eve, auch wenn sie seine Ehrlichkeit schätzte. Wieso konnten die Leute die Vergangenheit nicht vergessen, nach vorne sehen und über Sachen hinwegkommen? Sie hatte es. Heute waren sie doch alle andere Menschen, Erwachsene, keine Heranwachsenden mehr.

»Ich glaube, sie hat ein schlechtes Gewissen, weil sie dich so behandelt hat.«

»Sie hat nichts getan, was ich nicht verdient hatte.«

»Tja, ich muss los.« Jack stand auf. »Danke für die Cola.«

»Kein Problem.«

»Ich hoffe, deinem Fuß geht es bald besser. Und dem Van.«

»Ja, ich auch. Bye.«

Jack war schon die ersten Stufen hinunter, da blieb er stehen und drehte sich halb um, als wollte er etwas sagen. Eve verschränkte die Arme und schabte mit dem Zeh an einem vorstehenden Nagel auf dem Verandaboden. Doch die Frage kam nicht. Jack drehte sich wieder weg und ging weiter.

»Bye, Evie«, sagte er, ohne sie anzusehen. Die Art, wie er ihren alten Namen mit dem neuen vermischte, brachte sie zum Grinsen.

Eve war klar, dass sie den Fuß nicht belasten durfte, aber das Schmerzmittel wirkte, und sie musste nach der Stute sehen.

Zwar benutzte sie ihre Krücken, nur brauchte sie für den Weg zum Stall ewig. Der Stute ging es nicht gut. Selbst als Eve ein wenig Heu über das Gatter warf, rührte sie sich nicht. Ihr Bein schmerzte wohl zu sehr, als dass sie damit gehen konnte. Auch das Morgenfutter lag noch unangetastet im Trog. So oder so musste der Verband gewechselt werden.

»Wir sind mal ein Pärchen, was?«

Bei den Worten dachte Eve unweigerlich an Jack. Sie und Jack. Jack und Cat. Komisch, wie sich manche Dinge entwickelt hatten.

Wenn Eve es recht bedachte, waren die beiden wahrscheinlich die ihr liebsten Menschen, sodass es fast schon passend war, dass sie zusammengefunden hatten.

Und warum macht es mich dann so traurig?

Sie stand an der Stalltür und blickte in den Nachmittag. Auf der Farm war alles still. Die Pferde waren nicht gefüttert worden. Sie standen an den Zäunen und sahen erwartungsvoll zum Haus. Wie gut, dass Eve gestern noch zur Koppel zurückgegangen war und den Jeep geholt hatte! Einen Moment überlegte sie, zur Scheune zu humpeln, Fred anzuwerfen und die Runde zu machen, doch der Schmerz, der ihr durch den Leib schoss, kaum dass ihr Fuß den Boden berührte, ließ sie diese Idee sofort verwerfen. Auch wenn es jeder Faser von ihr zutiefst widerstrebte, musste sie einsehen, dass sie jemanden um Hilfe bitten müsste. War es an der Zeit, das Kriegsbeil zu begraben und Marcus anzurufen? Nein, der wäre auf einer Farm absolut nicht zu gebrauchen, weil er viel zu große Angst hätte, sich die Finger oder seine Designerjeans schmutzig zu machen. Das kam nicht in Frage. Und Jack? Er hatte ihr gesagt, dass sie ihn anrufen sollte, wenn sie etwas bräuchte. Doch die ganze Geschichte mit ihm und Cat war zu kompliziert. Harry schied ebenfalls aus – er hatte Eve unmissverständlich klargemacht, was er von ihr hielt.

Jemand anders allerdings würde ihr gewiss mit Freuden helfen.

7

Als Eve klein war, war Aunty Margo immer die gewesen, zu der sie lief, wenn sie etwas bedrückte. Die Hälfte ihrer Kindheit hatte sie in der Küche der Nachbarin verbracht, ihr geholfen, Scones und Kuchen und alle erdenklichen Leckereien zu backen, bevor sie sich an den Tisch setzte und ihre Gemeinschaftswerke gierig verschlang. Zwischen den beiden Grundstücken war eine Pforte, sodass man nicht den Umweg über die Straße gehen musste, und jeden Tag schlüpfte Eve hindurch, um die Nachbarn zu besuchen – mit Bec, sobald sie alt genug war. Nell war dauernd mit ihrer Reitschule beschäftigt, und Margo hatte die Mädchen gerne bei sich, weil sie selbst nur zwei Söhne hatte. Wie Eve erst jetzt wieder einfiel, war Margo sogar ihre Patentante. Ja, sie war die ideale Ansprechpartnerin – sah man mal von der Tatsache ab, dass sie mit Harry verheiratet war.

Dessen offene Verachtung bei ihrer Ankunft jagte Eve immer noch eisige Schauer über den Rücken. Wie konnte jemand, der sie einst so sehr gemocht hatte, der für sie immer zur Familie gehört hatte, so kalt und ablehnend zu ihr sein? Manche Leute verstand man einfach nicht. Womöglich würde Margo genauso auf sie reagieren, doch bei der Erinnerung an ihre sanften Augen bezweifelte Eve es. Und ihr blieb sowieso keine andere Wahl. Sie schlug die Nummer im Telefonbuch nach und wählte. Ihre Hände zitterten, und sie hielt den Atem an, als es am anderen Ende klingelte. Es war mitten am Nachmittag, somit standen die Chancen gut, dass Harry draußen bei der Arbeit war. Als Eve gerade wieder auflegen wollte, meldete sich jemand.

»Hallo?«

Sie erkannte die Stimme auf Anhieb. Eve biss sich auf die Lippe. Konnte sie Margo allen Ernstes um Hilfe bitten, nachdem sie sich so lange nicht gesehen hatten?

»Hallo? Ist da jemand?«

»Hi, Aunty Margo, hier ist Eve Nicholls – entschuldige, Evangeline Flanagan.« Der Name klang lächerlich, und fast hätte Eve tatsächlich laut gelacht.

Am anderen Ende war es zunächst sekundenlang still, und Eve glaubte schon, dass Margo auflegen würde.

»Hallo, Angie! Ist das lange her!«

»Ja, ist es. Wie geht es dir?«

»Ach, was soll ich sagen? Ich werde älter, aber noch kriege ich einen Fuß vor den anderen.« Obwohl Margo als junges Mädchen nach Australien gekommen war, hörte man ihren irischen Akzent heute noch.

Eve fragte sich, wie Margo inzwischen aussehen mochte. Sie und Harry waren ein paar Jahre älter als Nell, mussten also in den Siebzigern sein. Harry wirkte immer noch fit und gesund, auch wenn er ein bisschen Speck angesetzt hatte. »Ich wette, du bist so schön wie immer.«

»Natürlich bin ich das.« Margo kicherte, und Eve fühlte sich allmählich wohler. Allerdings nicht lange. »Wir waren alle so traurig, als deine Mutter uns verlassen hat … Sie fehlt mir schrecklich.«

»Ja, das tut sie sicher.« Vielleicht war der Anruf doch ein Fehler. Sie musste das Thema wechseln. Das erledigte Margo für sie.

»Harry hat erzählt, dass er sich neulich mit dir gestritten hat. Nimm es dir nicht zu sehr zu Herzen, Kind. Er ist dieser Tage ein grantiger alter Mann. Aber verrate ihm bitte nicht, dass ich das gesagt habe.« Wieder lachte Margo, und Eve entspannte sich noch mehr. »Ich wollte dich eh demnächst mal besuchen kommen, deshalb bin ich froh, dass du anrufst. Schaffst du da drüben alles?«

»Ehrlich gesagt, rufe ich deswegen an. Ich hatte heute Morgen einen kleinen Unfall mit meinem Van. Mir geht es gut, aber ich habe mir den Knöchel verstaucht und darf ihn einige Tage nicht belasten. Da hatte ich mich gefragt, ob du jemanden weißt, der mir morgens und nachmittags beim Pferdefüttern helfen kann.«

»Na ja, ich könnte Harry fragen, doch so stur, wie der ist, ist das wohl keine gute Idee. Wie wäre es, wenn ich meinen Enkel frage? Er ist gerade bei uns zu Besuch, und es schadet ihm sicher nichts, ein bisschen auszuhelfen.«

»Ein Sohn von Dean?«

»Ja, der kleine Luke. Er ist jetzt fünfzehn.«

Margos und Harrys Jüngster, Dean, war wie ein großer Bruder für Eve gewesen. Er war acht Jahre älter als sie, und sie hatte ihn angebetet. Schwer zu glauben, dass er jetzt selbst einen Sohn im Teenageralter hatte.

»Ich bezahle ihn auch. Er soll hier ja nicht umsonst arbeiten.«

»Na, zu ein bisschen Extra-Taschengeld sagt er sicher nicht Nein. Ich regle das, Kind, und bringe ihn dir so schnell wie möglich rüber. Kann ich sonst noch was für dich tun? Soll ich dir Abendessen bringen?«

»Nein, danke, das ist nicht nötig, Aunty Margo, wirklich nicht. Ich komme ganz gut klar, nur das Füttern ist schwierig.«

»Gut, aber wenn du irgendwas brauchst, meldest du dich. Ach ja, und falls du anrufst und Harry rangeht, tu einfach so, als hättest du dich verwählt.« Eve konnte Margos Grinsen an ihrem Tonfall hören – wie ein Schulmädchen, das hinter dem Rücken der Lehrerin über sie herzog.

»Okay, mach ich.«

»Es ist schön, dich wieder zu Hause zu haben, Angie.«

»Danke.«

Eve legte auf, lehnte sich auf dem Sofa zurück und seufzte. Sie war völlig erschöpft, und das nicht bloß körperlich. Heute Morgen wollte sie nur rasch in die Stadt fahren, und jetzt hockte sie hier fest, konnte kaum gehen und war auf die Gnade von

Leuten angewiesen, die sie praktisch nicht mehr kannte und die vor allem sie nicht kannten. Ihr Knöchel pochte trotz der Schmerztabletten. Schon der Gedanke daran, die Futtereimer zu befüllen und auf den Hänger zu laden, verursachte ihr Übelkeit. Mit ein bisschen Glück konnte Luke ihr aushelfen. Und das bald. Sie musste ihm sagen, dass er die Stute unten im Stall auch füttern sollte. Nicht dass die fraß, aber …

Der Tierarzt! Seinetwegen war sie überhaupt morgens nach Yarrabee gefahren. Sie hatte seine Karte neben das Telefon gelegt. Wahrscheinlich kostete es ein Vermögen, ihn hier anreisen zu lassen, doch was konnte sie anderes tun? Wäre Nell hier, bräuchten sie keinen Tierarzt – Eve konnte sich kaum erinnern, früher je einen auf der Farm gesehen zu haben. *Andererseits wäre ich nicht hier, gäbe es Nell noch.*

Sie nahm den Hörer auf und wählte. Der Anrufbeantworter sprang an. Eve hinterließ ihren Namen, ihre Telefonnummer und eine kurze Nachricht, dann legte sie auf.

Nichts lief wie geplant. Das Debakel mit dem Van, der verstauchte Knöchel, und jetzt eventuell noch ein sterbendes Pferd. Vom seltsamen Wiedersehen mit Cat ganz zu schweigen.

Früher hatten Cat und Eve fast ihre gesamte Freizeit zusammen verbracht. Zu Beginn der Pubertät hatte Eve sich laufend wilde Sachen ausgedacht, und Cat war immer die Vernünftige gewesen. Einmal, auf dem Heimweg von der Schule, als sie gemeinsam zu Eves Bus gingen, von wo aus Cat zurück quer durch die Stadt nach Hause wanderte, hatte Eve – besser gesagt: Angie – beschlossen, es mal mit Ladendiebstahl zu versuchen. Die aufregende Aussicht, unertappt davonzukommen, hatte sie verlockt, weit mehr als der hübsche Armreif, den sie im Schaufenster der Geschenkboutique gesehen hatte.

»Was machst du denn?«, fragte Cat, die einige Schritte vorging und sich nun zu Angie vor dem Schaufenster umdrehte. Als sie nicht antwortete, kam Cat zu ihr zurück.

»Den klau ich.« Angie hatte hingezeigt und Cat beim Ellbogen gepackt. »Du gehst zur Kasse und fragst, ob du dir was in der Glasvitrine angucken kannst, und ich stecke die Armreifen ein. Wir teilen sie uns.«

»Das dürfen wir nicht! Die Frau da drinnen ist mit meiner Mum befreundet.«

»Eben. Die denkt nie, dass wir so was machen würden. Das kann gar nicht schiefgehen.«

»Aber Ange!«

»Ach, sei nicht so feige. Es geht ganz schnell. Komm schon.« Angie schubste ihre Freundin vor sich her in den Laden. »Und guck nicht so komisch«, flüsterte sie. »Du musst cool sein.«

Drinnen teilten sich die Mädchen auf und schlenderten in entgegengesetzte Richtungen – Cat direkt zum Kassentresen, wie ihr befohlen worden war.

»Hallo, Catriona. Wie geht es deiner Mutter?« Die Ladenbesitzerin blickte von ihrem Stuhl hinter dem Tresen auf und legte ihr Buch zur Seite.

»Ähm, gut, danke«, sagte Cat und sah in die Glasvitrine zu den offenen Ringschatullen. »Darf ich den da mal anprobieren?«

Angie hörte, dass Cats Stimme zitterte. Sie nahm eine Karte aus einem Ständer und tat, als würde sie den Text drinnen lesen. Erst wenn der Ring herausgeholt war und an Cats Finger steckte, würde sie zuschlagen. Ihr Herz raste, doch sie behielt die Armreifen in dem Regal gleich links von ihr im Blick. Sie waren mit schwarzem Band zusammengeschnürt, sodass sie sich alle auf einmal greifen konnte.

»Ah ja, der steht dir ganz wunderbar, Süße, und er passt genau. Hast du ein bisschen Geburtstagsgeld bekommen?« Angie sah hinüber zum Tresen, wo Mrs Edwards auf Cats Hand sah. Jetzt. Blitzschnell schwenkte sie ihre Hand nach links und ließ die Beute in ihrer Tasche verschwinden. Ihre Beine waren steif wie Baumstümpfe. Sie drehte sich um und atmete angestrengt aus.

Keiner hatte etwas gesehen. Cat probierte einen zweiten Ring an.

»Was guckst du dir an?« Angie ging zu ihr und bemühte sich, ihre Freude über den gekonnten Diebstahl zu verbergen. »Hübsch. Willst du den kaufen?« Sie sah Cat grinsend an.

»Kann sein«, stammelte Cat, nahm den Ring ab und steckte ihn wieder in die Samtschachtel. »Ich muss noch mal überlegen.«

»Mach das, Süße«, sagte Mrs Edwards, »und grüß deine Mum von mir, ja?«

»Ja.«

Als die Mädchen aus dem Laden und die Straße hinaufgingen, brach Angie in irres Gekicher aus und warf einen Arm um Cat. »Du warst spitze! Absolut genial!« Sie zog die Armreifen aus ihrer Tasche und klimperte mit ihnen. »Jeder drei. Du darfst zuerst aussuchen.«

»Nicht so schnell, junge Damen.« Beide erstarrten, als die jetzt nicht mehr sehr nette Stimme der Ladenbesitzerin hinter ihnen erklang. Angie fühlte eine Hand auf ihrer Schulter, Finger, die sich in ihre Knochen bohrten. »In meinem Laden hängt ein Schild, dass jeder Diebstahl angezeigt wird. Also kommt ihr jetzt mit mir zurück, und ich rufe die Polizei.«

Tränen standen in Cats Augen.

»Cat wusste von nichts«, platzte Angie heraus. »Nicht ehe wir wieder draußen waren.«

Mrs Edwards starrte sie streng an und stemmte die Hände in die Hüften.

»Ehrlich nicht.« Angie plapperte weiter, damit Cat nicht alles gestand. Es war ja sinnlos, dass sie beide bestraft wurden. »Hier.« Sie gab der Ladenbesitzerin die Armreifen zurück. Mrs Edwards blickte von Angie zu Cat und wieder zurück.

»Und was wird deine Mutter hierzu sagen, Angie Flanagan?«

Angie zuckte mit den Schultern und verschränkte die Arme vor der Brust.

»Rufen Sie bitte nicht die Polizei«, schluchzte Cat und sah zu Mrs Edwards auf. Es schien wie Stunden, die sie zu dritt mitten auf dem Gehweg standen.

»Na schön, ich lasse es diesmal gut sein, aber nur wegen deiner Mutter, Catriona. Sie hat wahrlich schon genug zu schultern. Und merk dir lieber, dass man mit solchen Sachen nicht durchkommt. Und du«, sie zeigte auf Angie, »betrittst nie wieder mein Geschäft. Jetzt ab nach Hause mit euch.«

Die Mädchen gingen weg und trauten sich nicht, noch einmal zurückzuschauen. Keine von ihnen sagte einen Pieps, bis sie um die nächste Ecke waren. Dort fiel Angie auf die Bank an der Bushaltestelle und brach erneut in wildes Gekicher aus.

»Mann, war das knapp! Ich dachte echt, wir sind geliefert.«

Cat stand stumm und starr da.

Angie merkte deutlich, dass sie kochte. »Okay, du hast recht gehabt. Aber fast hätten wir es geschafft. Das nächste Mal warten wir eben, bis wir weiter weg sind, bevor wir die Beute teilen.«

»Ein nächstes Mal gibt es nicht. Ich mach das nie wieder mit.« Mit diesen Worten ging Cat und ließ Angie alleine auf ihren Bus warten.

Wäre Cat nicht gewesen, dachte Eve, wäre ich wahrscheinlich irgendwann festgenommen worden oder hätte mich zumindest in einen Haufen Schwierigkeiten gebracht. Damals und später.

Sie hätte bei Cat bleiben sollen, anstatt mit den »coolen« Kids rumzuhängen. Dann wären die Dinge vielleicht nicht so gekommen, wie sie kamen. Als alles auseinanderbrach, war Cat diejenige, mit der Angie am liebsten gesprochen hätte. Nur war die Verachtung in den Augen ihrer alten Freundin unübersehbar gewesen. Wie so viele in der Stadt, verurteilte Cat sie aufs Schärfste, und Angie war am Boden zerstört gewesen.

Es klopfte an der Tür. »Hallo, jemand zu Hause?«

Eve rappelte sich mühsam vom Sofa hoch und schaffte es mithilfe der Krücken bis zur Tür. Sie wusste nicht, ob es an den Schmerzpillen lag oder an schierer Erschöpfung, aber Margo zu sehen, haute sie um. Sie konnte nichts sagen. An die Wand gelehnt, blickte sie durch die Fliegentür zu Margo und dem Jungen neben ihr. Margo war eine alte Frau mit silbrig weißem Haar und einer Faltenlandschaft im Gesicht. Die Kluft zwischen Eves Bild von ihrer Patentante und der Frau, die nun vor ihr stand, könnte nicht größer sein. Die Zeit war mit Eves Erinnerungen davongaloppiert und ließ ihr nichts als eine Kette von Überraschungen zurück. Die Entschlossenheit, mit der Eve sich während ihrer jahrelangen Abwesenheit geweigert hatte, an irgendetwas von hier zu denken, wurde nun mit Wiedersehen bestraft, von denen eines schockierender war als das andere.

»Dürfen wir hereinkommen, Kind?«

»Oh, ja, entschuldige, Tante Margo. Selbstverständlich. Kommt rein.« Das war noch so eine Merkwürdigkeit: Eve hatte nicht im Traum daran gedacht, Harry mit »Onkel« anzureden, doch bei Margo käme sie nicht mal auf die Idee, das »Tante« wegzulassen, obwohl sie gar nicht verwandt waren.

Margo ging durch die Tür, geradewegs auf Eve zu und umarmte sie, so gut es die Krücken erlaubten. Als sie wieder zurückwich, standen auch ihr Tränen in den Augen. Eve tätschelte ihren Arm.

»Das ist Luke«, sagte Margo und legte eine Hand auf die Schulter des Jungen, der nur kurz aufsah.

»Hi, Luke, ich bin Eve. Du siehst ja genau wie dein Vater aus.«

Der Junge antwortete nicht.

»Harry hat schon gesagt, dass du deinen Namen geändert hast.« Da war keine Spur von Vorwurf, lediglich Neugier.

»Nicht ganz geändert. Ich benutze bloß einen anderen Teil.«

»Gefällt mir. Es passt zu dir.«

»Kommt rein.« Eve humpelte voraus in die Küche. Luke war groß und schlaksig und hatte jene Sonnenbräune von Landmenschen, die sie immer so gesund wirken ließ. »Vielen Dank, dass du gekommen bist, Luke.«

»Ich habe ihm schon erklärt, welche Hilfe du brauchst, und er packt gerne mit an«, sagte Margo.

Luke sprach nicht und guckte weiter auf den Fußboden.

»Es ist nur für eine Woche oder so, bis ich selbst wieder mobiler bin. Kannst du die Fütterungen morgens und abends übernehmen?«

»Jo. Alles, was du willst.«

»Luke ist gerade dabei, sich den richtigen Beruf zu suchen«, erklärte Margo, wobei sie ihre Worte spürbar mit Bedacht wählte. Der Junge zupfte an einem losen Faden an seiner Jeans.

»Prima. Könntest du vielleicht gleich heute anfangen?«

»Denk schon.« Begeistert ging anders, aber Eve würde sich ein Beispiel an Margo nehmen und versuchen, ihn zu ermuntern. Zwar wollte sie den Armen nicht zwingen, einer völlig Fremden zu helfen, nur war sie verzweifelt.

»Die Pferde stehen alle auf den Koppeln weiter oben, bis auf eines. Eine Stute ist hier unten im Stall. Sie hat ein verwundetes Bein, das ich behandle und immer wieder frisch verbinde. Das geht eigentlich schnell, aber ich würde dabei auch deine Hilfe brauchen, ist das okay?«

Luke antwortete nicht, aber die Art, wie seine Schultern einsackten, sagte alles.

»Natürlich ist das okay für ihn«, antwortete Margo an seiner statt.

Eve hatte richtig Mitleid mit dem Jungen. Von der Großmutter zur Arbeit gescheucht zu werden, war sicher kein Spaß.

»Ich habe die Eimer schon befüllt. Das hatte ich gleich heute Morgen erledigt. Sie müssten bloß noch auf den Hänger geladen und das Heu dazugepackt werden. Die Pferde kriegen jeder einen Heukuchen.« Eve lächelte Margo zu. »Ich mache alles so, wie ich es von früher noch weiß.«

»Soll ich jetzt anfangen?«, fragte Luke, der es nicht abwarten konnte, aus Eves Küche zu kommen.

»Das wäre super.« Eve nahm ihre Krücken auf. »Ich bring dich zur Scheune und zeige dir alles.«

»Ist schon gut. Ich weiß, was wo ist.« Und schon war er aus der Küche und zur Vordertür hinaus. Nachdem seine Schritte verklungen waren, seufzte Margo und stemmte sich vom Tisch hoch. »Ich mache uns mal einen Tee«, sagte sie und füllte den Kessel. »Der Junge ist mächtig anstrengend.«

»Ist das in seinem Alter nicht normal?«

Margo schüttelte den Kopf. »Er hockt nur am Computer oder vorm Fernseher. Letztes Jahr ist er aus der Schule gekommen, und seitdem hat er sich nicht einmal nach einem anständigen Job umgeguckt. Er sagt, dass er nichts findet, doch wenn du mich fragst, sucht er gar nicht richtig. Seine Mutter nimmt ihn immer in Schutz, aber Dean schämt sich für ihn. Da kracht es zu Hause ordentlich. Deshalb ist er für eine Weile bei uns.«

»Es muss schwer sein, auf dem Land Arbeit zu finden«, sagte Eve, bemerkte jedoch gleich, dass sie das lieber gelassen hätte.

»So schwer nun auch wieder nicht.« Margo war durch und durch lieb, neigte allerdings nicht dazu, mit ihrer Meinung hinterm Berg zu halten. Sie vermied es lediglich, sie jedem ungefragt vor den Latz zu knallen, wie es andere Menschen in Eves Leben zu tun pflegten.

Margo wies auf den Plastikbeutel, den sie auf den Tisch gelegt hatte. »Ich habe dir Schmorbraten mitgebracht, den ich noch im Tiefkühler hatte.«

»Vielen Dank, Tante Margo. Das wäre wirklich nicht nötig gewesen.«

»Wir wollen ja nicht, dass du vom Fleisch fällst.« Margo brachte zwei Becher Tee zum Tisch. »Zucker?«

»Nein danke.«

Die beiden Frauen saßen, nippten an ihrem Tee und warteten, dass die andere etwas sagte. Eve fürchtete, dass sie einer Befragung in ihrer gegenwärtigen Verfassung nicht gewachsen war. Andererseits wäre das sowieso nicht Margos Stil.

»Komisch«, begann Margo schließlich, »ich sehe dich immer noch als kleines Mädchen … und als Teenager. Dir als Erwachsener gegenüberzusitzen, fühlt sich merkwürdig an.«

»Ja, ich verstehe, was du meinst. Hierherzukommen ist, als würde man in seine alte Haut zurückschlüpfen, und gleichzeitig fühlt man sich wie ein Alien auf einem feindseligen Planeten.«

Sie lachten kurz über Eves erbärmlichen Witz, ehe wieder Schweigen eintrat. Draußen setzte die Dämmerung ein. Die Pferde würden ihr Futter bekommen, sich gegenseitig aus dem Weg stoßen und um die Plätze an den Trögen rangeln. Eve wünschte, sie wäre dort, um die Eimer zu leeren, das Heu hinten vom Hänger zu werfen und Banjo zuzupfeifen, dass er aufspringen sollte, ehe sie zum nächsten Paddock fuhren. Der Hund war Luke hinaus zur Scheune gefolgt und sicher mit ihm mitgefahren.

»Hat es dir gefehlt?«, fragte Margo, als könnte sie ihre Gedanken lesen.

Eve blickte eine Minute lang stumm aus dem Fenster.

Hat es mir gefehlt?

Ihre Antwort kam für sie selbst überraschend. »Hättest du mich das vor ein paar Wochen gefragt, ich hätte dich schallend ausgelacht. Als ich wegging, hatte ich fest vor, nie wiederzukommen.« Eve sah, wie Margo in ihren Becher blickte, fuhr aber fort. »Noch auf der Fahrt hierher dachte ich an nichts anderes, als alles zusammenzupacken, zu regeln, was geregelt werden muss, und dann nichts wie zu verschwinden. Doch etwas an diesem Ort nimmt einen völlig ein, schon binnen weniger Tage. Ich genieße es richtig.«

»Ich weiß, was du meinst. Wenn ich mal verreise, kann ich es erst gar nicht abwarten wegzukommen, doch ehe ich mich's versehe, denke ich an nichts als die Kühe, die Hühner und den Gemüsegarten und will dringend wieder nach Hause.«

»Ja, aber das hier ist schon lange nicht mehr mein Zuhause.«

»Vielleicht doch, und du hast es bloß nicht gewusst.«

Was für ein verrückter Gedanke.

Margo trank noch einen Schluck von ihrem Tee. »Es heißt, dass du verkaufst.«

»Ja. Ich hatte den Makler hier. Er sagt, dass es schnell geht, weil die Gegend bei Leuten, die aufs Land ziehen wollen, sehr beliebt ist.«

»Also überlegst du nicht, wieder fest herzuziehen?« Margo

war zur Spüle gegangen und hatte Eve ihren Rücken zugekehrt. Sie sprach betont beiläufig, obwohl Eve sich das Funkeln in ihren Augen lebhaft vorstellen konnte.

»Auf keinen Fall, nein, keine Chance.«

»Nell hatte es sich gewünscht. Deshalb hat sie dir die Farm hinterlassen. Und du bist ihre Tochter, ob es dir passt oder nicht.« Margo wischte den Tisch ab und richtete die Geschirrtücher an der Ofentür. Eve war verblüfft, wie schnell das Gespräch auf Nell kam. Sogar aus dem Grab heraus verstand die Frau es, sich ständig in den Mittelpunkt zu drängen.

»Na ja, selbst wenn ich wollte – und ich will überhaupt nicht –, spuken hier zu viele Geister herum.« Ihr fielen die Schritte im Stall wieder ein, auch wenn sie die nicht meinte. »Die würden mich garantiert verfolgen und vom Hof jagen. Außerdem wollte Nell mich nicht hier, solange sie lebte, und ich kapier gar nicht, was der Sch…, entschuldige, der Quatsch soll, mir die Farm zu vermachen.«

»Rebecca und du wart alles, was sie hatte. Und Familie ist und bleibt nun mal Familie.«

Eve schwenkte ihren Teerest und schaute zu, wie er unten im Becher schwappte. Die unglückliche Hilflosigkeit von vorhin stellte sich wieder ein, und mit ihr Eves Erschöpfung. Sie schob den Becher von sich und betrachtete die leere Tischplatte unmittelbar vor ihr.

Margo entging Eves Stimmung nicht. »Wir müssen nicht jetzt darüber reden, Eve. Irgendwann solltest du aber Dinge erfahren, die dir vielleicht helfen. Es kann nicht leicht für dich gewesen sein, all die Jahre allein zu sein, nach allem, was passiert war. Aber Nellie war deine *Mutter,* und ich weiß, egal, was zwischen euch war, so ein Band lässt sich nicht einfach kappen. Da kannst du noch so viel tun, als würde dich das alles nicht berühren.« Ihre Augen bekamen etwas Wehmütiges, als sie eine Hand ausstreckte und über Eves strich. »Ich mache mich jetzt mal auf den Weg. Und ruf mich an, falls du irgendwas brauchst.«

Eve stand auf, nahm ihre Krücken und folgte Margo zur Tür.

»Ach ja, wenn Luke nicht aufkreuzt oder nicht ordentlich arbeitet, sag mir Bescheid. Dann greife ich ihn mir.«

»Danke, Tante Margo, für alles.« Eve umarmte die alte Freundin und fühlte, wie zerbrechlich sie geworden war – wie ein kleiner Vogel. Sie drückte Margo, als wollte sie die vielen Jahre Zuneigung aufholen, die ihr entgangen waren.

Margo stieg in ihren Wagen. »Sag Luke, er soll zu Fuß nach Hause kommen, wenn er fertig ist.«

Eve nickte und winkte ihr nach. Es hatte gutgetan, Margo wiederzusehen. Da war nichts von dem Unbehagen, das sie bei den anderen befiel, und Margo hatte sie weder vorwurfsvoll angesehen noch ihr irgendwelche Vorhaltungen gemacht. Margo hatte sich ehrlich gefreut und sehnte sich eindeutig danach, dass es wieder wie früher würde.

Wenn das nur ginge.

Eve sank auf den Stuhl auf der vorderen Veranda. Das Wiedersehen mit Margo hatte sie in ihre Zeit als junges Mädchen auf der Farm zurückversetzt, als das Leben noch so unbeschwert war. Als sie jeden Morgen hinunter zum Hühnerstall ging, um die Hühner mit Küchenabfällen zu füttern. Sie stürzten sich mit flatternden Flügeln auf die Obststücke, die Gemüseschalen und Brotkrumen und kreischten dabei, als würden sie nie wieder etwas zu futtern bekommen. Angie ignorierte ihr Theater und sammelte die Eier ein, die sich wunderbar warm und samtig glatt anfühlten.

Legten Margos Hühner nicht richtig, brachte Angie einen Korb voller Eier zu ihr hinüber. Bei Margo stand immer irgendein frisch gebackener Kuchen auf dem Rost in der Küche, und aus dem Ofen duftete es nach mehr.

Tante Margo wischte sich dann die Hände an ihrer Schürze ab. »Hol dir einen Stuhl, Miss Angie, und dann kriegst du erst mal Frühstück.« Sie schenkte ihr ein Glas Zitronenlimonade ein, warf Eiswürfel hinein und schnitt ein gigantisches Stück

Kuchen ab. Als Bec älter war, kamen sie zusammen, lutschten die Eiswürfel aus ihren Gläsern, spuckten sie wieder zurück und kicherten wie blöd. Margo beobachtete sie lächelnd und fragte, ob sie mehr wollten, was sie natürlich immer bejahten. Harry und sie kamen dem, was man sich unter Verwandtschaft vorstellte, wohl am nächsten. Eves Großeltern waren gestorben, als sie noch sehr klein war, und Nell beschloss, die Farm zu übernehmen und eine Reitschule aufzumachen. Charlie, Eves Vater, hatte es laut Nell anfangs für eine prima Idee gehalten. Nach ungefähr einem Jahr fand er es dann entsetzlich öde. Er konnte sich nicht recht für dieses ganze Pferdezeug erwärmen, und so entschied er, nach Sydney zurückzuziehen und sich dort eine Arbeit zu suchen. Angeblich sollte es nur vorübergehend sein, doch seine Besuche auf der Farm wurden zunehmend seltener. Das letzte Mal, dass er kam, stand eine gepackte Tasche im Flur. Nell hatte sie direkt vor die Tür gestellt, sodass er sie nicht übersehen konnte. Angie war gerade fünf geworden, folglich war der letzte Streit ihrer Eltern ihre früheste Erinnerung.

Sie hörte das Gezeter, während sie im Bett lag und Schäfchen zählte, wie Nell es ihr beigebracht hatte.

»Hältst du mich für dämlich?« Das war Nell.

»Was redest du denn?« Das Beben in der Stimme ihres Vaters verriet Angie, dass er log. So klang er immer, wenn er Quatsch erzählte.

Angie warf die Bettdecke zur Seite und schlich auf Zehenspitzen zur Tür. Sie war einen Spalt weit offen, weil Bec nicht im Dunkeln schlafen mochte. Jetzt schlief sie, wie Angie gesehen hatte, bevor sie in den Flur schlüpfte und sich an die Ecke hockte, um die sie nur wenige Male zu lugen wagte. Ihr Vater stand neben dem Tisch und blickte etwas vor ihm auf dem Fußboden an. Nell war drüben an der Spüle. Sie hatte noch ihre Schürze um. Ihr Gesicht sah wie eine Gewitterwolke kurz vor einem Platzregen aus.

»Muss ich dir das erklären? Du verziehst dich nach da oben, wann es dir passt, und behauptest, dass du arbeitest. Aber wo ist das Geld? Ich habe nicht einen Cent gesehen. Die Mädchen und ich leben von dem, was ich mit meinen Reitstunden verdiene.«

Ihr Vater steckte seine Hand in die Tasche und sagte kein Wort.

»Na los, sag schon«, drängte Nell. »Wenn du arbeitest, wo ist das Geld?«

Charlie hob den Kopf und sah Nell mit glasigen Augen an. Angie konnte ihn kaum verstehen, so leise sprach er. »Es gibt eine andere.«

Nell starrte ihn an und machte einen Schritt auf ihn zu. »Ach ja?«, fragte sie in diesem Ton, den sie bekam, ehe sie in die Luft ging. Den kannte Angie und wusste, dass ihre Mutter sich anstrengte, nicht die Fassung zu verlieren. »Und was hast du jetzt vor?«

Er seufzte, nahm seine Hand aus der Tasche und wischte sie an seiner Hose ab. »Na ja, ich dachte, wir können alles so lassen, wie es ist, dass ich einen Teil meiner Zeit hier bin und einen Teil oben im Norden. Um der Mädchen willen. Du bist gerne hier, Nell, aber für mich ist das nichts. Ich kann nicht fest hier leben, das wissen wir beide. Diese Farm ist dein Traum, nicht meiner.«

Nell griff in ihren Nacken und band ihre Schürze auf. Sie knüllte sie zusammen und warf sie auf den Tisch. Dann zog sie sich einen Stuhl hervor, setzte sich hin und faltete ihre Hände vor sich, als wollte sie beten. »Du hast recht. Es ist mein Traum«, sagte sie leise. Sie kniff die Augen zusammen. »Und ich bleibe. Aber falls du glaubst, ich mache mich zum Gespött der Stadt und nehme stillschweigend hin, dass mein Mann nach Sydney reist, wann immer ihm danach ist, es mit seinem Flittchen zu treiben, irrst du dich gewaltig.«

»Keiner muss es erfahren.«

Nells Gesicht wurde rot, und die Adern an ihren Schläfen traten hervor. »Ich würde es wissen.« Angie verstand nicht, weswegen sie sich stritten, doch das Drama in der Küche unten nahm sie derart gefangen, dass sie ganz vergaß, sich zu verstecken, und einen Schritt in den Flur machte. Sie stieß einen stummen Schrei aus, als ihre Mutter aufstand, mit der Hand ausholte und ihren Vater ins Gesicht schlug. Beide drehten sich um und sahen nach oben zu ihr.

»Geh in dein Zimmer, Evangeline«, befahl ihre Mutter. »Und bleib da, sonst kriegst du was mit dem Holzlöffel.«

Angie huschte zurück in ihr Bett und zog die Decke fest um sich. Sie konnte noch die Striemen hinten an ihren Beinen vom letzten Mal mit dem Holzlöffel fühlen, und das wollte sie nicht so bald wieder erleben. Die Tür war geschlossen, sodass sie nichts mehr von dem Streit unten mitbekam. Wenig später hörte sie, wie die Tür wieder geöffnet wurde, und roch das Rasierwasser ihres Vaters, als er sich zu ihr beugte und sie küsste.

»Leb wohl, Angie. Und sei schön artig.«

»Bye, Daddy«, flüsterte sie. Im Halbdunkel konnte sie sein Gesicht nicht sehen, doch die Wange, auf die er sie geküsst hatte, war nass. Sie hörte, wie er zu Becs Bett ging und ihr dasselbe zuflüsterte, nur schlief die ja und konnte gar nicht antworten.

Warum wollte er schon wieder weg, wo er doch eben erst gekommen war? Mit dieser Frage im Kopf schlief sie ein, und sie schwirrte noch durch ihre Gedanken, als sie wieder wach wurde.

Unten saß Bec schon am Tisch und schlürfte eine Schale Porridge. Nell stand am Herd und drehte sich um, als Angie hereinkam. »Wie schön, dass du auch mal aufstehst, Schlafmütze.« Ihre Augen waren rot und geschwollen. Sie stellte Angie ebenfalls eine Schale Porridge hin.

»Wo ist Daddy hin?«, fragte Angie.

Nell ging zur Spüle und ließ Abwaschwasser ein. »Er musste wieder zurück zur Arbeit. Sie haben gerade sehr viel zu tun, und er war nur hier, um ein paar Sachen zu holen.« Ihre Worte klangen wie von weit weg. »Er wird länger weg sein, aber wir kommen zurecht. Tun wir ja immer.«

Deshalb hatte also die Tasche im Flur gestanden. Doch was sollte das heißen, was sie letzte Nacht miteinander geredet hatten? Wieso hatten sie sich angeschrien? Diese Fragen beschäftigten Angie, auch wenn sie spürte, dass es nicht der richtige Zeitpunkt war, sie ihrer Mutter zu stellen. Außerdem war sie es ja gewöhnt, dass Charlie nicht da war, dass sie drei ohne ihn auskamen. Angie aß ihr Frühstück und putzte sich die Hände am Handtuch ab.

»Ich gehe die Eier holen«, sagte sie und griff nach dem Resteeimer. An jenem Tag und vielen darauffolgenden Tagen wurde sie das Gefühl nicht los, dass sich ihr Leben drastisch verändert hatte.

Eve zuckte und erwachte aus dem Schlaf, weil sie etwas an der Hand streifte. Es war dunkel. Wenige Sekunden lang war sie furchtbar orientierungslos, bis sie Banjos Zunge auf ihrer Haut erkannte. »Ach, du bist's.«

Wie lange habe ich hier gesessen?

Sie stand auf und streckte die Arme über dem Kopf aus. Sterne funkelten dicht an dicht am Himmel. Abermillionen von ihnen sprenkelten die schwarze Nacht. Der Nachthimmel hier war faszinierend, so bezaubernd wie nirgends sonst – außer vielleicht in Ägypten. Als sie auf einer *Felucca* den Nil herabsegelte, wo sie an Deck schlief, war es ihr vorgekommen, als könnte sie tatsächlich nach oben greifen und die Sterne berühren, so hell und klar waren sie gewesen. So lebendig. Genau wie hier auf Mossy Creek.

Sie probierte, ohne Krücken nach drinnen zu gehen, doch ein höllischer Schmerz schoss durch ihren Fuß. Zeit für eine weitere Schmerztablette. Was wiederum hieß, dass der Schlummertrunk heute ausfallen musste, aber das schadete ihr sicher nicht. Ihr wurde bewusst, dass sie den ganzen Tag noch nichts gegessen hatte, und ihr fiel Margos Schmortopf wieder ein, den sie in die Mikrowelle steckte. Auch Banjo war hungrig. Wahrscheinlich hatte er sie deshalb geweckt. Sie schüttete ihm Hundefutter in seinen Napf und stellte ihn auf die hintere Veranda.

Essen war das Einzige, was er lieber ohne sie in der Nähe tat. Nicht dass er jemals giftig wurde, wenn sie sein Futter berührte; er zog es schlicht vor, alleine zu fressen. Und das durfte er.

Der Schmorbraten war köstlich. Margo hatte stets fantastisch gekocht, nichts Ausgefallenes, aber sehr leckere Landküche, und davon reichlich. Nachdem Eve aufgegessen hatte, packte sie den Teller weg und sah zur Uhr: zehn vor zehn. Die Tabletten mussten sie schläfrig machen, denn obwohl sie schon mehrere Stunden draußen in dem Stuhl genickt hatte, wollte sie jetzt direkt ins Bett und schlafen. Sie hinkte in ihr Schlafzimmer, zog sich aus und legte sich hin.

Banjo saß neben dem Bett, bereit, hinaufzuspringen und es sich bequem zu machen. »Denk nicht mal dran. Wenn du dich dem Fuß auch bloß näherst, fliegst du raus, verstanden?« Der Hund guckte sie einen Moment beleidigt an, ehe er sich stöhnend auf dem Boden zusammenrollte. Eve griff zum Nachtkästchen und nahm ihr Handy. Wieso hatte sie es heute nicht dabeigehabt? Dann hätte sie die Pannenhilfe gerufen und sich die ganze Szene mit Jack und Cat ersparen können. Oder zumindest die mit Jack. In der Arztpraxis wäre sie so oder so gelandet, aber alleine und aus freien Stücken. Vielleicht. Warum musste alles so beschissen kompliziert sein?

Drei Nachrichten auf der Mailbox. Sie drückte die Taste.

»Eve, ich muss mit dir reden. Ich weiß, dass du sauer bist, aber wir müssen darüber reden. Ruf mich an.«

Offenbar dachte er, dass Eve absichtlich nicht ranging, dass sie sah, dass er anrief.

»Eve, bitte, nimm ab. Ruf mich an.«

Typisch. Glaubte er, sie würde den ganzen Tag mit dem Handy in der Hand herumsitzen und auf seinen Anruf warten? *Egoistischer Vollidiot.*

»Lass dieses beknackte Spiel, Eve, und ruf mich an!«

»Ich würde dich nicht mal anrufen, wenn wir die letzten beiden Menschen auf der Erde wären«, sagte sie laut. »Was treibt mich nur immer wieder zu Losern, Säufern und Fremdgehern?«

Wie die Mutter, so die Tochter. Nells vertraute Stimme beantwortete ihre Frage, doch als Eve sich umsah, war niemand außer Banjo da. Trotzdem hatte sie das gleiche Gefühl wie im Stall, dass jemand hier war und sie beobachtete.

Ich drehe anscheinend wirklich durch.

Sie stellte das Handy stumm, kroch unter die Decke und lag vollkommen still da, während sie in die Dunkelheit starrte.

8

Eve wachte von einem beständig lauter werdenden Rumpeln auf. Sie richtete sich halb auf und zwang sich, die Augen zu öffnen. Im grellen Tageslicht musste sie blinzeln.

Ich sollte dringend was wegen der Rollos machen.

Jetzt erkannte sie das Geräusch. Es war der Jeep. Luke musste draußen sein und die Futterrunde starten. Das war erfreulich. Nach dem, was Margo über ihren Enkel gesagt hatte, war Eve unsicher gewesen, ob er wieder aufkreuzen würde. Sie sollte ihm einen anständigen Lohn für seine Arbeit zahlen.

Eve griff nach ihren Krücken und bewegte sich umständlich gen Küche. Sie brauchte dringend einen Kaffee, auch wenn sie nur Instantpulver hatte, das wie Seife schmeckte. Die Chancen, in die Stadt zu kommen, wo sie richtigen Kaffee kriegen könnte, standen gleich null. Eve setzte sich, hievte ihren Fuß auf einen Stuhl und nahm den Verband ab. Unwillkürlich verzog sie das Gesicht. Der Knöchel sah inzwischen genauso fies aus, wie er sich anfühlte. Er war immer noch ballondick angeschwollen und hatte sich zu einem dunkleren Blau verfärbt. Und es war erst der zweite Tag. Cat hatte gesagt, dass sie den Fuß viel hochlegen sollte, was sie gestern überhaupt nicht getan hatte, außer im Bett. Es wäre wohl gut, die Anweisungen heute zu befolgen.

Der Kessel pfiff, und sie goss sich einen starken Kaffee auf. Ohne diesen Kick kam sie morgens nicht in Schwung. Eines Tages würde sie sich das Zeug abgewöhnen … und die Zigaretten … eventuell sogar den Alkohol. Immerhin trank sie schon sehr viel weniger als früher mal. Irgendwann hatte sie die verkaterten Tage gründlich sattgehabt. Nach ihrem letzten Absturz war fast eine Woche vergangen, bis sie sich wieder halbwegs menschlich fühlte. Und in einer Weinbar zu arbeiten, wo man anderen einschenkte, während man sich selbst so fühlte, war kein Spaß. Über die Jahre hatte sie einige Male komplett aufgegeben – sie war eben ein Alles-oder-Nichts-Typ – aber dann wieder angefangen, weil ein Gig bevorstand oder ihre Willenskraft schwächelte. In letzter Zeit ging es nicht mehr darum, sich besinnungslos zu trinken; vielmehr schaffte sie es nicht ohne ein paar Drinks durch den Tag. Jetzt musste sie eine Pause einlegen, solange sie das Schmerzmittel nahm.

Der Kaffee war etwas anderes. Sie inhalierte das erdige Aroma und nippte am Becherrand. Die heiße Flüssigkeit rann ihr die Kehle hinunter. Jetzt nur noch eine Zigarette, und der Tag konnte beginnen. Mit dem Feuerzeug in einer Hand und einer Zigarette zwischen den Lippen stemmte sie sich auf die Krücken und wollte auf die hintere Veranda. Banjo war schon dort draußen und lief seine Lieblingsstellen ab. Er fühlte sich hier inzwischen richtig heimisch.

Ihr Telefon klingelte.

»Mist! Das ist hoffentlich nicht der schon wieder.« Sie schwenkte ihren Körper wie ein Pendel zwischen den Krücken und schaffte es in ihr Schlafzimmer, solange das Klingeln anhielt.

»Hallo?«

»Hi. Spreche ich mit Eve?«

Nein, er war es glücklicherweise nicht. »Ja, am Apparat. Wer ist da?«

»Hier ist Pete von der Werkstatt in Yarrabee. Jack hat gestern Ihren Van zu uns geschleppt.«

»Ah ja, hi.« Eve bereute, so schroff zu dem armen Mann gewesen zu sein, und gab sich Mühe, ihre Stimme besonders nett klingen zu lassen.

»Leider habe ich schlechte Neuigkeiten. Ich dachte, ich frage Sie lieber, ehe wir uns an die Arbeit machen. Im Benzintank ist ein Riss, sodass wir das ganze Ding austauschen müssen, und der Auspuff ist auch ziemlich am Ende. Den sollte man wohl auch austauschen. Wir könnten ihn flicken, aber das hält vielleicht nicht lange. Außerdem sind einige Sachen an der Karosserie zu machen.«

»Okay. Und der Schaden ist?«

Er stockte für ein oder zwei Sekunden. »Na, was ich gerade gesagt habe.«

Der Mann nahm ihre Frage wörtlich. »Nein, ich meine die Kosten. Wie viel wird mich das kosten?«

»Tja, das ist der springende Punkt. Wir haben die Teile nicht da und müssten sie bestellen, was ein bisschen dauern kann, und wahrscheinlich sind wir nachher bei 1000 bis 1800 Dollar, je nach dem, was wir für einen Preis kriegen. Das heißt, einschließlich Arbeit.«

Zum Teufel mit diesem bescheuerten Lkw-Fahrer! Ich würde den zu gerne finden und ihm die Rechnung in den Rachen stopfen!

»Sollen wir loslegen oder nicht?«

»Was glauben Sie, wie lange es dauern wird?«

»Kommt drauf an, wie schnell wir die Teile auftreiben. Könnte ein paar Wochen dauern … im schlimmsten Fall.«

»Na ja, ich kann ja sowieso nirgends hin«, sagte sie laut, statt zu sich selbst.

»Jedenfalls nicht in dem Van.«

Eve ersparte sich die Erklärung, dass sie nicht laufen konnte.

»Ja, dann legt mal los.«

»Okey-dokey. Wir halten Sie auf dem Laufenden.«

»Danke.«

Sie ging direkt nach draußen und steckte ihre Zigarette an. Wenigstens war nicht Marcus dran gewesen. Dennoch konnte sie ihr Glück nicht fassen – oder eher ihr ausbleibendes Glück.

Die Linie zwischen Hügeln und Himmel wirkte im Morgenlicht scharf gezeichnet und klar. Eine Schar von Rosellasittichen war in den Garten eingefallen und watschelte pickend umher. Sie sahen aus wie winzige alte Männer, die ihre Hände auf dem Rücken verschränkt hatten. Einige Nacktaugenkakadus waren auch dabei. Einer hing kopfüber an einer Kiefer, wirbelte herum wie ein durchgedrehter Akrobat, der kleine Angeber. Luke hatte die Stute aus dem Stall gelassen. Nun stand sie regungslos am Zaun. Aus dem Nichts erschien eine Stelze, ließ sich auf ihrem Rücken nieder, drehte sich mal hierhin, mal dorthin und flatterte davon in die Bäume. Es war ein sonniger, schöner Tag. Eve rauchte die letzten Züge ihrer Zigarette und bemerkte, dass sie trotz ihrer verdrießlichen Lage lächelte.

Es gibt üblere Orte, an denen man festsitzen kann, keine Frage.

Heute sollte sie anfangen, das Haus auszumisten. Bis die Leute hier alles besichtigen kamen, musste es sauber und ordentlich sein. Eve hatte einige alte Kartons in der Garage gefunden, hatte allerdings keinen Schimmer, wo sie anfangen sollte. Die Küche und der Wohnbereich dürften relativ zügig zu entrümpeln sein, denn dort müsste Eve bloß alte Zeitungen und alten Krempel zusammenraffen und rauswerfen. Sollte sie mit den Schlafzimmern starten? Das Schlimmste zuerst, damit sie es hinter sich hatte? Sie hob ihre Krücken auf und ging in das kleinste der drei Zimmer: Becs altes Kinderzimmer. Nach all den Jahren musste Eve sich immer noch überwinden, durch diese Tür zu gehen. Seit dem Tod ihrer Schwester hatte sie sich geweigert, das Zimmer je wieder zu betreten. Die letzten einundzwanzig Jahre war Rebecca eine ferne Erinnerung gewesen, eine niedliche, in der Zeit eingefrorene Dreizehnjährige. Mit Eves Rückkehr jedoch taute das Bild von Bec auf. Sie war drei Jahre jünger als Eve gewesen, wäre jetzt also vierunddreißig, verheiratet und Mutter.

Was für eine groteske Unterstellung! Ich bin ja schließlich auch nicht verheiratet und Mutter.

Andererseits hatte Bec etwas Häusliches gehabt, sodass man bei ihr schon sehr frühzeitig sicher war, sie würde mal einen netten Jungen kennenlernen und eine Familie gründen. Ja, es schien bereits früh festzustehen, dass sie eine glückliche Erwachsene würde. Eve setzte sich aufs Bett und versuchte, sich vorzustellen, wie Bec heute aussähe. Sie war hellhaariger und hellhäutiger als Eve gewesen, Nell zumindest äußerlich am ähnlichsten von ihnen beiden – mit ihrem rotblonden Haar, ihren wenigen Sommersprossen und der Stupsnase. Doch das Bild ihrer toten Schwester als Erwachsener wollte nicht kommen. Jedes Mal, wenn sie zuließ, dass Erinnerungsbrocken an ihre tote Schwester konkreter wurden, sah sie Bec auf einem Pferd vor sich oder sie beide gemeinsam reitend.

So wie damals, als sie vom Reitweg abwichen, um das Buschland zu erforschen. Für sie war es ein großes Abenteuer gewesen, sich ihren Weg entlang der Überreste eines alten Brandschutzpfades freizukämpfen. Wenige Tage zuvor hatte es heftig geregnet, und alles war frisch und sauber. Bäume drängten sich von beiden Seiten auf den Weg, deren glänzendes Laub vor Leben troff. Sie kamen nur langsam voran, wobei Angie ihr bewährtes Taschenmesser einsetzte, um die Rankpflanzen zu durchtrennen, die sich um Eukalyptusbäume wanden und im Zickzack über den Weg spannten.

»Psst, hörst du das?«, fragte Bec.

Angie drehte sich zu ihrer Schwester um. Staunend neigte Bec den Kopf ein bisschen zur Seite.

»Was?«

»Die Bäume. Ich kann sie atmen hören.«

Angie saß stocksteif da. Becs merkwürdige Äußerungen waren nichts Neues – das Mädchen hatte die Fantasie von Dr. Seuss, nur lebhafter –, und Angie gefiel es, wenn Bec sie mit in ihre eingebildeten Welten ließ.

»Ja, ich glaube, du hast recht. Ein, aus, ein, aus. Der hier spricht.« Angie beugte sich so weit wie möglich zu dem Baum neben sich, ein Ohr an den Stamm gehalten. »Schnell, beeilt euch«, flüsterte sie, »gleich kommt das Sumpfmonster Bunyip.«

Bec quiekte vor Lachen, als Angie mit beiden Händen ihre Mundwinkel dehnte, die Zunge auf und ab bewegte und das komische Knurren nachäffte, das ihr Vater immer von sich gegeben hatte, wenn er ihnen seine albernen Schauermärchen erzählte. Bec war da noch viel zu jung gewesen, als dass sie es noch wissen konnte, aber Angie hatte sie sich alle gemerkt und gab sie an Bec weiter, wenn sie abends im Bett lagen und nicht einschlafen konnten. Als sie älter wurden, bekamen sie jeder ein eigenes Zimmer, doch die Märchen blieben Teil ihrer gemeinsamen Geschichte, und sie beide erinnerten sich noch gerne an sie.

»Komm schon, Missy, wir müssen Yabbi-Krebse fangen.« In Wahrheit konnte Angie nichts hören als den gurgelnden Bach irgendwo vor ihnen, der nach dem tagelangen Regen angeschwollen war und gar nicht so schnell fließen konnte, wie er wollte. Dieser neue Pfad sollte sie weiter nach Süden bringen, wo die Teiche tiefer waren und sie umso mehr zu erforschen fanden.

Die nächsten paar Stunden vertrieben sie sich damit, Steine hochzuheben, unter denen sie Frösche, Echsen und andere Kreaturen entdeckten, Rindenbötchen stromabwärts und über Wasserfälle schickten und sich an den Stamm einer riesigen Sumpf-Banksia lehnten, wo sie Gespräche mit den »Banksia-Leuten« erfanden, die in den Zweigen über ihnen hingen.

Die Pferde knabberten an Grasbüscheln, die sich um die Lichtung herum bis in den Busch ausgebreitet hatten, und tranken aus dem Bach. Snowy, Becs Pony, streckte den Kopf geradewegs hinein und spritzte mit einem Huf Wasser auf. Die Mädchen guckten dem Ponny lachend zu und vergaßen darüber, dass sie zurück nach Hause mussten.

Bis sie wieder aufgesattelt hatten, verdunkelten Wolken den Himmel, und schwere Regentropfen platschten aus dem dichten Laub über ihnen. Der Pfad, über den sie hergekommen waren, schien völlig verschwunden, und Angie wünschte sich, sie hätte nicht bloß ihr kleines Taschenmesser, als sie ihnen den Weg durch dorniges Brombeergestrüpp und Wandelröschen freischnitt. Donner grollte, und der Regen durchnässte die Mädchen wie die Pferde, während sie sich langsam bergan zum richtigen Reitweg durchkämpften. Angie konnte ihre Schwester hinter sich leise weinen hören.

»Keine Bange, Bec, wir sind bald da. Ein bisschen nasser als geplant, aber wir kommen schon heil nach Hause. Ich würde dich doch nie in die Irre führen, nicht?« Sie drehte sich um und warf Bec ein breites Grinsen zu, nach dem ihr eigentlich nicht zumute war. Sie musste Bec aufmuntern und ihr Mut machen. Und ein bisschen was davon würde sie auch brauchen, waren sie erst zu Hause bei Nell. Sie hatte ihnen gesagt, dass sie in zwei Stunden zurück sein sollten. Der Farbe des Himmels nach zu urteilen, mussten sie seit vier oder fünf Stunden unterwegs sein.

Der Weg nach Hause war still. Beide Mädchen waren bis auf die Haut durchnässt; ihre Arme bluteten von Dornenkratzern, und ihnen graute vor ihrer Mutter, die zweifellos auf der Veranda auf sie wartete. Zu Hause ging genau das Donnerwetter los, mit dem sie gerechnet hatte. Angie übernahm die Schuld, damit Bec nicht auch noch Ärger kriegte.

Schweigend wurde zu Abend gegessen. Danach gingen die Mädchen zu Bett, und Angie schlich sich in Becs Zimmer, wo sie Bunyip-Geschichten erzählte, bis Bec eingeschlafen war. Dann schlich Angie sich wieder hinaus und löschte das Licht.

In jenem Zimmer saß sie jetzt. Hier lag noch derselbe geblümte Quilt auf dem Bett, ein Kissen ordentlich oben in die Falte geschmiegt. Nur dass der Raum jetzt leer war.

Auf der Kommode stand eine Schmuckdose aus Kristall. Eve griff hinüber und hob den Deckel hoch. Sie rang nach Luft. In dem Schmuckdöschen lag nur ein einzelner goldener Herzanhänger an einer Kette. Eve merkte, wie sie zurückschrak, als handelte es sich um etwas Gefährliches, Böses.

Sei nicht so bescheuert!

Mit zitternden Fingern nahm sie die Kette auf, ließ das Medaillon in der Luft vor und zurück schwingen und dann in ihre Handfläche fallen. Sie drehte es um und las die Gravur auf der Rückseite, obwohl sie auch so wusste, was dort stand.

Für Bec
13
Alles Liebe, Ange x

Sie hatte es ihrer Schwester zum dreizehnten Geburtstag geschenkt, von ihrem eigenen Geld bezahlt. Ein eisiger Schauer durchfuhr sie, als es ihr wieder einfiel: Rebecca hatte die Kette in der Nacht getragen, in der sie starb.

So wenig wie Eve davon hielt, Vergangenem nachzuhängen, überkam sie hier, mit diesem Andenken an ihre längst tote Schwester, dem Einzigen, was sie noch mit ihr verband, ein Anfall von Nostalgie. Sie berührte die bloße Haut oben an ihrer Brust, hob die Kette hoch, öffnete den Verschluss und verriegelte ihn in ihrem Nacken.

Oh, Ange, die ist wunderschön!

Es war Becs Stimme, die das murmelte.

Eve setzte sich zurück aufs Bett und lauschte. Sie hatte sich das nicht eingebildet; die Stimme hatte denselben kindlichen Klang, dieselbe Wärme.

Jetzt gehört sie dir.

Das kleine goldene Herz fühlte sich glatt an. Im Grunde war es unbedeutend, dass Bec es an jenem Abend getragen hatte. Entscheidend war einzig, dass ihre Schwester hier bei ihr in diesem Zimmer war, und irgendwie wusste Eve, dass Bec es ihr überlassen wollte. Als würde sie es ihr zurückgeben: ein Andenken, ein Geschenk. Sie drückte mit den Fingerspitzen drauf, seufzte und stand auf.

Jetzt mach mal weiter.

Der Rest des Zimmers barg keine Überraschungen mehr. Es war anscheinend vor langer Zeit ausgeräumt und zum Gästezimmer umfunktioniert worden. In dem Kleiderschrank hingen nur wenige alte Sachen, vermutlich von Nell, die Eve zusammenlegte und in einen Müllsack steckte, um ihn zu St. Vinnies zu bringen. Die Möbel müssten bleiben. Wenn Leute zur Besichtigung kamen, sollte nicht alles leer sein. Aber einiges musste doch noch weggeräumt und rausgeschafft werden. Eves Fuß begann zu schmerzen. Sie setzte sich wohl lieber hin und kühlte ihn.

Ehe sie es zur Küche geschafft hatte, fuhr draußen ein Wagen vor. Wer war das denn? Eve war nicht in der Stimmung für Besuch. Durch die Fliegentür sah sie einen Mann in einer dunkelgrünen Latzhose aus einem Geländewagen steigen.

»Hi«, sagte sie und ging nach draußen.

»Ah, guten Tag.« Schottischer Akzent, nettes Lächeln. Er kam die Stufen herauf und streckte ihr die Hand hin. »Hugh Robertson.«

Eve sah nach unten. Seine Hände waren schmutzig.

»Ups, Entschuldigung. Die wasche ich lieber, bevor ich jemandem die Hand gebe.« Er stopfte beide Hände in die Hosentaschen. »Ich habe gerade ein Fohlen auf die Welt geholt, gleich auf der Strecke hierher, und da dachte ich, ich sehe mal vorbei, wo ich schon nicht auf Ihre Nachricht reagiert habe. Tut mir leid, seit gestern Morgen war ich nur unterwegs.«

Also war er der Tierarzt. »Ist schon okay. Ich hoffe, ich habe Sie nicht umsonst herbestellt.«

»Kein Problem. Ich war ja in der Gegend … Und? Wie geht's dem Bein? Dem der Stute, meine ich.« Er wies auf ihre Krücken. »Und Ihrem.«

»Beiden nicht so klasse, leider. Die Stute ist da drüben.« Eve humpelte die Stufen hinunter.

»Vielleicht zieh ich erst mal die hier aus. Geburten sind eine recht schmutzige Angelegenheit.« Er knöpfte seine Latzhose auf und stieg aus den weiten Hosenbeinen.

»Ja, ich erinnere mich«, sagte Eve. »Früher habe ich bei einigen mitgeholfen.« Das erste Mal hatte sie befürchtet, dass sie bei all dem Blut und der Schmiere kotzen müsste, aber als das Beinbündel herausglitt, spindeldürr, und mit verklebten Augen im Stroh landete und zu seiner Mutter aufsah, hatte Eve alles Eklige vergessen und sich auf der Stelle verliebt. Jenes erste

Fohlen war Clementine gewesen, das kleine Rotschimmelpony, das Eve aufzuziehen half, nachdem die Stute wegen Komplikationen bei der Geburt gestorben war. Eve hatte Clementine unter ihre Fittiche genommen, war zu einer Ersatzmutter geworden und von da ab bei jeder Geburt dabei gewesen, jedes Mal voller Spannung wartend.

Der Tierarzt kam von seinem Wagen zurück. »So ist es schon besser. Gehen Sie voraus«, sagte er. »Das heißt, wenn es okay für Sie ist, den Weg zu laufen.«

»Ja, alles klar. Allmählich gewöhne ich mich dran, ein Krüppel zu sein.«

Sofort bereute sie, das gesagt zu haben, denn sie bemerkte, dass der Tierarzt ein Bein stark nachzog. Ihr Gesicht begann zu glühen, und sie musste feuerrot sein.

»Tut mir leid«, stammelte sie, »ich wusste nicht …«

»Schon gut. Ich bin dran gewöhnt.« Er lächelte. »Motorradunfall. Ist Jahre her. Hat mir den Oberschenkelhals zertrümmert, unter anderem. Seitdem ist eben ein Bein kürzer als das andere. Und Sie?«

Eve gefiel, wie er sich bemühte, sie aus der Peinlichkeit zu befreien, und spielte mit. »Autounfall. Gestern. Verstauchter Knöchel. Hoffentlich keine bleibende Beeinträchtigung.«

»Und ich dachte, Sie humpeln aus Solidarität mit dem Pferd.« Beide lachten über seinen Scherz. »Nachdem wir das nun geklärt hätten, was genau fehlt der Stute?«

»Sie hat eine üble Schnittwunde am Hinterbein. Die war schon da, als ich vor ein paar Tagen hier ankam. Ich habe versucht, sie sauber zu machen, aber ich denke, dass sie infiziert sein könnte. Und jetzt will die Stute nicht mehr fressen.«

Sie erreichten den Stall, und Banjo flitzte vor ihnen hinein. Er hatte sich im Schatten herumgetrieben, wo er eine Echse jagte, die sich dann doch als zu schnell für ihn entpuppte. Nun blieb er hechelnd an der Stalltür stehen. Der Tierarzt ging in den Stall, während Eve unweigerlich stockte, weil sie die Erinnerung an die unsichtbaren Schritte gestern einholte.

Hugh drehte sich um. »Kommen Sie mit?«

»Oh, ja, Entschuldigung. Ich musste nur kurz verschnaufen.«

Sei nicht so eine Heulsuse. Los jetzt!

Die Stute stand im Freistall, an derselben Stelle, an der Eve sie beim Frühstück vom Haus aus gesehen hatte. Sie machte keinerlei Anstalten, sich zu rühren, als Eve mit dem Tierarzt auf sie zukam. Fliegen krochen ihr über den Rücken und um die Augen. Der Tierarzt griff in seine Tasche, holte eine Spraydose heraus und besprühte die Stute, wobei er sorgsam das verwundete Bein mied. Dann sprühte er sich von dem Zeug auf die Hände und wischte sich das Gesicht und die Ohren damit.

»Na also, schon besser.«

Eve bekam ein schlechtes Gewissen. Sie hätte heute Morgen herkommen und genau das tun sollen.

Hugh klopfte der Stute den Hals, redete leise mit ihr und strich über ihren Rücken und ihre Seiten, ehe er sich neben sie hockte. Als er das Bein oberhalb des Verbands berührte, zuckte die Stute ein bisschen, versuchte jedoch nicht wegzugehen.

Eve rieb ihr die Wange. »Alles wird gut, Mädchen«, flüsterte sie.

Sie sah zu, wie der Tierarzt den Verband abnahm. Nahe der Haut wurde er nasser, und als der Wickel vollständig ab war, konnte Eve sehen, dass die Wunde rot und blasig war. Der ganze Bereich um das Knie war böse entzündet. Eve konnte den Eitergestank deutlich riechen.

»Wildes Fleisch«, sagte er. »Nicht so gut. Als Erstes müssen wir was gegen die Entzündung tun. Das sollte ihre Temperatur senken, und vielleicht ist ihr dann wieder nach Fressen. Hat sie getrunken?«

»Gestern Morgen, ja. Ich war seitdem leider nicht so ganz da, deshalb weiß ich es nicht.«

»Okay. Sie braucht auf jeden Fall ein Antibiotikum und etwas gegen die Schmerzen. Das könnte ihr helfen, mit dem Bein aufzutreten und an ihren Trog zu kommen. Ich würde sagen, eine Spritze täglich über eine Woche, und wir müssen die Wunde sehr sauber halten.« Hugh tippte gegen den Zylinder einer Spritze, die er aus seiner Tasche holte, und injizierte das Mittel in den Hals der Stute. Das Pferd stand vollkommen still, als wüsste es, dass er ihr helfen wollte. Er wusch das verwundete Bein mit Wasser und Desinfektionsmittel. Dabei redete er die ganze Zeit mit der Stute und betupfte die Wunde dann mit einer gelblichen Lösung.

»Sie ist eine nette Patientin. Wenn doch alle so wie sie wären! Am liebsten würde ich auf den Verband verzichten, aber die blöden Fliegen sind ein Problem. Wenn Sie dreimal täglich den Verband wechseln und die Wunde nachts lüften lassen, müsste es gehen.« Er nickte zu Eves Krücken am Zaun. »Aber kriegen Sie das hin?«

»Oh ja, das schaffe ich. Und ich habe einen jungen Mann, der mir hier einige Tage aushilft.«

»Gut.« Er reichte ihr ein Bündel Spritzen und blickte auf seine Uhr. »Ich muss weiter. In einer Viertelstunde soll ich in der Schulcafeteria sein. Und ich kriege Ärger, wenn ich zu spät komme.«

»Haben Sie Kinder?«

»Zwei. Zwillinge – doppelter Ärger also. Ich beeile mich lieber. Rufen Sie mich an und berichten Sie mir zwischendurch, wie es ihr geht.« Er blieb stehen und zeigte auf die Stute. »Wie heißt sie überhaupt?«

»Gute Frage. Ich nenne sie bisher nur Mädchen.«

»Na dann, Mädchen, war nett, dich kennenzulernen. Sie übrigens auch, Eve.«

Sie sah ihm nach, als er zurück den Hügel hinaufhumpelte.

Netter Mann, dachte sie. Sind die Verheirateten ja immer.

Eve machte es sich mit einem Kaffee und einem Eisbeutel auf der Veranda gemütlich und guckte zu, wie die Zeit dahinplätscherte. Nichtstun war ihr fremd, doch etwas an der Farm verlockte einen, einfach mal gar nichts zu machen. Jetzt jedenfalls.

Früher war hier ständig viel los gewesen. Leute in braunen Stiefeln und Jeans kamen die Auffahrt herauf – nicht zu vergessen die Show-Truppe in ihren Jodhpurs und Polohemden. Die Pferde standen fertig gesattelt am Zaun aufgereiht. Als Angie alt genug war, führte sie Reitgruppen ins Gelände. Rückblickend kam es ihr völlig wahnsinnig vor, einem zwölf, dreizehn Jahre alten Mädchen die Verantwortung für eine Gruppe von Reitern und Pferden zu übertragen, die es meilenweit ins Buschland führte. Zwar hatte sie immer ein Walkie-Talkie bei sich, sodass sie kontaktiert werden konnte, aber das machte es nicht wesentlich besser. Unterdes war Nell oben im Übungsring und gab Reitstunden, und wenn richtig viel Betrieb herrschte, kam Debbie zum Helfen.

Was ist wohl aus ihr geworden?

Debbie war eine Reiterin aus der Gegend, die an landesweiten Dressurmeisterschaften teilgenommen hatte, und einer der wenigen Menschen, denen Nell zutraute, auf der Farm mitzuarbeiten. Jack gehörte ebenfalls zu diesem illustren Kreis. Nell ließ ihn nach der Schule und an den Wochenenden aushelfen. Er war zwei Jahre älter als Angie, und die ersten paar Jahre war er wie ein großer Bruder gewesen. Die beiden hatten Ausritte begleitet, die Pferde gefüttert oder die Ställe ausgemistet. Irgendwann kurz vor Angies sechzehntem Geburtstag änderte sich etwas zwischen ihnen. Es war ein sengend heißer Tag gewesen. Sie hatte mit Jack die Pferde abgespritzt, und anschließend spritzten sie sich gegenseitig mit den Schläuchen nass. Jack hatte sein T-Shirt ausgezogen und richtete den Wasserstrahl auf Angie.

»Nein! Hör auf, das ist gemein!«, hatte sie gequiekt, obwohl sie jede Sekunde genoss.

»Hör auf, das ist gemein«, äffte er sie mit piepsiger Stimme nach und jagte sie die Auffahrt hinunter.

Sie schoss zurück, sodass Wasser überallhin spritzte. Jack trieb sie in die Enge, richtete den Schlauch auf ihre Beine, ihre Arme, alles, bis sie komplett durchnässt war. Angie versuchte zu fliehen, aber er packte ihren Arm und hielt sie fest, während sie kicherte und zappelte. Und dann küsste er sie. Einfach so. Das Wasser lief weiter aus den Schläuchen und sammelte sich zu ihren Füßen. Langsam ließ Angie ihr Gezappel und erwiderte den Kuss. Es war völlig anders als alles, was sie jemals empfunden hatte. Sie erschauderte von Kopf bis Fuß, und es kam nicht vom Wasser. Beide ließen ihre Wasserschläuche fallen, standen Zentimeter entfernt voneinander und sahen sich lächelnd an, ehe sie sich wieder küssten.

»Wow.« Jack richtete sich auf, die Hände in die Hüften gestemmt. Er war offensichtlich mehr als beeindruckt von dieser neuen Wendung.

»Ja.« Angie wischte sich das Haar aus der Stirn. »Wow.« Sie bückte sich, hob den Gummischlauch auf, hielt ihn aber nicht in Jacks Richtung. »Wir räumen wohl lieber auf.«

»Ja.«

»Ihr seht aus wie zwei ersoffene Ratten.« Nell stand auf der Veranda und biss in einen Apfel – wahrscheinlich das Erste, was sie seit dem Frühstück aß. »Wenn du da fertig bist, Jack, kannst du dann die Heuballen vom Hänger laden und sie an die Scheunenwand stapeln?«

»Geht klar, Mrs F.«

Angie drehte die Wasserhähne ab.

»Und du gehst dich lieber abtrocknen, junge Dame, und ziehst dir was Trockenes an. Es sei denn, du willst weiter vor allen deine Unterwäsche zeigen.« Nell nickte zu Angies weißem T-Shirt. Sie hatte einen schwarzen BH drunter an, der nun deutlich zu sehen war.

»Mach ich.«

Von jenem Tag an waren Angie und Jack ein Paar. Anfangs behielten sie es für sich, oder zumindest glaubten sie das, auch wenn es jeder wusste, sowie er die beiden zusammen sah. Und obwohl sie so jung waren, lief es gut zwischen ihnen. Sie waren verrückt nacheinander, verbrachten jede freie Minute zusammen und lernten, was es hieß, verliebt zu sein.

Zu viel, zu früh.

Nicht zum ersten Mal fragte Eve sich, was mit Jack und ihr geschehen wäre, wäre sie geblieben oder hätten sie sich später kennengelernt oder … Was sollte das? Es war, wie es war. Und außerdem waren sie zu unterschiedlich. Das waren sie damals schon. Eve – Angie – war angriffslustig und unabhängig, während Jack immer verlässlich und zufrieden gewesen war. Er hätte viel besser zu Bec gepasst. Andererseits hätten die beiden sich wohl in einem Gewirr von Unentschlossenheit verheddert, jeder viel zu rücksichtsvoll, als dass er dem anderen sagte, was er dachte oder sich wünschte. Jack hatte gesagt, dass er aus Yarrabee wegwollte, doch im Grunde war Eve immer klar gewesen, dass er eben wollte, was sie wollte. Er wollte bei ihr sein.

Er war der erste und einzige Mann, der sie vergötterte.

Das Eiskissen war geschmolzen, und Wasser tropfte auf die Veranda. Banjo war gekommen und schlabberte die kleine Pfütze auf. »Oh, hast du Durst, Süßer?«

Eve hinkte zu seinem Wassernapf, nahm ihn auf und füllte ihn am Wasserhahn draußen.

»Du solltest deine Krücken benutzen, junge Dame.«

Die Stimme erschreckte Eve derart, dass sie beinahe die Schüssel fallen ließ.

»Hi, Tante Margo. Wo kommst du denn her?«

»Ich dachte, ich guck mal vorbei, wie du zurechtkommst. Und ich brauchte ein bisschen Bewegung.« Sie hielt eine Plastikdose in die Höhe. »Ich habe dir eine Kleinigkeit mitgebracht.«

»Das ist wirklich nicht nötig. Ich komme klar.«

»Tja, wenn du neuerdings keinen Braten mehr magst, nehme ich ihn wieder mit.«

»Oh nein, den lasse ich sicher nicht schlecht werden.«

Lächelnd kam Margo zu ihr auf die Veranda. »Wie geht es dem Fuß?«

»Nicht so klasse.«

»Er wird sicher nicht besser, solange du weiter rumläufst.«

»Ich hatte ihn hochgelegt, siehst du?« Eve zeigte auf den Hocker vor dem alten Korbstuhl und auf den Eisbeutel.

Dann gingen sie gemeinsam nach drinnen, vorbei an dem Müllsack mit Altkleidern und Kartons voller Kram. »Hast du entrümpelt?«, fragte Margo.

»Nur ein bisschen.«

»Na, übertreib's aber nicht. Und ich sagte dir doch, wenn du Hilfe brauchst …«

Eve unterbrach sie sofort. »Ich weiß, dann soll ich nur fragen. Und das werde ich auch. Im Moment mache ich bloß das Gröbste. Allerdings habe ich das gefunden.« Sie hielt das Medaillon hoch.

»Becs Kette«, sagte Margo leise und wehmütig. »Sie hatte sie noch um, als eure Mutter sie identifizierte. An den Tag muss ich sehr viel öfter denken, als mir lieb ist.« Sie schüttelte den Kopf. »Wo war sie?«

»In einer Schmuckdose in Becs altem Zimmer. Es war das Einzige von ihr dort.«

Margo nickte. »Deine Mutter hat sie sicher absichtlich dort gelassen. Sie wusste, dass du irgendwann wiederkommst.«

Nun wurde das Gespräch viel zu unbehaglich. »Luke hat gestern gute Arbeit geleistet. Und heute Morgen«, sagte Eve betont munter.

»Danach wollte ich dich auch fragen. Es ist gut für ihn, mal rauszukommen und ein wenig zu arbeiten. Falls du sonst etwas hast, das er erledigen kann, sag es ihm einfach.«

»Heute Morgen habe ich ihn nicht mal gesehen, weil ich verschlafen hatte. An das frühe Aufstehen muss ich mich erst wieder gewöhnen.«

Margo hatte schon den Kessel aufgesetzt. »Was hast du denn eigentlich all die Jahre getrieben? Nicht geheiratet oder so?«

Eve wusste, dass mit »oder so« Kinder gemeint waren. »Nein. Das hat sich nie ergeben.«

»Na ja, vielleicht findest du einen netten Jungen vom Land, wo du mal hier bist.«

Eve lachte. »Einen Jungen wohl kaum. Und ich bin fertig mit Männern.« Bei Margos Gesichtsausdruck ergänzte sie rasch: »Keine Sorge, ich habe nicht die Seiten gewechselt oder so. Ich will sie mir nur mal eine Zeit lang vom Leib halten. Es endet ja doch immer in einer Katastrophe.«

»Irgendwo da draußen gibt es einen für dich, Kind. Allerdings musst du dich sputen, wenn du was Kleines willst. Wir werden ja alle nicht jünger.«

Eve sah nach unten. »Oh, entschuldige, Liebes! Sag mir bitte Bescheid, wenn ich meine Klappe halten soll. Harry macht das auch. Du redest dich um Kopf und Kragen, sagt er immer.«

»Ist schon okay. Ich eigne mich sowieso nicht zur Mutter, schätze ich. Banjo und ich sind rundum glücklich.«

»Na gut. Also, wann willst du die Farm zum Verkauf anbieten?«, fragte Margo.

Eve war froh über den Themenwechsel. »Ich hatte schon einen Makler hier. Er meldet sich, wenn er einen Preis und ein Datum hat. Wie er sagt, wäre eine Versteigerung am besten. Die kann er innerhalb von sechs Wochen arrangieren.«

Margo hob den Kopf, den Mund offen, sagte aber nichts.

»Ich hatte dir doch erzählt, dass ich nur hier bin, um alles zusammenzupacken.«

»Ja, hast du. Ach, ich weiß auch nicht, aber ich hatte gedacht, wenn du erst wieder hier bist … sei's drum, es ist deine Entscheidung. Ich kann mir eben nicht vorstellen, dass hier jemand anders wohnt. Wir waren vierzig Jahre lang Nachbarinnen, Nell und ich.«

Eve seufzte und überlegte, wie sie es am besten formulierte. Ihr war klar, dass Margo noch um ihre alte Freundin trauerte, und so gerne Eve es auch vermeiden würde, schwang Nells Name in jedem ihrer Worte mit, war in jedem Satz zu spüren. »Wir beide wissen, wieso ich weg war, Tante Margo. Nell mag nicht mehr da sein, trotzdem birgt hier alles zu viel Geschichte für mich. Ich verkaufe, und dann gehe ich vielleicht nach Norden, mache ein kleines Café oder Restaurant auf.«

»Manchmal ist es klüger, sich den Dingen zu stellen, als vor ihnen wegzulaufen«, sagte Margo.

»Und manchmal kann man sie drehen und wenden, wie man will, sie ändern sich nicht. Menschen ändern sich nicht. Nell hat es auch nicht, oder? Sie hat mir nie vergeben.« Eve bemerkte, dass ihre Stimme kippte. Sie wollte nicht hier sein, in der Küche ihrer toten Mutter und mit ihrer »Tante« über die Gespenster der Vergangenheit reden.

»Viel wichtiger ist doch, hast du dir selbst vergeben?«

Eve starrte auf einen Flecken in der Tischplatte. Ihr Schweigen war ausreichend Antwort.

»Mach du, was du tun musst, aber denk dran, dass das alles lange her ist. Es ist Vergangenheit, und die musst du loslassen.« Margo stand auf. Aus ihrem halb leeren Becher dampfte es noch. »Pass auf deinen Fuß auf.«

Eve spürte deutlich, dass sie wütend war und gehen musste. Sie blieb am Tisch sitzen, während Margo das Haus verließ.

Die musst du loslassen. Margos Worte hallten noch durch die stille Küche.

Das habe ich die letzten zwanzig Jahre versucht. Die Vergangenheit loszulassen.

9

Die Tage wurden heißer und die Nächte drückender.

Eve lag auf den Laken und versuchte, eine halbwegs erträgliche Position zu finden. Ihre Haut klebte vor Schweiß. Dennoch war ihr bewusst, dass es nicht bloß die Hitze war, die sie am Einschlafen hinderte, auch nicht ihr Fuß, der anscheinend resistent gegen Schmerzmittel war. So vieles ging ihr durch den Kopf. Die Unterhaltung mit Margo heute Nachmittag hatte eine Menge Trümmer zutage gefördert. Manche waren direkt unter der Oberfläche gewesen und warteten nur darauf, ans Licht zu kommen, aber die meisten waren tief in ihr unter einer dicken Schicht aus Verleugnung begraben gewesen, wo Eve sie auch tunlichst lassen wollte. Doch hier zu sein, die alten Gesichter wiederzusehen – die echten und die der Geister – holte alles wieder nach oben, und sie schien keinerlei Kontrolle darüber zu haben, was auftauchte.

Vielleicht wäre es besser gewesen, den Hausverkauf an einen Notar zu übergeben. Doch wenn sie ehrlich war, hatte sie sofort die Chance ergriffen, wieder hierher zu kommen. Als wäre etwas in ihr dazu bereit; oder ihre masochistische Ader setzte sich durch. Ein Talent, sich selbst zu quälen, besaß sie allemal.

Was es auch war, es hielt sie hellwach. Ohne die Lampe einzuschalten, richtete sie sich halb auf und schwang das schlimme Bein zuerst aus dem Bett. Sie verzog das Gesicht, als sie unabsichtlich den Fuß auf dem Boden aufsetzte, und wischte sich mit einer Lakenecke den Schweiß von der Stirn. Die Krücken lehnten neben dem Bett, doch bevor sie aufstand, bemerkte sie etwas im Türrahmen, einen Umriss, der sich in unscharfem Grau ein wenig heller von der dunklen Umgebung abhob. Eve riss die Augen weiter auf und stellte fest, dass es eine menschliche Silhouette war. Als sie genauer hinsah, nahm die Gestalt Form an: Es war eine Frau, groß, das Haar zurückgebunden und mit einem breitkrempigen Hut auf dem Kopf. Eve starrte hin, unfähig, den Blick abzuwenden, während die Gestalt den Hut abnahm und die andere Hand nach Eve ausstreckte. Ihr Gesicht war schlecht zu erkennen, aber ihre Kleidung kam Eve vertraut vor – ausgeblichene Jeans, langärmliges Hemd, hüftlange braune Wildlederweste. Und Reitstiefel, zerkratzt und abgewetzt. Eve merkte, wie sie auf dem Bett weiter nach hinten rutschte, obwohl sie keine Angst hatte. Sie sah die Frau direkt an und beobachtete, wie ihre Hand wieder nach unten sank, bevor ihre Gestalt sich in der Dunkelheit auflöste.

Einen Moment saß Eve vollkommen regungslos. Sie betrachtete die Stelle, an der die Gestalt gewesen war, doch dort war nichts mehr. Die Frau hatte die Hand nach ihr ausgestreckt. Ganz kurz war Eve versucht gewesen, aufzustehen und ihre Hand zu nehmen. Es war Wut, nicht Furcht, die sie davon abhielt. Und Wut regte sich auch jetzt wieder in ihr.

»Glaub ja nicht, du kannst es nach all diesen Jahren wieder hinbiegen!«, rief sie. »Denk nicht, du kannst zurück in mein Leben kommen und so tun, als wolltest du mich hier haben.« Sie zitterte vor Zorn. Banjo bewegte sich am Fußende, und Eve stöhnte. »Scheiße, mit wem rede ich denn? Einem beknackten Geist? Diese Hitze macht mich fertig.« Sie griff nach ihren Krücken und bewegte sich in Höchstgeschwindigkeit zum Kühlschrank. Auf dem Weg machte sie sämtliche Lichter an. Vielleicht wurde sie von den Pillen ein bisschen verrückt, oder sie war schlicht übermüdet. Eve hatte nie an Übersinnliches geglaubt. Wenn man tot war, war man tot. Wurmfutter. Nell war tot, und was Eve auch in dem Türrahmen gesehen haben mochte, entsprang einzig ihrer Fantasie. Nicht mehr und nicht weniger.

Eine Minute lang überlegte sie, sich einen Bourbon einzuschenken. Die Flasche stand auf der Arbeitsplatte und bettelte darum, geöffnet zu werden. Und Eve wusste, dass es nicht bei einem bleiben würde. Sie trank ein großes Glas Wasser und ging zurück ins Bett. Dort las sie, bis sie vor lauter Erschöpfung in einen tiefen Schlaf fiel. Die Lichter im Haus brannten noch.

Der Vormittag war schon zur Hälfte herum, als Eve endlich aufwachte. Sie konnte den Fuß nach wie vor nicht aufsetzen, ohne dass ihr der Schmerz durch den ganzen Körper schoss. Doch sie schaffte es, sich aus dem Bett zu quälen und ihre übliche Morgenroutine zu absolvieren. Erst als sie für die erste Zigarette auf die Veranda trat, erinnerte sie sich wieder an den Traum von letzter Nacht. Schon daran zu denken, machte ihr eine Gänsehaut. Aber das war ja nur ein Traum gewesen, nicht?

Es war einer dieser Tage, an denen man vor lauter drückend feuchter Hitze kaum Luft bekam. Kein Windhauch war zu spüren. Laut Wetterbericht sollte es eine Woche lang heiß bleiben. Eve blickte zum Thermometer an der Tür und hoffte, dass es kaputt war. Es zeigte bereits 36 Grad, und dabei war es nicht mal elf Uhr. Banjo lag im Schatten des Eukalyptusbaumes. Seine Zunge hing ihm aus dem Maul. »Ich weiß, wie du dich fühlst, Süßer«, sagte Eve, und der Hund schlug ein paar Mal träge mit dem Schwanz.

Sie stützte ihre Ferse auf die Stufe unter ihr und wickelte langsam den Verband ab, um ihren Knöchel etwas zu lüften. Die Haut verfärbte sich lila und schwarz. Es erinnerte sie an damals, als ihr diese Stute – Prissy – auf den Fuß getreten war. Sie wollte das Pferd für Bec satteln, und das blöde Vieh hatte sein eines Hinterbein gehoben und es, wumms, so hart es konnte auf Angies Stiefel geknallt. Sie hatte einen Schrei ausgestoßen, der Tote geweckt hätte, und Nell kam vom anderen Ende des Reitplatzes herbeigelaufen. Angie war schon am Boden, wand sich vor Schmerzen und hielt sich den Fuß.

»Was hast du denn gemacht?«, brüllte Nell sie an.

Angie versuchte, zu antworten, doch ihre Worte waren ein unzusammenhängendes Durcheinander. »Mein Fuß … sie … ich hab sie gesattelt … und sie … Aaah!«

Nell hatte Angies Bein gepackt und ihr den Stiefel und die

Socke heruntergerissen. Glühendes Feuer strahlte von ihrem Knöchel in das ganze Bein aus. Es fühlte sich an, als wäre ihr ein Elefant, kein Pferd, auf den Fuß getreten. Sie lag auf dem harten Sand, das Knie an ihren Bauch gezogen, und rollte sich hin und her, während sie mit den Tränen rang. Nell duldete keine Heulerei, nicht mal wenn jemand scheußliche Schmerzen litt.

»Wie oft habe ich dir gesagt, dass du nicht von hinten an ein Pferd herangehen sollst?«

»Bin ich nicht. Ich stand neben Prissy.«

»Aber offensichtlich zu dicht. Da muss Eis drauf. Komm mit.« Nell griff nach Angies Ellbogen und half ihr auf, aber sie konnte nicht gehen und musste sich den ganzen Weg bis ins Haus auf ihre Mutter stützen. Drinnen lag sie auf dem Sofa und atmete gegen den Schmerz an, während Nell einen Eisbeutel auf den Fuß legte. »Das wird übel«, sagte Nell in diesem Ich-hab's-ja-gesagt-Ton, den sie immer annahm, wenn Angie etwas getan hatte, was ihr nicht passte.

»Ich habe dir doch gesagt, dass ich neben ihr stand. Sie hat absichtlich den Fuß gehoben und auf meinen geknallt. Ich habe dir schon oft gesagt, dass die Stute ein blödes Mistvieh ist.«

»Und ich habe dir schon oft genug gesagt, dass du nicht so reden sollst. Du hältst dich vielleicht für eine superschlaue Zwölfjährige, aber du bist noch ein Kind, und ich erlaube nicht, dass meine Tochter solche Ausdrücke benutzt!«

Was Angie eigentlich von ihrer Mutter hören wollte, war: *Du armes Ding, das tut sicher gemein weh. Ich gehe und binde das Ungetüm von Pferd für ein oder zwei Stunden an einen Baum, damit es seine Lektion lernt.* Aber das war nicht Nells Stil. Nicht dass Nell ihre Töchter nicht liebte. Kopfschüttelnd und mürrisch saß sie da und gab Angie hin und wieder einen Klaps auf das Bein. Ja, sie hatte eben eine komische Art, ihre Zuneigung zu zeigen.

»Lass den Eisbeutel erst mal drauf. Wenn es allzu schlimm wird, müssen wir mit dir zum Röntgen. Und du kannst mindestens eine Woche nicht reiten.« Beim letzten Satz war sie schon an der Tür, und er klang wie eine Strafe. Angie blieb alleine auf dem Sofa. Jetzt konnte sie endlich den Tränen nachgeben.

»Und ich fütter nicht deine ganzen Pferde oder mache die anderen Sklavenarbeiten hier, die ich sonst jeden Tag mache. Das wird wie Ferien«, schrie Angie in das verlassene Zimmer.

Es war nichts gebrochen gewesen, trotzdem verging eine gute Woche, bevor sie mit dem Fuß gehen konnte, und ein Monat oder mehr, bis er richtig verheilt war. Jetzt sah Eve denselben Fuß an und hoffte, der Schaden war diesmal nicht ganz so übel. Zeit, den Verband wieder anzulegen. Becs Anhänger baumelte in der Luft, als Eve sich vorlehnte, und sie steckte ihn zurück ins T-Shirt.

Luke hatte die Stute zwar morgens gefüttert, aber Eve musste nach ihr sehen und ihr das Schmerzmittel geben. Die Krücken fühlten sich glitschig in ihren Achseln an, und der Stall kam ihr entsetzlich weit weg vor. Sie ging vorsichtig und war froh, dass sie so klug gewesen war, sich einen Stiefel über den gesunden Fuß zu ziehen, sodass sie besseren Halt hatte. Banjo trottete mit ihr, müde von der Hitze. Es war eine Wohltat, in den schattigen Stall zu gehen.

Das Pferd neigte seinen Kopf, als Eve kam, und schlug mit dem Schweif nach einer Fliege, aber die Augen waren dumpf, und insgesamt wirkte die Stute apathisch. Am ersten Tag, oben auf der Koppel, war sie noch so neugierig und freundlich gewesen. Folglich war dieses Desinteresse besorgniserregend. Eve lehnte ihre Krücken an das Gatter und hinkte zum Wasserhahn, wo sie einen kleinen Eimer befüllte und einige Tropfen Antiseptikum hineingab. Fliegen krochen über das Knie der Stute, und Eve bereute schon, den Verband gestern Abend abgenommen zu haben, anstatt auf den Tierarzt zu hören. Als Eve die Wunde abtupfte, zuckte das Bein der Stute leicht nach oben, doch sie sträubte sich nicht, als Eve es sanft wieder nach unten zog.

»So ist es brav. Wir wollen dich doch bald wieder rauf zu deinen Freunden bringen, was, Mädchen?« Eve streichelte ihr die Mähne. Die Stute brauchte einen Namen. Es müsste einer sein, der zu ihrem sanften Gesicht passte. Eve blickte nach draußen zum leeren blauen Himmel.

»Wie wäre es mit Rain? Von dem könnten wir ein bisschen was gebrauchen.«

Eve neigte die Stirn an Rains Hals, schloss die Augen und atmete den Duft des Tiers ein. Keinen Geruch der Welt mochte sie lieber als diesen. Sie hatte auf keinem Pferd mehr gesessen, seit sie Mossy Creek verließ, doch jetzt überkam sie der Wunsch, einfach aufzuspringen und loszugaloppieren. Rain war natürlich nicht in der Verfassung, geritten zu werden. Aber draußen standen über ein Dutzend Pferde, die sie reiten konnte – sobald sie wieder mobil war. Trotzdem zog sie dieses Tier aus irgendeinem Grund besonders an.

»Wir werden wieder fit, und dann reiten wir aus, ja? Wie hört sich das an?«

Sie gab der Stute die Spritze, die der Tierarzt ihr dagelassen hatte. Es erstaunte sie, wie leicht es ihr fiel, wie alles wieder zurückkam. Als sie sich umdrehte und quer durch den Stall ging, folgte Rain ihr. Das Pferd setzte vorsichtig einen Fuß vor den anderen und schaffte es, zum Wassertrog zu humpeln und zu trinken.

Eve zupfte etwas Heu aus dem Bündel in der Futtertonne und hielt es ihr hin. »Hast du Hunger?« Das Pferd reckte den Hals, schnupperte und wandte den Kopf zum Stalltor. Wenn es nicht bald wieder fraß, wäre es zu schwach, um sich gegen die Entzündung zu wehren. Eve brachte das restliche Heu herüber, wobei sie sich bemühte, auf einem Bein zu balancieren und höchstens mit den Zehenspitzen des verstauchten Fußes aufzutreten.

»Wir sind mal ein Gespann, was?«

Sie humpelte auf ihren Krücken zurück auf den Hof, nachdem Rain ihr spätes Frühstück bekommen hatte, und steuerte das Haus an.

Eve konnte das »Zu verkaufen«-Schild am Ende der Einfahrt sehen. Jemand musste gekommen sein und es aufgestellt haben, während sie im Stall war. Am liebsten wäre sie hingegangen, um den Quatsch zu lesen, den der Makler sich zweifellos über die Farm zusammengedichtet hatte, aber allein der Gedanke an den Marsch in dieser Hitze war zu viel. Eve nahm das Hemd, das sie auf dem Stuhl gelassen hatte, und wischte sich damit den Nacken. Banjo war zum Teich gelaufen, um zu schwimmen. Der Glückliche!

Drinnen fragte Eve sich, was sie als Nächstes tun sollte. Es war noch mehr zu packen, und auch wenn dabei die Vergangenheit wieder hochkochte, musste es erledigt werden – je früher, desto besser.

Die beiden kleineren Schlafzimmer waren ziemlich aufgeräumt. Nach hinten raus gab es eine geschlossene Veranda, die Nell manchmal für Besucher nutzte und um all den überflüssigen Kram zu lagern, der sich in jedem Haus ansammelte. Eve blickte sich um. Am sinnvollsten wäre wohl, mit dem Schrank in der Ecke anzufangen. Sie öffnete die Tür und zog eine kleine Holzkiste mit einem Schiebedeckel heraus. Als sie ihn öffnete, entfuhr ihr ein tiefer Seufzer. Fotos.

Eve kippte sie auf den Fußboden und begann, sie durchzusehen. Da waren Unmengen Bilder von Leuten, die Eve nicht kannte – Kinder, die neben Ponys standen oder lächelnd auf Pferden saßen. Nell hatte über die Jahre sehr vielen das Reiten beigebracht, Hunderten Kindern, und anscheinend war von jedem von ihnen ein Foto in dieser Kiste. Eve begann, sie schneller durchzugehen, bis sie eines der Grinsegesichter erkannte – Bec. Sie war ganz schick in ihrer marineblauen Jacke und dem passenden Samthelm, die langen dünnen Beine in cremeweißen Jodhpurs, und saß auf ihrem schwarzen Araberhengst Zeus. Sie hatte das Pferd so sehr geliebt. Jeden Tag ritt sie ihn, ließ ihn in Kreisen und Achten laufen und hielt seinen Kopf in exakt der richtigen Position nach unten. Nell sah ihr vom Reitplatzrand aus zu, rief ihr Kommandos zu, trieb sie an oder redete ihr gut zu, je nachdem, was Bec gerade brauchte. Nell setzte große Hoffnung in Bec und Zeus. Sie waren das ideale Team und gewannen fast jeden Wettbewerb, bei dem sie antraten. Eve guckte ihrer Schwester sehr gerne beim Reiten zu: so präzise, so sauber, so ganz anders als sie selbst. Eve sprang am liebsten auf und ritt los. Sie mochte es, den Wind in ihrem Haar und auf ihrem Gesicht zu fühlen, die Bewegungen des Pferdes unter sich zu spüren, wenn sie schneller wurden und über Baumstämme oder Zäune flogen, was auch immer vor ihnen auftauchte. Ein Teil von ihr wünschte sich, so diszipliniert wie Bec zu sein, doch wenn sie es versuchte, fühlte es sich einfach falsch an. Für Eve bedeuteten Pferde Freiheit, für Bec hatten sie harte Arbeit und Perfektion bedeutet.

Wäre sie nicht gestorben, hätte sie es weit gebracht, weiter als ich. Was allerdings auch kein Kunststück wäre.

Eve legte das Foto beiseite und sortierte weiter. Da war noch eines von Nell auf Harrys und Margos Veranda, einer der wenigen Momente, in denen sie mal entspannt haben musste, dachte Eve. Sogar abends, nach einem langen Tag mit den Pferden, saß Nell mit der Brille auf der Nase am Tisch, ging Papiere durch, erstellte Kostenpläne und Sonstiges. Es gab Abende, an denen wollte Eve einfach alles zusammenraffen und wegnehmen, ihre Mutter zwingen, sich zu Bec und ihr vor den Fernseher zu setzen. Aber sie wusste ja, dass Nell es nie wollen würde. Jetzt auf dem Foto sah Eve eine Frau, die auf eine robuste Art attraktiv war. Ihr Gesicht war rund und sonnengebräunt, ihr Blick intensiv. Sie hatte rotbraunes, lockiges Haar, das im Nacken zu einem groben Dutt gebunden war. So hatte sie es immer getragen. Und sie lachte, als hätte eben jemand einen Witz erzählt. Es musste ein Sonntagnachmittag gewesen sein, eines dieser Nachbarschaftstreffen, die einfach stattfanden, ohne dass irgendwer sie organisierte.

Könnte ich mich doch so an dich erinnern.

Sie legte das Foto zu dem von Bec und blätterte hastig den Rest durch. Es gab noch einige wenige, die sie aufbewahren würde, aus besseren Zeiten, als sie alle noch jung waren. Und dann, als hätte es sich bis zum Schluss aufgespart, erschien ganz unten in dem Haufen ein Foto von Nell und Charlie. Ein Hochzeitsfoto. Eve drehte es um: *Mai 1968.* Nell trug ein schlichtes Spitzenkleid, das ihr bis knapp zu den Knöcheln reichte. Sie war schlank und sah eher wie ein Model als wie ein Mädchen von einer Farm aus. Kein Wunder, dass sie sich so einen gut aussehenden Mann angeln konnte. Sie lächelte in die Kamera, blickte durch die Linse in ihre Zukunft, eine Hand auf dem Arm ihres frischen Ehemannes. Er trug einen adretten Anzug mit Schlips und einer Nelke im Knopfloch. Sein Haar hatte er mit Pomade nach hinten gekämmt, und er grinste eher, als dass er lächelte. Eve hatte plötzlich Mitleid mit den beiden, diesem Paar, das so glücklich für den Fotografen posierte und nicht ahnte, dass sein Leben in die Brüche gehen würde, dass sie beide sich schon in relativ kurzer Zeit fremd wären.

Ungefähr mit zwölf fing Eve an, immer häufiger über ihren Vater nachzudenken. Würde er jemals wiederkommen? War er tot? Warum war er gegangen? Im Hinterkopf hatte sie das Gespräch gespeichert, das sie in jener Nacht heimlich belauscht hatte. Nur kam es ihr manchmal so vage vor, dass sie unsicher wurde, ob sie es sich vielleicht bloß einbildete. Jedes Mal, wenn Bec oder sie Nell fragten, hieß es, »der ist eines Tages weg und nie wiedergekommen.« Und die Mädchen spürten deutlich, dass sie lieber nicht weiter nachfragen sollten.

Als sie eines Morgens mit Nell Wäsche aufhängte, brachte sie dann doch den nötigen Mut auf. »Mum, was war zwischen dir und Dad?«, fragte sie. Sicherheitshalber blieb sie hinter dem im Wind knatternden Laken, das sie gerade aufgehängt hatte. »Wieso ist er weggegangen?«

Nell antwortete nicht. Angie nahm ein Handtuch auf und klammerte es an die Leine. »Mum?«

Ihre Mutter trat hinter einem Gewirr von Kleidungsstücken hervor. »Er ist gegangen, weil ich ihm gesagt habe, dass er verschwinden soll. Er hat sich hinter meinem Rücken mit einer anderen Frau in der Stadt getroffen und dachte, das wäre okay. Er dachte auch, dass es mir nichts ausmacht, wenn er sich weiter mit ihr trifft. Eine Frau zu Hause, eine in der Stadt, hat er sich vorgestellt.«

Angie wollte es nicht glauben. Ihre Erinnerungen an ihren Vater bestanden aus Kitzeln, Geschenken und besonderen Essen zur Feier seiner Heimkehr. All die netten Dinge, die Väter machten und die ihr fehlten. Es fiel ihr schon schwer, diese Erinnerungen mit seiner Abwesenheit in eins zu bringen, und erst recht hatte sie Mühe, sich ihren Vater als untreuen Schuft vorzustellen.

»Aber ich war nicht so begeistert von der Idee, also habe ich seine Sachen gepackt und ihm gesagt, dass er sich entscheiden muss. Er nahm seine Tasche, marschierte zur Tür hinaus, und seitdem habe ich nie mehr von ihm gehört.«

»Ich erinnere mich an den Abend.«

»Du warst fünf Jahre alt. Hast hinter der Tür gelauscht, wie ich mich entsinne.« Nell hängte weiter Wäsche auf, während Angie dastand und sie beobachtete.

»Aber ich verstand nicht, worüber ihr geredet habt.«

»Nein. Ist auch besser so. Du kanntest es ja schon, dass er zum Arbeiten in die Stadt fuhr, und als er länger als sonst wegblieb, war es nicht so viel anders.«

»Hat er je versucht, uns wiederzusehen?«

Nell hängte das letzte Wäschestück auf die Leine. Ihr Arm bedeckte ihr Gesicht, sodass Angie es nicht sehen konnte, die Verbitterung jedoch aus ihrer Stimme heraushörte. »Nie. Kein einziges Mal. Er ist mit seinem Flittchen zusammengezogen und tat, als hätte es uns nie gegeben.«

Es gab noch so viele andere Fragen, die Angie stellen wollte: *Warum hast du ihn nicht gezwungen, uns Geld zu geben? Warum bist du ihm nicht nachgefahren? Warum hast du uns nie erzählt, was wirklich passiert ist?* Aber das musste sie im Grunde nicht fragen, denn sie kannte die Antwort ja. Nell war eine stolze Frau. Sie war nicht der Typ, der Untreue tolerierte. Und was sie sagte, meinte sie auch so.

Es gab kein Zurück.

10

Die Kartons stapelten sich fast so hoch wie die Erinnerungen. Eve stand im Verandazimmer und blickte sie an, die Hände in den Hüften und auf ihrer Wangeninnenseite kauend. Sie mussten diese ganzen Kisten dringend in den Schuppen schaffen. Die Räume in dem Haus waren nicht unbedingt groß, und mit diesem Krempel hier drinnen wirkten sie noch beengter. Die kleine Holzkiste mit einigen Fotos würde Eve behalten, der Rest konnte weg. Hätte sie doch nur ein Auto! Und zwei intakte Füße, um es zu fahren, wären auch nicht verkehrt.

Ein Klopfen an der Tür riss sie aus ihren Gedanken. Wahrscheinlich war es Margo mit noch mehr Essensspenden. Eve war überrascht, stattdessen Jack dort stehen zu sehen.

»Wie geht es der Patientin?«

»Tja, ich würde ja gerne sagen, dass ich einen Schritt nach dem anderen mache, aber das wäre eine glatte Lüge.« Sie öffnete die Fliegentür und ging zu ihm auf die Veranda. Sein ohnehin schon gebräuntes Gesicht war rot und verschwitzt. Offensichtlich kam er von der Arbeit.

»Hauptsache, du übertreibst es nicht. Solche Sachen brauchen eine Weile, um richtig zu heilen.«

»Ist das dein Rat oder der deiner Frau?«

Jacks Mundwinkel bogen sich spöttisch nach oben, doch er beantwortete die Frage nicht. »Wie läuft es denn so?«

»Nicht schlecht. Ich packe gerade ein paar Sachen, um etwas Ordnung im Haus zu schaffen.«

»Hmm. Ich habe das Schild unten gesehen. Ich arbeite an Margos Gewächshaus, aber in der Mittagshitze kann man das vergessen, also dachte ich mir, ich mache mal eine Stunde Pause.«

»Du siehst ziemlich geschafft aus. Komm rein und trink was Kaltes.«

Die Krücken klackerten den Flur entlang. Eve wurde bewusst, dass Jack hinter ihr ging, und plötzlich fragte sie sich, wie sie aussehen mochte. Vom stundenlangen Sortieren staubiger Bücher und sonstiger Überbleibsel fühlte sie sich schmutzig und klebrig. Ganz sicher bot sie kein hübsches Bild.

»Viel hat sich hier nicht verändert«, konstatierte Jack, der sich in der Küche umblickte.

»Warst du länger nicht mehr hier?« Eve wusste nicht, wie sie auf diese Frage kam. Wenn sie in den letzten Jahren überhaupt daran dachte, was aus den Leuten hier geworden sein mochte, hatte sie stets alle um Nells Tisch gedrängt vor sich gesehen, wie sie sich gegenseitig bestätigten, dass sie froh waren, Angie los zu sein, und sie alle ohne sie besser dran wären. Auch wenn Jack in diesem kleinen Fantasieszenario nicht vorgekommen war, hatte sie irgendwie angenommen, dass Nell und er weiter in Kontakt blieben.

»Nein, war ich nicht. Ich bin einige Male vorbeigekommen, nachdem du weg warst, um Nell zu fragen, ob sie von dir gehört hat. Doch sie war nicht unbedingt beglückt, mich zu sehen, und da ließ ich es bleiben.«

Eve ging nicht auf die Bemerkung zu ihrem Verschwinden ein. »Die Hitze ist unglaublich, oder? Und angeblich soll sie die ganze Woche anhalten.« Das Wetter war immer eine gute Ablenkung, besonders auf dem Land.

»Hast du von dem Van gehört?«

»Ja, dieser Typ hat angerufen … Pete? Es ist schlimmer, als er zuerst dachte. Und es kann einige Zeit dauern, die Teile zu kriegen. Das habe ich davon, einen uralten Van zu fahren.«

Jack nickte. Die Eiswürfel klirrten in seinem Glas, als er es leerte und die restlichen Würfel zerbiss. Draußen kreischten die Zikaden in den Eukalyptusbäumen, schlugen den Sekundentakt zu den gefühlten Minuten, die Eve auf ihrem Stuhl hockte und grübelte, was sie als Nächstes sagen konnte. Es gab so vieles, was darauf wartete, aus ihr herauszusprudeln, doch das behielt sie lieber für sich. Es war ungefährlicher, bei seichten Nettigkeiten zu bleiben.

»Und wieso baust du ein Gewächshaus für Margo? Harry war doch immer handwerklich ganz geschickt.«

»Das ist heute zu viel für ihn, schätze ich.« Jack stellte sein Glas in die Spüle. Eve konnte nicht umhin zu bemerken, wie gut gebaut er von hinten aussah, so wie das blaue Arbeitshemd seine Schultern und Arme betonte. »Er hatte vor ein paar Jahren einen Herzinfarkt. Alle sechs Monate muss er zur Kontrolle und tonnenweise Pillen schlucken. Seine meiste Zeit verbringt er auf dem Golfplatz oder quatschend bei den Treffen des Farmer-Verbands.«

Es war komisch, sich Harry anders als wie verrückt arbeitend vorzustellen. Eve hatte ihn kaum je untätig erlebt, ausgenommen an den Abenden, wenn er auf der Veranda saß und eine Flasche Resch-Ale öffnete, während Margo das Essen kochte und ihr Bier mit Limo trank.

»Und? Kann ich dir bei irgendwas helfen?«

»Nein. Margos Enkel Luke erledigt das Füttern und einige kleinere Arbeiten für mich. Ein netter Junge, ziemlich still. Sonst gibt es eigentlich nicht viel zu tun, außer das Haus zu putzen, bevor die Besichtigungen starten.«

»Wann gehen die los?«

»Nächsten Samstag.«

»Du verschwendest keine Zeit, was?« Jack fuhr sich mit den Händen durchs Haar und strich einige verirrte Locken aus seiner Stirn. An diese Geste erinnerte sich Eve sehr gut.

»Es gibt keinen Grund, länger als nötig hierzubleiben. Ich will es einfach nur hinter mich bringen.« Sie schabte an einem losen Stück auf der Resopaltischplatte. »In diesem Haus gibt es zu viele Erinnerungen.«

»Nicht bloß schlechte, hoffe ich.« Jacks Stimme klang leise und wehmütig.

Eve lächelte und stand auf. »Nein, nicht alle sind schlecht.

Einige sind sogar ziemlich schön.« Eve sah ihn an und neigte den Kopf zur Seite. Ihr war klar, dass sie flirtete, doch es kümmerte sie nicht. Jack kitzelte den Teenager in ihr heraus, und es tat gut, sich wieder jung und unbeschwert zu fühlen.

Er schüttelte grinsend den Kopf. »Und du brauchst sicher keine Hilfe?«

Ein bisschen Gesellschaft an diesem monotonen Tag war angenehm, und wenn Jack es schon anbot, war da der Stapel Kartons, der weggeräumt werden musste. »Ehrlich gesagt gibt es einige Sachen, die in den Schuppen gebracht werden müssen. Aber ehrlich nur, wenn es dir nichts ausmacht.« Sie ging voraus zur geschlossenen Veranda, wo der Kartonberg jederzeit umzukippen und jemanden unter sich zu begraben drohte.

»Hier drin ist es wie in einem Ofen.«

»Ja, wem sagst du das?« In dem Raum stand die Hitze, und Eve kriegte keine Luft mehr. »Im Schuppen ist reichlich Platz. Ich dachte, dass ich erst mal alles dahin verfrachte und zur Deponie fahre, wenn ich den Van wiederhabe.«

Jack hob zwei Kartons von dem Stapel. »Ich kann das heute hinbringen. Auf dem Heimweg komme ich ja an der Deponie vorbei.«

»Sicher?«

»Es wäre witzlos, das ganze Zeug zweimal hin und her zu laden.« Jack war schon auf dem Weg zur Tür, ehe Eve mehr sagen konnte. Sie hasste es, das schwache kleine Frauchen zu sein, nur war sie das leider im Moment, also konnte sie ebenso gut mitspielen. Mit den Krücken schlug sie die Tür auf und hielt sie fest, während Jack die erste Ladung hinten in seinen Transporter packte und zurück ins Haus ging, um die nächste zu holen. Jedes Mal, wenn er an ihr vorbeikam, roch sie seine salzige Haut, diesen typischen Geruch nach körperlicher Arbeit, den Marcus nie gehabt hatte.

Banjo kam aus seinem Versteck unter der Grevillea herbei, weil er schauen wollte, was hier los war. Er hockte sich direkt auf die unterste Verandastufe, sodass Jack mit der letzten Kartonladung um ihn herumsteigen musste und beinahe über ihn gestolpert wäre.

»Super, Banjo. Mach es bloß nicht leichter als nötig!«, schalt Eve ihn.

Er blickte auf, machte jedoch keinerlei Anstalten, sich vom Fleck zu rühren.

»Wie es aussieht, hat er dich um seine kleine Pfote gewickelt«, sagte Jack und wischte sich die Hände an seiner Shorts ab.

»Hat er. Aber das ist okay, nicht wahr, Süßer?« Eine winzige Bewegung seiner Augen verriet Eve, dass Banjo jedem ihrer Worte lauschte. »Ich hole dir noch was zu trinken, ehe du fährst«, sagte sie zu Jack.

»Das kann ich«, bot er an.

»Na, noch bin ich nicht komplett nutzlos«, erwiderte sie, lehnte die Krücken an die Wand und hinkte nach drinnen.

Als sie mit einer Wasserflasche aus dem Kühlschrank zurückkam, saß Jack auf der obersten Verandastufe. Eve blieb an der Tür stehen und sah zu ihm. Etwas an der Art, wie er dahockte und in die Ferne blickte, die Ellbogen auf seine Knie gestützt, machte sie furchtbar traurig. Er sah wirklich gar nicht so anders aus als der Junge, an den sie sich erinnerte.

»Hier«, sagte sie und ließ sich neben ihm nieder. Ihre Schultern berührten sich, und keiner rückte weg. »Danke fürs Vorbeikommen, Jack. Das ist wirklich sehr nett.«

»Kein Problem.« Er sah sie von der Seite an. »Ich hatte mich gefragt, wie du hier draußen alleine klarkommst. Cat meinte, dass es deinen Fuß übel erwischt hat. Jedenfalls war es ein guter Vorwand, um herzufahren und dich wiederzusehen.«

Eve war nicht sicher, ob sie verlegen oder wütend oder von Jacks Ehrlichkeit gerührt sein sollte. Sie guckte zu einem riesigen schwarzen Schmetterling, der in ihr Blickfeld schwebte und über den verdörrten Resten des Gartens verharrte, ehe er um die Ecke und außer Sicht flatterte. »Weiß Cat, dass du hier bist?«

Jack lachte leise und schüttelte den Kopf. »Nein, und sie wäre bestimmt auch nicht froh darüber. Sie ist nämlich wahnsinnig eifersüchtig.«

»Na, da hat sie ja auch allen Grund dazu.« Als Eve begriff, was sie gesagt hatte, überschlugen sich ihre nächsten Worte regelrecht. »Nicht wegen mir, meine ich, sondern wegen dir. Du bist ein toller Fang, warst du immer schon. Da tut sie wahrlich gut daran, dich im Auge zu behalten.«

Banjo schnappte nach einer Schmeißfliege, die er knapp verfehlte. Er erwischte nur Luft, und die Fliege surrte in Kreisen um ihn, bevor sie auf seiner Nase landete, um ihn zu ärgern. Der Hund warf sich auf den Rücken und setzte seine Pfoten ein, das Tier zu verscheuchen, was lediglich zur Folge hatte, dass er von der Verandastufe purzelte und ausgestreckt auf allen vieren landete.

Eve lachte laut. »Oh mein Gott, Banjo! Was war das denn?«

Sehr indigniert sprang der Hund auf, schüttelte sich und trottete davon, woraufhin Eve und Jack sich erst recht schlapplachten. Banjos kleine Einlage hatte die Atmosphäre entkrampft und Eve davor bewahrt, sich noch lächerlicher zu machen, als sie es bereits hatte. Es fühlte sich gut an, mit jemandem zu lachen. Sie ließ locker und lachte, bis sie sich den Bauch halten musste und ihre Augen tränten. Jack lehnte sich vor und packte ihr Knie, wohl mehr, um sein Gleichgewicht zu halten, dachte sie, aber seine Hand auf ihrer Haut jagte einen Funken durch ihren Körper, der sie wieder zur Besinnung brachte. Sie bedeckte seine Hand mit ihrer, und so saßen sie, bis das Lachen verklang. Als sie wieder zu ihm aufsah, waren seine Augen noch vom selben klaren, hellen Blau wie früher, und sie richteten sich direkt auf ihre. Ihr fiel wieder ein, wie es sich angefühlt hatte, ihn zu küssen, seine Arme um sich zu haben, wenn sich ihre Lippen begegneten, sich öffneten, seine Zunge ihren Gaumen leckte und sie beide zu einem Ganzen verschmolzen.

Eine Alarmsirene heulte in ihrem Kopf los. Sie holte tief Luft und setzte sich gerade hin.

»Ich sollte lieber gehen«, sagte Jack.

Sie blieb, wo sie war, als er zu seinem Wagen ging, einstieg und die Tür zuschlug.

»War schön, dich zu sehen, Evie«, rief er.

»Fand ich auch.«

Dann war er fort.

Eve vergrub das Gesicht in ihren Händen.

Was denkst du dir eigentlich, Evangeline Flanagan?

Immer wenn sie sich selbst schalt, war es seltsamerweise die Stimme ihrer Mutter, die sie in ihrem Kopf hörte. Aber ehrlich: Was zum Teufel dachte sie sich eigentlich? Jack war fantastisch, keine Frage. Er war stark, witzig und freundlich. Und er besaß eine Verwundbarkeit, die früher nicht da gewesen war, eine heimliche Traurigkeit, die Eve allzu gut kannte – womöglich verband diese sie mehr als jene wehmütige Erinnerung an ihre Jugendliebe. Außerdem war Jack verheiratet, noch dazu mit Cat, und deshalb würde sie schön die Finger von ihm lassen. Das Letzte, was sie in ihrem Leben brauchte, waren weitere Komplikationen.

Die Hitze machte sie wohl ein bisschen gaga. Natürlich, das war alles, bloß die Hitze. Sie hielt sich am Verandapfosten fest und zog sich nach oben. Es wartete noch mehr Packarbeit auf sie.

Den restlichen Tag verbrachte sie mit Putzen, dem Packen weiterer Kartons mit überflüssigem Zeug und dem Überleben in der Hitze. Draußen in den Paddocks bewegten sich die Pferde so wenig wie möglich. Sie standen im Schatten unter Bäumen, lagen teils, und nur ein gelegentliches Zucken ihrer Schweife verriet, dass sie noch am Leben waren. Rain merkte die Hitze auch, wie Eve sah, als sie hinunter zum Stall ging, um den Verband zu wechseln und der Stute ihre Injektion zu geben. Der Verband war feucht und die Wunde nach wie vor bedenklich heiß, rot und geschwollen. Dieser Job war hässlich, und Luke hatte ihn sehr gerne wieder an Eve abgetreten, kaum dass sie mit ihren Krücken etwas besser zurechtkam. Ihr zog sich der Magen zusammen, als sie das Bein abtupfte und darauf achtete, alles gründlich zu säubern. Sobald das Knie wieder verbunden war, holte Eve sich einen alten Schwamm von einem der Regale, spülte ihn aus und tränkte ihn mit kaltem Wasser. Damit rieb sie über das Gesicht und den Hals der Stute. Wenigstens stand sie hier überdacht.

Das Morgenfutter war noch in dem Trog. Eve nahm eine Handvoll Heu auf und hielt es der Stute hin. »Komm schon, Mädchen, du musst fressen.« Sie merkte, wie ihr die Tränen kamen, als sie dem Pferd zuflüsterte. Fressen war Pferden normalerweise das Allerwichtigste. Wenn sie nicht fraßen, wusste man, dass es richtig schlimm um sie stand. »Hier, Rain, nimm, Mädchen.« Eve streckte ihren Arm aus, wollte, dass die Stute zu ihr kam, zumindest etwas Kampfgeist zeigte, nicht aufgab. So durfte es nicht enden. Eine Schwalbe segelte von den Dachbalken herunter und schoss über den Hof. Eve hielt den Atem an und betete, dass das Pferd sich bewegte. Die Stute hob die Nüstern ein wenig, schnupperte und trat erst mit einem Huf, dann mit dem nächsten vor. Sie reckte ihren Hals und nahm einige Heuhalme mit den Zähnen. Eve öffnete ihre Hand und ließ Rain den Rest knabbern, ehe sie wieder zur Futtertonne ging. Das Pferd folgte ihr, wobei es sein verletztes Bein hinter sich herschleifte. Es schnupperte an dem Futter und fing langsam zu kauen an. Eves Schultern entkrampften sich. Sie wartete, während Rain die Hälfte ihres Frühstücks fraß und anschließend den Kopf in den Wassereimer beugte. Sie waren noch nicht über den Berg, aber es war immerhin ein Anfang.

Als es sechs Uhr schlug, beschloss Eve, für heute Schluss zu machen. Ihre Arme taten vom vielen Heben weh, und ihr Fuß war ein Albtraum. So viel zum Nicht-Belasten. Aber was sollte sie denn tun? Bis zum ersten Besichtigungstermin war es keine Woche mehr, und es sollte hier wenigstens bewohnbar aussehen. Sie betrachtete ihr bisheriges Werk. Der Wohnbereich war so gut wie entmistet, und die Küche wirkte tatsächlich wie das Herz eines ländlichen Zuhauses, nicht wie ein Stauraum für Kochutensilien.

»Hmm, nicht schlecht«, dachte sie. »Vielleicht darf ich mir sogar ein Bier spendieren.« Sie hatte heute keine Schmerztabletten genommen, und ein Bier könnte ihren Fuß beruhigen und gleichzeitig ihren Durst stillen. Banjo lag auf der Seite in einer Kuhle, die er sich gegraben hatte. Eve drehte den Deckel der Flasche auf und setzte sich einen Schritt von dem Hund entfernt hin. »Darf ich mich zu dir gesellen, Freundchen?« Wie irre heiß ihm war, erkannte man daran, dass sich auf Eves Ansprache hin einzig seine Augenbrauen bewegten und sonst nichts.

Sie zündete sich eine Zigarette an und blickte sich auf der Farm um. Alles war so trocken, dass man es förmlich knistern hörte. Mit dem Garten war es nie weit her gewesen, weil Nell keine Zeit für Gartenarbeit gehabt hatte, doch nun schienen selbst die heimischen Pflanzen, die sie dort eingesetzt hatte – größtenteils Zylinderputzer und Grevilleen –, kurz vorm Verdursten zu sein. Einige der Blätter wurden schon braun. Und da es verboten war, Gärten zu wässern, konnte Eve herzlich wenig tun. Ach, wer die Farm kauft, wird sich sowieso nicht für Gartenbau interessieren, sagte sie sich. Und immerhin war noch Wasser in dem Teich. Von der Besichtigung hing eine Menge ab, und die anderen kamen gleich danach. Je mehr Leute hier durchwanderten, umso größer war die Chance, den Preis bei der Versteigerung nach oben zu bringen. Schade war, dass die Schulferien gerade vorbei waren, doch der Makler wollte auch in den Zeitungen in Sydney inserieren, um mögliche Stadtflüchtlinge zu ködern. Sicher gab es da draußen massenhaft Leute, die das Land hier lieben würden. *Leute wie ich,* schoss es Eve durch den Kopf, und sie musste lächeln. Ja, das war das Bekloppte an der Geschichte. Sie liebte es, von Pferden umgeben zu sein. Wo sie auch am Ende landete, sie würde wieder reiten. Und es war schön, Margo wiederzusehen. Was die anderen betraf… Vorhin mit Jack war es so seltsam gewesen. Bei dem Gedanken krümmte sie sich ein wenig. Sie hatten nie eine richtige Trennung gehabt, das war das Problem. Und jetzt war Cat da. Es wäre schön, könnten sie drei, Eve und Jack und Cat, wieder Freunde werden, doch das wäre nur in einer Fantasiewelt denkbar, in der Fehler, Kummer und Schuld nicht existierten. In der die Leute nicht von ihrem Ballast erdrückt wurden.

Ein Wallaby hoppelte über den Rasen hinter dem Stall und blieb stehen, um ein bisschen Gras zu knabbern. Es stand auf seinen Hinterbeinen, glotzte zum Haus und bewegte den Unterkiefer auf und ab, als hätte es ein Kaugummi im Maul. Banjo hob den Kopf. »Bleib«, befahl Eve ihm, und er winselte kurz, um sie wissen zu lassen, wie gerne er das Ding jagen würde. Das Wallaby starrte den Hund an, überlegte eine oder zwei Sekunden lang, drehte sich um und verschwand im Busch. Eine Schar anscheinend in den Baumkronen ansässiger Kakadus brach in eine Kakophonie von Gekreische aus. Es klang wie ein Orchester voller ungestimmter Geigen. Rain schleppte sich hinaus in den Auslauf, guckte zu Eve hinauf und wieherte leise. »So ist es gut, Mädchen!«, rief Eve ihr zu. Die Stute hatte etwas Sanftes und zugleich eine eindeutige Zähigkeit. »Vielleicht kriegen wir doch noch unseren Ausritt, bevor alles abgewickelt ist.« Die Stute schüttelte sich und wanderte einige Schritte zurück in den schattigen Stall.

Das Bier war runtergegangen wie Limo. Zeit für ein zweites. Eve rappelte sich hoch und hinkte nach drinnen zum Kühlschrank. Es war noch etwas von Margos Schmortopf im Tiefkühler. Eve schob es in die Mikrowelle. Die viele Arbeit machte hungrig. Als sie gerade wieder nach draußen zu Banjo wollte, hörte sie einen Wagen vorfahren.

Wer kann das denn jetzt sein?

Bis sie es zur Haustür geschafft hatte, war der Besucher schon dort und hatte die Faust erhoben, um anzuklopfen.

Jeder Muskel von Eve spannte sich an. »Was zum Teufel willst du hier?«

Marcus stand auf der anderen Seite der Tür und spähte durch das Fliegengitter. »Darf ich reinkommen?«

Sie wartete, während sie innerlich vor Wut kochte.

Reiß dich zusammen. Flipp nicht aus. Bleib ruhig.

Er hatte einen riesigen Strauß dunkelroter Rosen in der Hand. Dachte er allen Ernstes, damit könnte er sie zurückholen? War er wirklich so blöd? Als Eve stumm blieb, öffnete er die Tür und streckte ihr den Strauß entgegen. Der Blumenduft flutete den Flur. Eve blieb, wo sie war, an die Wand gelehnt und die Arme vor der Brust verschränkt. Marcus verstand den Wink und zog den Blumenstrauß wieder zurück. Ungläubig schüttelte Eve den Kopf.

»Ich will nur reden, Eve, alles erklären, mich entschuldigen.« Er sah heruntergekommen aus. Sein Haar musste gebürstet werden, und anscheinend hatte er sich seit Tagen nicht rasiert. Andererseits hatte Eve diesen leicht verlebten Look immer gemocht. Und Marcus stand er besonders gut.

»Wie hast du erfahren, wo ich bin?«, fragte sie monoton.

»Von Mel. Sie hat sich Sorgen um dich gemacht. Du hast ihr eine SMS geschrieben, dass du einen Unfall hattest.«

»Ja, und ich habe ihr auch geschrieben, dass es mir gut geht und sie sich keine Sorgen machen soll.« So viel zur Verschwiegenheit von Freunden. Mel und Eve kannten sich aus dem Café. Mit ihr hatte Eve bei der Arbeit den engsten Kontakt gehabt, und Mel war die Einzige, die wusste, wo Eve hinwollte.

»Und? Darf ich jetzt reinkommen? Können wir reden?«

Eve stand da und sah ihren Ex-Lover an. Er war einen halben Kopf größer als sie und hatte gerade genug Gene von seinem italienischen Vater mitbekommen, dass er leicht europäisch aussah. Seine Augen waren so dunkel wie sein Haar, und seine Haut hatte diesen leichten Olivton. Er war völlig anders als die meisten anderen Männer, auf die sie geflogen war, und das hatte sie überhaupt erst zu ihm hingezogen. Zu schade, dass er auch das Lügner- und Betrügergen geerbt hatte.

»Es gibt nichts zu reden«, antwortete Eve schließlich. »Gar nichts.«

»Kann ich wenigstens etwas zu trinken haben? Es war eine verflucht lange Fahrt.« Er neigte den Kopf zur Seite und blickte schief zu ihr auf. Falls er glaubte, er könnte sie mit seinem Charme herumkriegen, irrte er sich gewaltig.

»Ein Drink, mehr nicht.«

Eve stützte sich an der Wand ab und versuchte, so normal wie möglich in die Küche zu gehen. Sie würde ihm etwas zu trinken geben, sich die erbärmliche Geschichte anhören, die er ihr auftischen wollte, und ihn wieder wegschicken.

»Putzige Farm«, sagte Marcus. Er legte die Rosen auf den Tisch, die Eve nach wie vor nicht beachtete. »Hier bist du also aufgewachsen?«

»Ja, bin ich.« Die Hintertür klapperte. Banjo hatte die Stimme erkannt, hockte winselnd auf der hinteren Veranda und guckte durch die Fliegentür. Als Marcus ihn hereinließ, sprang der Hund in seine Arme und schleckte ihm begeistert das Gesicht ab.

»Wenigstens einer, der sich freut, mich zu sehen.« Marcus kraulte Banjos Kopf, und der Hund setzte sich neben ihn. Eve gab Marcus ein Bier und nahm einen Schluck von dem, das sie bereits angebrochen hatte.

»Cheers.«

Eve setzte sich stumm auf einen der Stühle. Ihr Fuß schmerzte. Sie nahm noch einen Schluck Bier, um den Schmerz zu betäuben.

Marcus tat es ihr gleich, setzte sich hin und schob die Blumen zur Seite.

»Und wie geht es deinem Fuß?«

»Nur verstaucht. In ein paar Tagen ist alles wieder okay.«

»Und der Van?«

»Abgeschmiert. Wird gerade repariert.« Bewusst stellte sie keinen Blickkontakt her, hielt ihre Antworten kurz und knapp. Auf keinen Fall wollte sie ihm dies hier leicht machen.

Es folgte noch mehr Vermeidungsgeplapper über das Haus, die Pferde, das Wetter, wobei meistens Marcus redete und Eve so wenig wie möglich sagte.

»Darf ich noch eins?«, fragte Marcus und hielt seine leere Flasche in die Höhe.

Eve schüttelte laut seufzend den Kopf. Das Bier fing an zu wirken, doch wenn sie sich Marcus' Mist anhören musste, brauchte sie etwas Stärkeres. Sie drehte sich auf ihrem Stuhl um, griff hinüber zum Jack Daniel's auf der Arbeitsfläche. »Gläser sind da oben«, sie zeigte hin, »Eis ist im Tiefkühler.«

Marcus holte brav beides. Bourbon war immer ihr bevorzugtes Gift gewesen. Eve hatte viel zu viel getrunken, solange sie zusammen waren. Als sie diese Flasche vor ein paar Tagen in der Stadt kaufte, hatte sie sich geschworen, dass es ihre letzte war.

Eve trank einen Schluck, dann noch einen, und die Hitze des Alkohols tröpfelte durch ihren Leib. »Und? Was willst du mir sagen, wofür du den weiten Weg gefahren bist?«

Marcus hielt sein Glas zwischen beiden Händen und sah sie an. »Ich wollte dir sagen, wie leid es mir tut. Es gibt keine Entschuldigung. Ich habe Mist gebaut.« Er sprach langsam, als wollte er, dass sie jedes einzelne Wort in sich aufsog. »Falls es dir ein Trost ist, ich habe mit Samara Schluss gemacht. Habe ihre Nummer aus meinem Handy gelöscht. Es ist vorbei. Nicht dass es überhaupt je was Richtiges war.«

»Bloß eine nette Nummer, wenn du zufällig in Melbourne warst.«

»Ja, so ungefähr.« Er kippte noch einen Schluck hinunter und stellte sein Glas auf den Tisch. »Ich habe sie nie geliebt, Eve, das musst du mir glauben. Es war nur Sex.« Sein Stuhl schabte über die Holzdielen, als er näher an den Tisch rückte und eine Hand nach Eve ausstreckte. »Du bist die Einzige. Ich liebe dich.«

Für einen Moment zwang sie sich, ihn anzusehen, richtig anzusehen. Da war ein Ausdruck von Bedauern in seinen Augen. Er hatte sich wie ein Schwein verhalten, und jetzt bezahlte er dafür.

Jeder macht mal Fehler. Manche sind nur leichter zu verwinden als andere.

»Damit ich das richtig verstehe: Du liebst mich, aber der Sex mit mir reicht nicht, deshalb musst du losziehen und dir woanders noch zusätzlichen besorgen?«

Marcus senkte seinen Kopf und die Stimme gleich mit. »So war das nicht. Glaub mir doch.«

»Wie viele andere gab es? Oder war es nur die eine?«

»Es gab ein paar andere, aber das waren nichts als One-Night-Stands, wenn ich weg war. Du hattest mir gefehlt. Ich hatte ein paar Drinks, kam an einer Bar oder auf einer Tagung mit jemandem ins Gespräch und ...«

»Und hast mit ihnen geschlafen.« Sie hatte Mühe, sachlich zu bleiben, denn die Erinnerung an die SMS von – wie hieß sie noch? *Samara,* oh Mann – hatte sich in ihr Gehirn gebrannt.

»Ja. Aber ich habe jedes Mal ein Kondom benutzt. Ich bin kein Risiko eingegangen.« Er fuchtelte mit den Händen herum, um seine Worte zu untermalen.

Eve konnte nicht anders. Lachend kippte sie auf ihrem Stuhl nach hinten. »Dann ist ja alles bestens! Es ist völlig okay, fremdzugehen, solange man ein Kondom benutzt.« Sie knallte ihr Glas auf den Tisch und schenkte sich nach. »Echt jetzt, Marcus, für wie bescheuert hältst du mich?«

»Das meine ich ja gar nicht.« Er war ernst, auch wenn ihm Eves letzte Bemerkung ein winziges Lächeln entlockte. »Hör mal, ich weiß, dass die Chance verschwindend gering ist, dass du zu mir zurückkommst, aber du sollst wissen, wie ich empfinde. Mir tut leid, was ich getan habe. Ich möchte, dass es zwischen dir und mir wieder gut wird.« Er hob eine Hand an ihre Wange und ließ sie dort. Sein Daumen streichelte sie sanft, und Eve durchfuhr ein Schauer. Marcus lehnte sich weiter vor und streifte ihren Mund mit seinem. Sie konnte den Whiskey in seinem Atem riechen.

Tu das nicht. Nein …

Marcus legte eine Hand in ihren Nacken, packte eine Handvoll von ihrem Haar und zog sie näher zu sich. Eves Herz raste. Sie schloss die Augen, während sich seine Lippen fester auf ihre pressten. Sein Verlangen nach ihr hatte etwas Ausgehungertes, und sie fühlte, dass sie ganz ähnlich reagierte. Sie küssten sich lange, intensiv und ungeduldig. Marcus zog sie nach oben, schlang die Arme um sie und drückte sie fest an sich. Jede Zelle in Eve regte sich, jeder Widerstand löste sich einfach auf. Marcus tauchte mit den Händen unter ihr Trägertop und hakte ihren BH auf. Sie ließ ihren Kopf in den Nacken sinken und spürte seinen feuchten Mund auf ihrer Schulter. Sein Haar strich weich und vertraut über ihre Haut. Sein moschusartiger, exotischer Geruch hatte sie schon immer scharf gemacht.

Aber das war völlig falsch. War sie derart willensschwach, dass sie schon bei seinem Anblick aufgab, bei der ersten Berührung schwach wurde?

Er glitt mit der Zunge über ihre Brust, schob ihr Top weiter nach unten und leckte ihren Busen. Eve hörte sich stöhnen. Er nahm ihren Nippel sanft zwischen die Zähne, während er den Knopf und den Reißverschluss ihrer Jeansshorts öffnete. Eve legte beide Hände an sein Kinn und hob seinen Kopf. Sie beide standen still. Schwer atmend blickte Marcus auf sie herab, seine Pupillen geweitet vor Lust. Eve streichelte seine Wangenknochen mit den Fingerrücken. Er war göttlich. Der Sex mit ihm war immer göttlich gewesen.

Sie wich ein wenig zurück, ergriff Marcus' Hand und führte ihn stumm zu ihrem Zimmer. Auf den Schmerz, der bei jedem Bodenkontakt von ihrem Fuß ihr Bein hinauffuhr, achtete sie gar nicht. Als Marcus etwas sagen wollte, drückte sie einen Finger auf seinen Mund, öffnete seine Jeans und zog sie nach unten. Das Zimmer war wie eine Sauna, und Eve fühlte den Schweiß auf Marcus' Schenkeln, als sie mit den Händen seine Beine hinaufrieb. Er streifte ihr das Top ab, und sie schlüpfte aus ihren Shorts und der Unterwäsche.

Eve fiel aufs Bett, Marcus auf sie. Sie mochte sein Gewicht auf ihrem Leib, wie er an ihr hart wurde, wie sie ihn in sich wollte, sofort, er sie jedoch immer warten ließ. Er hob ihre Arme über ihren Kopf und küsste das kleine Polster nahe ihrer Achsel, erst auf der einen, dann auf der anderen Seite. Eve bog ihren Rücken nach oben, ihm entgegen. Schweiß kribbelte unter ihren Brüsten, und Marcus' Hände an ihrer Taille waren glitschig, als er seinen Kopf hob. Ihre Blicke begegneten sich, während er in sie hineinstieß. Sie wartete für eine Sekunde, fühlte die ersten Wellen des Orgasmus, bevor sie sich ihm fester entgegenbog, und sie beide anfingen, sich rhythmisch zu bewegen, schneller und schneller. Sie keuchten, stöhnten, wollten, dass es aufhörte, und auch nicht, bis Eve es nicht mehr aushielt und ihm ein letztes Mal ihre Hüften entgegenwarf. Mit einem Schrei kam er und sank auf sie.

Eve sackte erschüttert auf die Matratze.

Als sie aufwachte, war alles dunkel. Marcus lag neben ihr im Bett. Die Überdecke war grob über ihre Beine und Hüften gezogen, das Laken unter ihnen zerknautscht und klamm. Eve hatte keine Ahnung, wie spät es war, wie lange sie nach ihrem Spontansex geschlafen hatten, aber ihr Magen sagte ihr, dass es Zeit für ein Abendessen war.

Sie zog ihr T-Shirt über und hinkte aus dem Zimmer. Erst in der Küche machte sie Licht. Die betäubende Wirkung des Alkohols hatte nachgelassen. Jetzt hämmerten ihr Kopf *und* ihr Fuß, was eine unmissverständliche Ermahnung war, dass sie lieber die Finger vom Whiskey gelassen hätte. Banjo lag an der Tür und kostete die leichte Brise aus, die mit dem Einbruch der Nacht eingesetzt hatte. Sobald er Eve sah, sprang er auf und rannte zu seinem Napf.

»Oh, entschuldige, Süßer, du musst ja am Verhungern sein.« Der Hund setzte sich und beobachtete jede ihrer Bewegungen, während sie ihm mit der Hand Trockenfutter in seine Schale schaufelte. Er wartete auf das übliche Fingerschnipsen, bevor er sich auf sein Fressen stürzte, als hätte er seit einer Woche nichts mehr bekommen.

»Ich habe auch ein bisschen Hunger«, sagte Eve, stellte den Timer der Mikrowelle ein und wärmte den Schmortopfrest auf. Anschließend verteilte sie das Essen auf zwei Teller und wanderte zurück in ihr Zimmer.

Sie saß auf dem Bett und guckte den schlafenden Marcus an. Er würde sich nie ändern. Ja, der Sex war gut – nein, fantastisch – aber das allein reichte nicht. Sie hatte schon länger von den anderen Frauen gewusst, so getan, als machte es nichts. Doch irgendwann, kurz nach ihrem sechsunddreißigsten Geburtstag, fing die Stimme in ihrem Kopf an, beständig hartnäckiger zu warnen.

Willst du das für den Rest deines Lebens? Einen Mann, dem du nicht trauen kannst, der dich belügt und mit anderen Frauen schläft, statt in deinem Bett zu sein?

Und dann entdeckte sie die SMS, und das war's. In jener Nacht hatte sie ihre Sachen gepackt und den Schlüssel zur Wohnung zusammen mit der Miete für den nächsten Monat Mel gegeben. Am nächsten Morgen klopfte die Polizei an die Tür, und Eve hatte befürchtet, dass Marcus etwas Schreckliches zugestoßen war. Als sie ihr sagten, dass es um Nell ging, dass ihre Mutter gestorben war, hatte Eve zunächst beinahe so etwas wie Erleichterung verspürt. So sehr sie den Idioten auch hasste, wünschte sie ihm nicht den Tod. Erst nachdem die Polizisten gegangen waren, begriff sie, was wirklich geschehen war, und die Erinnerungen holten sie ein. All die Jahre, die sie hinter sich gelassen hatte. All die Kränkungen, die sie anderen zufügte und die ihr zugefügt wurden. Und sie kreisten sämtlichst um Nell, um die Mutter, die Eve schon lange verloren hatte und nun noch einmal, endgültig verlor.

Tot.

Marcus öffnete blinzelnd die Augen.

»Hunger?«, fragte Eve, nahm den Teller vom Nachtkästchen und schwenkte ihn vor seiner Nase.

»Ja, und wie.« Marcus lächelte.

Keine Frage, er war umwerfend. Aber während Eve dasaß und ihm beim Essen zusah, noch einmal daran dachte, wie fantastisch er im Bett war, wurde ihr klar, dass sie niemals zu ihm zurückgehen konnte. Die Entscheidung erstaunte sie. Sie hatte wirklich geglaubt, das mit Marcus könnte dauerhaft sein. Aber sie wusste, dass sie etwas Besseres verdiente. Unmöglich konnte sie als »die andere Frau« glücklich sein, genauso wenig, wie es ihre Mutter gekonnt hatte. Und sie wurde nicht jünger. Es war Zeit, nach vorn zu blicken und sich selbst wieder kennenzulernen. Sie sollte sich überlegen, was sie mit ihrem Leben anfangen wollte, und zur Abwechslung mal etwas richtig machen.

Als sie beide aufgegessen hatten, brachte Eve die Teller in die Küche, schaltete die Lichter aus und rollte sich ein letztes Mal neben Marcus im Bett zusammen. Morgen früh würde sie es ihm sagen. Jetzt schlief sie mit ihrem Kopf neben seinem und seinem Arm über ihrer Hüfte ein.

Keine Unentschlossenheit.

Keine Reue.

Bei Tagesanbruch packte Eve die wenigen Sachen, die Marcus mitgebracht hatte, solange er noch schlief, und wartete in der Küche. Die Rosen waren trotz Eves Wiederbelebungsversuch ein Bündel blässlicher Blütenblätter an welken Stengeln.

Der Jeep rumpelte oben über den Hügel, denn Luke erledigte die Futterrunde. Ein unsichtbarer Vogel stieß in regelmäßigen Abständen einen einzelnen Schrei aus. Eine Schmeißfliege surrte im Kreis herum und landete zwischendurch immer mal neben Eves nackten Füßen.

Marcus kam geduscht und angezogen aus dem Bad. Es war überflüssig, dass Eve irgendwas sagte. Er blickte zu seiner Tasche beim Tisch. »Das heißt dann Lebewohl, nehme ich an?«, fragte er hörbar resigniert.

Eve nickte.

»Die meiste Zeit war es doch gut, oder nicht?«

»War es.« Sie sah zum Fenster.

Marcus kam zu ihr und berührte ihren Nacken unter dem losen Knoten, zu dem sie ihr Haar gebunden hatte.

»Lass mal von dir hören, Eve. Wäre schade, wenn wir uns völlig fremd werden.« Er küsste sie auf die Wange. »Wo ist Banj?«

»Mit dem Jeep draußen.« Sie beschränkte sich auf knappe Worte und brachte es nicht über sich, ihn anzusehen.

»Kraul ihn von mir.«

Er hatte recht: Es war nicht alles schlecht gewesen. Aber es war vorbei. Und es war sicherer, so wenig wie möglich zu sprechen, denn sonst würde der Kloß in ihrem Hals sie verraten. Sie wartete, bis er nach draußen zu seinem Wagen gegangen war, ehe sie, diesmal mit Krücken, zur Haustür humpelte.

Marcus ließ sein Fenster herunter, als er sie sah. »Bye, Eve. Pass auf dich auf.«

»Du auch«, würgte sie mühsam heraus.

Es war gut, diesen Abschied zu haben. Noch einen in einer ganzen Reihe von Abschieden, die sich durch ihr Leben zu ziehen schienen. Doch dieser fühlte sich richtig an. Mehr wie ein Neuanfang.

Es war ein gutes Gefühl, zu vergeben.

11

Nach einer weiteren Woche Sortieren, Ausmisten und Schrubben sah das Haus ziemlich prima aus, musste Eve sich selbst loben. Es gab immer noch ein paar Kartons, die durchgegangen werden mussten, aber die waren sicher in Schränken oder unter Betten verstaut. In einer Viertelstunde wollte der Makler hier sein, und die Besichtigung begann um zehn. Alles in allem hatten sich die Dinge recht gut entwickelt. Ihr Fuß hatte sich soweit erholt, dass sie keine Krücken oder Schmerzpillen mehr brauchte, um durch den Tag zu kommen; sie hatte seit dem vorigen Wochenende keinen Tropfen getrunken, und sie hatte weder von Marcus noch von Jack gehört. Sogar der Stute ging es besser. Ihre Wunde war inzwischen trocken, und das Antibiotikum half offenbar gegen die Entzündung. Rain wanderte herum, fraß und wieherte jedes Mal, wenn sie Eve sah. Eve wollte gerade mit ein paar Karotten zum Stall gehen, als das Telefon klingelte.

»Hallo. Bereit für den großen Tag?«

»Hi, Tante Margo. Und ob! Was gibt's?«

»Na, ich dachte, statt den ganzen Leuten zuzugucken, wie sie durchs Haus trampeln, möchtest du vielleicht mit mir zum Wohltätigkeitsbrunch der Landfrauen kommen.«

Eve fuhr zusammen. »Oh nein, eher nicht. Es ist sicher besser, wenn ich hierbleibe und sehe, wie es läuft.« Die Vorstellung, den Vormittag mit Yarrabees lilahaarigen alten Damen zu verbringen, konnte Eve kein bisschen begeistern.

»Normalerweise haben es die Makler nicht so gerne, wenn die Besitzer bei einer Besichtigung dabei sind. Hat er das nicht gesagt?«

»Doch, hat er, aber ich dachte, ich bleibe trotzdem und halte mich im Hintergrund.«

»Ich schätze, das wird Mr Walters nicht so gut finden. Außerdem habe ich heute Geburtstag, und es wäre so schön, wenn du mitkommen und mit mir anstoßen würdest.«

Diese Bitte konnte Eve unmöglich abschlagen. Margo war so gut zu ihr gewesen – hatte ihr Essen gebracht, dafür gesorgt, dass Luke die Farmarbeit übernahm, und Eve kein einziges Mal verurteilt, so wie Harry es direkt bei ihrer Ankunft tat. Was schadete es schon, einer alten Frau an ihrem besonderen Tag Gesellschaft zu leisten?

»Na, dann bin ich selbstverständlich dabei.«

»Wunderbar. Ich hole dich in einer Viertelstunde ab. Ach, und es wird für die Brustkrebsstiftung gesammelt, also zieh dir bitte was Rosafarbenes an.«

Es klickte in Eves Ohr, während sie sich fragte, was sie tragen sollte. Rosa kam in ihrer Garderobe so gut wie nicht vor. Sie war mehr der Typ für Jeans und schwarze Basics. Irgendwo in ihrer Tasche musste ein roter Schal sein – mehr konnte sie nicht bieten. Sie band ihn sich um den Kopf und nickte ihrem Spiegelbild zu. Die paar Wochen auf dem Lande hatten ihr gutgetan. Ihre Wangen schimmerten rosig, was seit Jahren nicht vorgekommen war, und die bläulichen Schatten unter ihren Augen waren fort.

Sie sah nach Rain und vergewisserte sich, dass Banjo im hinteren Gartenbereich war, den Eve mit einigen alten Pfosten und Kaninchendraht abgesperrt hatte. Potenzielle Käufer schätzten es gemeinhin nicht, wenn sie von einem hyperenthusiastischen Köter angesprungen wurden. Deshalb lag Banjo nun schmollend in seinem Behelfszwinger und weigerte sich, Eve auch nur anzusehen, als sie sich von ihm verabschiedete.

Brent kam, und Eve wünschte ihm Glück, bevor sie nach draußen ging, um auf Margo zu warten. Es blieb gerade noch Zeit für eine schnelle Zigarette, bevor sie hier wäre. Seit dem Unfall war Eve quasi auf der Farm gefangen gewesen. Es fühlte sich nett an, mal von hier wegzukommen und etwas zu unternehmen.

Schade bloß, dass es mit einem Haufen Großmütter sein muss.

Ein Wagen fuhr vor, allerdings war es nicht Margo. Ein junges Paar mit zwei kleinen Kindern hüpfte heraus und kam auf das Haus zu. Eve lächelte ihnen zu und lauschte diskret.

»Malerisch«, hörte sie den Mann sagen.

»Malerisch, ja … es ist ideal. Und guck dir das Land dazu an!« Die Frau schirmte ihre Gucci-bebrillten Augen gegen die Sonne ab und zeigte zu den Koppeln und Paddocks. »Hier könnten wir zig Hektar Olivenbäume pflanzen, vielleicht sogar Wein anbauen, wie wir schon mal angedacht hatten.«

Der Mann sagte nichts. Er war schon auf der Veranda, hatte die Hände in die Taschen seiner weiten Khaki-Shorts geschoben und wippte mit einem Fuß auf einem losen Bodenbrett.

»Ah, guten Tag! Kommen Sie herein!«, begrüßte Brent sie euphorisch, und die Familie verschwand im Haus.

Wie fühlt es sich an, dein Zuhause aufzugeben?

Margo fuhr vor, sodass es Eve erspart blieb, über eine Antwort nachzudenken. Sie warf ihre Kippe auf den Boden und trat sie aus.

»Herzlichen Glückwunsch zum Geburtstag!«

Margo war ein Traum in Fuchsiarot. Ihre Augen leuchteten, als Eve sich über den Sitz lehnte und sie auf die Wange küsste.

»Danke, Kind. In meinem Alter möchte man am liebsten nicht an seinen Geburtstag erinnert werden, aber wie heißt es noch gleich? Besser als die Alternative.« Lachend setzte sie zurück und fuhr an weiteren Kaufinteressenten vorbei, die ihnen entgegenkamen. »Fragst du dich schon, ob jemand zuschlägt?«

»Das hoffe ich«, sagte Eve. »Es wäre sehr viel einfacher, wenn jemand sich gleich bei der Besichtigung in die Farm verliebt und sie noch vor der Auktion kauft.«

»Tja, man kann nie wissen.« Margo drehte die Klimaanlage auf, und ein kalter Luftschwall blies Eve ins Gesicht.

»Na, jetzt verwöhnst du mich aber! Solchen Luxus hat mein Wagen nicht zu bieten. Und das Haus auch nicht.«

»Ich hatte versucht, Nell zu überreden, eine Klimaanlage

einbauen zu lassen, doch davon wollte sie nichts wissen. Sie meinte, dass sie ein Fenster öffnen oder einen Ventilator anstellen kann, falls nötig. Mir ist schleierhaft, wie sie das die letzten paar Sommer ausgehalten hat. Hier draußen war es heiß wie in einem Höllenschlund.«

»Wie es sich anhört, wurde sie mit dem Alter nicht weniger stur.«

Margo nickte. »Als sie krank wurde, wollte sie erst gar nicht zum Arzt. Ich ahnte, dass etwas nicht stimmte. Sie war schon eine ganze Weile nicht mehr sie selbst – antriebslos, still, irgendwie abwesend. Bis ich sie endlich so weit hatte, war es zu spät. Der Krebs hatte sich überall in ihrem Körper ausgebreitet, in der Leber und sonst wo. Am Ende war er in ihren Knochen.« Margos Stimme wurde so leise, dass sie kaum noch zu verstehen war.

Eve hatte das Thema Nell sorgsam gemieden, aber sie wusste, wie nahe sich Margo und ihre Mutter gestanden hatten, und ein klein wenig neugierig war sie auch. »Wie lange hat es gedauert? Von der Diagnose bis …«

»Sechs Wochen und zwei Tage.«

Eve hörte sich nach Luft ringen. So kurze Zeit, sich mit seiner eigenen Sterblichkeit abzufinden. War es besser auf die Art? War es besser, wenn man begriff, dass seine Zeit abgelaufen war, man quasi schon im Sterben war, ohne es zu wissen?

»Wenigstens hat sie nicht zu lange gelitten«, fuhr Margo fort. »Das hätte sie nicht gewollt, hilflos zu sein, eine Last zu werden.«

»Nein.«

»Wir haben ihre Asche oben auf dem Hügel beigesetzt. So wie sie es sich gewünscht hatte.« Margo erzählte weiter, da Eve anscheinend offen für die Geschichte war. »Der Grabstein wurde erst am Tag vor deiner Rückkehr aufgestellt. Ich fand ja, dass wir warten sollten, bis du hier bist, aber Harry meinte, wir sollten es gleich erledigen. Wir wussten ja auch nicht, ob sie dich überhaupt finden und benachrichtigen. Das war sicher ein furchtbarer Schock für dich.«

Zum zweiten Mal innerhalb einer Woche dachte Eve an den

Tag zurück, als die Polizei an ihre Tür klopfte. Es war nicht so, wie man es im Fernsehen sah, wo der perplexen Frau erzählt wird, dass ihr nächster Angehöriger oder ihre nächste Angehörige tot ist, woraufhin sie hysterisch zusammenbricht und in die Arme des verlegenen Constables sinkt. Als die Polizisten sie fragten, ob sie Eve Nicholls sei, ehedem als Evangeline Jennifer Flanagan bekannt, war sie vor lauter Schreck fast zusammengeklappt. Keiner kannte ihren früheren Namen, seit sie die Farm verlassen hatte. Für einen kurzen Augenblick dachte sie, man wollte sie verhaften. Auf die Nachricht, dass ihre Mutter gestorben war, reagierte sie mit verdutztem Schweigen. Sie dankte der Polizei, nahm den Umschlag, den sie ihr reichten, und packte weiter. Es sollte keine hässliche Szene mit Marcus geben, wenn er zurückkam. Bis dahin wäre sie längst fort. Und mit den Nachwirkungen der Nell-Bombe konnte sie sich später befassen.

»Ja, es war ein Schock.« Eve blickte durchs Seitenfenster hinaus, damit Margo ihren Gesichtsausdruck nicht sah. Zeit, das Thema zu wechseln. Sie lächelte. »Und? Gab es irgendwelche netten Überraschungen zu deinem Geburtstag?«

Margo lachte. »Es wäre schon eine mächtige Überraschung, wenn ich irgendetwas kriege. Harry hat es nicht so mit dem Einkaufen. Also ziehe ich selber los und kaufe mir etwas Schönes, und wenn ich zurück bin, erzähle ich ihm, was er mir geschenkt hat. Immerhin bekam ich das Frühstück ans Bett gebracht. Solche Sachen macht er heute eher mal, verwöhnt mich ein wenig.«

Eve fiel es schwer, Harry nach ihrer Begegnung mit ihm wohlgesinnt zu sein, doch sie wollte Margo nicht vor den Kopf stoßen. »Wird er mit dem Alter weicher?«

»Kann sein. Ich hatte vor einigen Jahren Brustkrebs, und er hatte Herzprobleme. Seitdem ist er tatsächlich ein bisschen milder, muss ich sagen. Er macht mehr für mich. Nicht dass er mich früher vernachlässigt hätte. Ich war bloß eher mir selber überlassen.«

»Margo, das tut mir sehr leid. Ich hatte keine Ahnung. Von dem Krebs, meine ich.«

»Ach, ist schon gut. Ich habe es ja überlebt, habe einige Male gebetet und die Chemo durchgestanden. Deine Mutter war ein Engel in der Zeit. Sie hat mich zu allen Terminen gefahren. Harry konnte das nicht. Der Arme ist völlig zusammengebrochen. Er mag eine raue Schale haben, doch innen drin ist er butterweich.«

Eve dachte an den Harry, den sie als Kind gekannt hatte. Er war immer streng gewesen, hatte aber ein weiches Herz für Kinder – wenn auch nicht unbedingt für seine eigenen. Er war sozusagen ein Vaterersatz für sie gewesen, vor allem für Bec. Damals war er Eve unbesiegbar vorgekommen, und Margo war die Sanftere, Hilflosere von den beiden. »Das kann ich mir gar nicht vorstellen.«

»Die meisten Menschen sind nicht bloß das, was wir in ihnen sehen.«

»Da hast du ganz sicher recht.« Eve setzte sich gerader hin und sah Margo an. »Was ist das heute Morgen für eine Veranstaltung?«

»Eine Gruppe von uns Landfrauen macht mehrere Spendenveranstaltungen im Jahr. Heute ist der Brunch mit Champagner und Scones dran. Die Einnahmen gehen an die Brustkrebsstiftung. In der Stadt waren schon einige Frauen betroffen, und leider hatten nicht alle so viel Glück wie ich.« Margo zeigte auf den roten Schal um Eves Kopf. »Rosaner konntest du es nicht hinkriegen?«

»Nein, bedaure. Rosa ist nicht meine Farbe, Tante Margo.«

»Nein, wohl nicht«, stimmte sie ihr grinsend zu.

Ihre Unterhaltung schweifte mal hierhin, mal dorthin, und Eve achtete darauf, dass sie nicht auf Nell oder die Vergangenheit zu sprechen kamen. Bald erreichten sie die Stadt. Margo parkte den Wagen vor dem Gemeindesaal. Rosa Ballons waren an den Zaun gebunden, und Frauen kamen in Zweier- und Dreiergruppen herbei.

»Solltest du nicht noch mit Krücken gehen, junge Dame?«, fragte Margo und wies auf Eves verbundenen Fuß.

»Nee, der ist schon wieder in Ordnung. Ich habe ihn nur verbunden, weil er noch grün und blau aussieht. Wenigstens kann ich jetzt wieder laufen, denn das Gehen an Krücken war richtig …«

»Beschissen, ja, kann ich mir denken.« Margo nahm drei Kartons von der Rückbank und verriegelte den Wagen mit der Fernbedienung. »Trotzdem, steh lieber nicht so viel auf dem Fuß. Such dir einen netten Sitzplatz und amüsier dich.« Sie lief vor nach drinnen und ließ Eve stehen.

»Ich kann's kaum erwarten.«

Der Saal war so rosa, dass es in den Augen brannte. An den Wänden hingen rosafarbene Kreppstreifen, blassrosa Rosen und grellere Gerberas schmückten die Tische, und die Garderobe der Anwesenden reichte von Pastell- über Bonbonrosa bis hin zu Neonpink sowie sämtlichen Nuancen dazwischen. Die Landfrauen verstanden es wahrlich, eine Party zu schmeißen.

Eve beobachtete, wie sich der Raum mit Frauen aller Altersgruppen füllte. Es erstaunte sie, wie viele von ihnen in ihrem Alter oder sogar jünger waren. Manche hatten Kleinkinder an der Hand oder schoben Kinderwagen, andere kamen allein oder mit Freundinnen. Sie alle jedoch schienen eines gemeinsam zu haben: jenes Gefühl des Dazugehörens, an das Eve sich aus ihrer Kindheit erinnerte. In Yarrabee aufzuwachsen bedeutete, Teil von etwas zu sein. Die Stadt war wie ein lebender Organismus, der die Arme ausbreitete und einen umfing. Es war ständig jemand da, der die Katze hütete, wenn man verreiste, für einige Stunden auf die Kinder aufpasste, wenn es einem nicht gut ging, oder einfach auf einen Schwatz vorbeikam. Eve erkannte keines der Gesichter – womit sie nach so vielen Jahren auch nicht gerechnet hatte –, aber sie bekam das Gefühl, dass sie eine neue Generation von Frauen darstellten, die nun Yarrabee ihre Stadt nannten: Frauen in den Dreißigern und Vierzigern, die mit ihren Eltern und Familien auf der Suche nach Platz und Gemeinschaft hergezogen waren. Diesbezüglich hatte sich die Stadt eindeutig verändert. Hier herrschte eine Lebendigkeit, an die Eve sich von früher nicht entsann. War etwa die kleinstadttypische Zickigkeit verschwunden? Nein, das bezweifelte sie. Sofern ihre wenigen bisherigen Besuche in der Stadt nicht täuschten, waren immer noch genug von der alten Schule übrig, und man musste sicher nicht tief graben, bis man auf die ersten Intrigen und bösen Gerüchte stieß.

Eve ging nach draußen und suchte sich einen Platz. Der Garten war eine Oase von Farnen und Schmucklilien, deren lila Blüten weit offen waren. Die glänzenden dunklen Blätter umrahmten ein Vogelbad aus Stein, in dem ein Zaunkönig plantschte.

»Es ist herrlich hier draußen, nicht?« Eve blickte auf und sah, dass Cat mit zwei Sektgläsern – Rosé-Sekt natürlich – in der einen Hand und einem Teller Scones in der anderen vor ihr stand. Sie bot Eve ein Glas an. »Wie wär's mit einem Sekt?«

»Ja, sehr gerne«, antwortete Eve und hoffte, dass ihre Stimme angenehm und nicht zu erschrocken klang, denn erschrocken war sie.

»Cheers.« Cat stieß ihr Glas leicht gegen Eves und setzte sich zu ihr. »Bedien dich«, sagte sie und stellte den kleinen Teller zwischen ihnen ab. »Ich glaube, ich kann vorerst keinen Scone mehr anfassen, nachdem ich sechs Dutzend von den Dingern gebacken habe.«

»Die hast du selbst gemacht?«, fragte Eve, löffelte sich Marmelade auf einen Scone und biss hinein.

»Ja, und ich bin deshalb um fünf Uhr aufgestanden. Jack war entzückt, wo doch heute sein freier Tag ist.«

»Kann ich mir vorstellen. An einem Samstag.« Eve betete, dass Cat nicht bemerkte, wie nervös sie bei der Erwähnung von Jack wurde. Nicht dass es irgendeinen Grund gab, weshalb sie ein schlechtes Gewissen haben sollte. Die Situation als solche war schlicht zu schräg.

»Als Wiedergutmachung habe ich Lilly mitgenommen.« Cat sah hinüber zum kleinen Spielplatz, wo Lilly und ein anderes kleines Mädchen versuchten, einen rutschigen Abhang hinaufzuklettern. »Sie wollte unbedingt mit und ihre Lieblingsfarbe anziehen.« Cat drehte sich wieder zu Eve. »Deine Lieblingsfarbe ist es anscheinend nicht.«

Eve lachte. »Ziemlich offensichtlich, nicht?« Cat kam ihr so anders vor als die distanzierte, stille Frau in der Arztpraxis, und Eve fing an, lockerer zu werden.

»Fällt aber in denselben Abschnitt des Farbspektrums, schätze ich.« Cat winkte Lilly zu, die ihrer Mutter zurief, sie sollte ihr beim Rutschen zugucken.

Eve nippte an ihrem Sekt. »Mir ist aufgefallen, dass es einige neue Gesichter hier gibt.«

»Hmm, stimmt. In den letzten zehn Jahren hat sich hier einiges getan.« Cat sah weiter zu Lilly, während sie sprach. »Als ich zurückkam, ging es gerade los. Viele Leute zogen aus Sydney her, wollten raus aus der Tretmühle. Mit ihnen machten neue Firmen und Geschäfte auf, die Schulen wurden vergrößert. Wachstum lockt Wachstum an. Die letzten paar Jahre erleben wir hier einen richtigen Boom.«

»Mehr Leute, die eine Ärztin brauchen«, sagte Eve grinsend.

»Ja, definitiv. Apropos, wie geht es deinem Fuß?«

»Sehr viel besser, danke.«

»Immer noch grün und blau?«

»Ein bisschen.«

»Hauptsache, du übertreibst es nicht. Schone den Fuß die nächsten Tage noch, so gut du kannst.«

»Wird gemacht, Frau Doktor.«

Lilly kam herbeigehüpft und warf sich auf den Schoß ihrer Mutter. Rasch nahm Eve Cat ihr Glas ab und hielt es beiseite.

»Vorsichtig, Lilly.«

»Entschuldige, Mummy.« Sie lehnte ihren Kopf nach hinten und lächelte Eve scheu zu. »Hallo.«

»Hi, Lilly. Schön, dich wiederzusehen.« Als sie die beiden

zusammen sah, fiel Eve erst auf, wie ähnlich sich Mutter und Tochter waren.

»Hast du deinen Hund mit?«

»Nein, der ist zu Hause und passt auf die Farm auf.«

Lilly starrte Eve offen an, beobachtete aufmerksam jede ihrer Bewegungen. Eve bestrich noch einen Scone und hielt ihn dem Mädchen hin. Ohne zu zögern, griff Lilly danach und aß.

»Was sagt man, Lilly?«, fragte ihre Mutter.

»Danke.«

»Richtig, und jetzt geh spielen.«

Lilly gehorchte brav, und Cat strich die Krümel von ihrem Paisley-Rock.

»Sie ist richtig süß«, sagte Eve.

»Ja, ist sie wirklich. Jack ist ganz vernarrt in sie. Ich dachte, er würde sich einen Sohn wünschen, aber er könnte kaum glücklicher sein. Und sie vergöttert ihn.« Eve entging nicht, wie Cat ihre Tochter ansah und wie sanft ihre Stimme wurde. Cat war schon früher ein mütterlicher Typ gewesen. Als sie Teenager waren, hatte sie viel als Babysitter gearbeitet – wenn sie nicht lernte. Es war also kein Wunder, dass sie Mutter geworden war.

»Es ist ja noch nicht zu spät für ein zweites. Vielleicht wird es beim nächsten Mal ein Junge«, sagte Eve.

Cat blickte zu ihrem Glas hinab und holte langsam Luft. »Nein, das ist bei uns leider nicht möglich. Lilly war ein Wunderkind. Ich hatte eine Fehlgeburt nach der anderen, bevor wir sie kriegten. Gleich nach der Entbindung bekam ich einen Blutsturz, sodass sie eine Notoperation vornehmen mussten. Lilly bleibt also ein Einzelkind.«

Eve hatte keine Ahnung, was sie sagen sollte. Zu den meisten ihrer Freundinnen hatte sie den Kontakt verloren, nachdem sie Mütter geworden waren und sich ihr Leben nur noch um Flaschenwärmen und frühzeitiges Verschwinden von Partys drehte, um das Baby bei den Großeltern abzuholen. Entsprechend war dies unbekanntes Terrain für sie. »Tut mir leid, das zu hören, Cat«, murmelte sie.

»Es war anfangs nicht leicht, sich damit abzufinden. Jack und ich hatten mal geplant, drei oder vier Kinder dicht hintereinander zu kriegen. Aber das sollte nicht sein. Und Lilly ist ein echtes Geschenk.« Cat griff nach unten zu dem Teller. »Mehr Scones?«

Eve zuckte zusammen. In letzter Zeit hatte sie oft versucht, sich Jack und Cat zusammen auszumalen. Früher waren die beiden so unterschiedlich gewesen, dass sie es sich schlicht nicht vorstellen konnte. Cat war immer so fleißig, ernst und ehrgeizig gewesen. Jack hingegen war mehr der klassische Junge vom Land, der gerne ein Bier mit seinen Kumpels trank und ein einfaches Leben wollte. Aber Menschen veränderten sich wohl doch. Leute ertrugen alle möglichen Sachen, die sie zu völlig anderen Wesen wandelten. Eve selbst war der lebende Beweis dafür.

»Und was ist mit dir, Eve? Nicht verheiratet?«

»Nein, das ist nichts für mich. Um genau zu sein, habe ich mich eben von der letzten Beziehung getrennt. Wie es scheint, suche ich mir immer die falschen Typen aus.«

»Ging mir vor Jack genauso.« Cat stellte ihr Glas ab und legte eine Hand auf Eves Arm. »Eve, ich wollte bloß sagen, dass mir klar ist, wie merkwürdig die ganze Situation ist, dass ich mit Jack verheiratet bin und so … na ja, wahrscheinlich habe ich mich deshalb ein bisschen doof benommen, als du bei mir in der Praxis aufgetaucht bist. Ich war so überrascht, dich zu sehen, und ich weiß selbst nicht, was über mich kam. Jack hatte mir ja erzählt, dass du wieder in der Stadt bist. Da sind eine Menge Sachen in mir hochgekocht, Sachen, an die ich sehr lange nicht mehr gedacht hatte.«

»Ist schon okay, Cat. Ich komme damit klar, ehrlich. Ich freue mich wirklich für euch beide.« Und jetzt, nachdem der anfängliche Schrecken überwunden war, meinte Eve es ernst. Jack und Cat waren wunderbare Menschen, die ihr Glück verdient hatten.

Cat schüttelte den Kopf, und als sie wieder sprach, zitterte ihre Stimme. »Es ist nicht nur das. Ich habe dich nach Becs Tod furchtbar behandelt. So wie es hier viele Leute getan haben, und das bereue ich zutiefst. Ich hätte für dich da sein müssen und war es nicht. Meine Eltern verboten mir, dich zu besuchen, aber das hätte mich nie abhalten dürfen. Die einzige Entschuldigung, die ich vorbringen kann, ist die, dass ich unreif und verängstigt war.«

Cats Geständnis machte Eve baff.

»Ich glaube, deshalb war ich so verlegen, als ich dich letzte Woche sah. Ich habe mich geschämt.« Cat weinte jetzt, und Eve merkte, wie ihr ebenfalls die Tränen kamen. Trotz der vielen Jahre und der Narben, fühlte sie den Trost ihrer Kinderfreundschaft wiederkehren, während sie hier zusammensaßen. Mit einem Menschen, den man sein ganzes Leben lang kannte, verknüpfte einen ein besonderes Band; umso schmerzlicher war der Verlust, wenn dieses Band gekappt wurde.

»Das ist alles lange her, Cat, und du solltest es vergessen. Wir beide müssen es hinter uns lassen.«

»Hast du … konntest du mit deinem Leben weitermachen? Hat es geholfen, wegzugehen?«

Eve blickte zu dem Spielplatz. Mehrere andere Kinder waren hinzugekommen. Sie gaben sich gegenseitig Schwung auf der Schaukel, kicherten und quiekten, waren völlig sorglos. Wie einfach das Leben in dem Alter war. In Eves Leben gab es einen tiefen Riss, der es in ein Vorher und ein Nachher teilte. Die Vorherjahre waren klar und unschuldig gewesen, die Nachherjahre voller Wut, Schuld und Leugnen.

Vor Becs Tod.

Nach Becs Tod.

»Ich dachte, das hätte es – geholfen, meine ich. Wegzugehen«, antwortete sie. »Aber seit ich wieder hier bin, wird mir klar, wie vieles ich noch mit mir herumtrage.«

»Es war nicht deine Schuld, Eve.«

»War es nicht?«

»Glaubst du das nach der langen Zeit etwa immer noch?«

Eve konnte nichts sagen. Sie musste es nicht laut aussprechen. Seit sie zum letzten Mal mit Nell sprach, Monate später, und Nell recht deutlich machte, wer ihrer Meinung nach die Schuld trug, hatte Eve mit niemandem darüber geredet.

Cat nahm Eves Hand. »Es tut mir so leid. Ich wollte dich nicht traurig machen. Du solltest lediglich wissen, dass du mir gefehlt hast und dass ich hier bin, falls du eine Freundin brauchst.«

Die anderen Frauen kamen in den Garten, was eine private Unterhaltung schwierig machte. Cat und Eve tranken ihren Sekt aus und setzten ihre Sonnenbrillen auf. Cat stellte Eve einige der anderen Frauen vor. Eve lächelte höflich und hielt ihre Beiträge zum Small Talk möglichst knapp. Margo wuselte umher, guckte nach, ob die Teller voll und die Gläser nicht zu voll waren – man wusste heutzutage ja nie, wann und wo die Polizei kontrollierte –, und der Vormittag verflog in einem Rausch von Rosa. Schließlich leerten sich Garten und Gemeindesaal, und Eve half Margo beim Aufräumen.

»Ich habe gesehen, dass du draußen mit Catriona gesprochen hast«, sagte Margo, während sie Eve eine Tasse zum Abtrocknen reichte.

Das musste man der Frau lassen: Ihr entging nichts. »Ja, habe ich. Sie scheint sehr glücklich zu sein.«

»Die beiden haben einiges hinter sich, Jack und sie, aber sie haben das durchgestanden. Es ist ein Segen, dass Sean vor Catrionas Mutter gestorben ist, sonst müsste sie sich auch noch um ihn kümmern. Und sie hat mit ihrem Vater schon ausreichend Belastung. Hat sie dir erzählt, dass Stan in einem Pflegeheim ist?«

»Nein, hat sie nicht.« Sean war Cats Bruder gewesen. Er war mit Mukoviszidose auf die Welt gekommen. Einen Großteil ihrer Kindheit und Jugend hatte Cat damit verbracht, ihrer Mutter bei seiner Pflege zu helfen. »Klingt, als hätte sie harte Zeiten hinter sich.«

»Bei Gott, das hat sie. Aber wenn eine das schafft, dann Cat.

Sie ist ein echter Schatz, oh ja. Hat es sogar geschafft, Jack wieder nach oben zu bringen. Der hat einige Jahre mit der Flasche gekämpft. Seine armen Eltern hatten eine Heidenangst um ihn.«

Deshalb trinkt er nichts.

Margo hatte recht, was Cat betraf. Sie war ein Schatz. Und jetzt, da sie den Kontakt wiederhergestellt hatten, wollte Eve sich bemühen, ihre alte Freundschaft zu erneuern. Vielleicht hatte Cat mal Lust, einen Kaffee trinken zu gehen, oder Eve könnte die drei zum Abendessen auf die Farm einladen. Nein, das ging wohl doch zu weit. Zwischen ihr und Cat mochte es okay sein, allerdings gab es noch offene Punkte, die Eve klären sollte, solange sie hier war.

Einer von ihnen war Jack.

Die Besichtigung war laut Brent gut gelaufen, wie er ihr nachmittags telefonisch berichtete. »Nicht viele Besucher, aber die Qualität überwog die Quantität, und das wollen wir.«

Eve schaltete ab, während er von der bevorstehenden Auktion schwafelte. Der Mann war eine echte Hilfe, keine Frage, aber Eve wollte, dass er seinen Job machte und die Farm verkaufte. Der Rest war ihr herzlich egal. Seit dem Brunch war sie in Hochstimmung. Es war ein wunderschöner Tag. Ein Chor von Zikaden drang aus den Bäumen, und eine leichte Brise linderte die Hitze. Die Pferde in den Paddocks sahen fett und gesund aus, als würden sie von jemandem geliebt. Es ging bergauf.

Eve ging hinunter zum Stall. Rain lief schon fast normal herum. Ihre Augen waren leuchtender, und wie immer freute sie sich über Eves Gesellschaft. Sie kam direkt zum Zaun und stupste gegen Eves Hand.

»Hallo, mein Mädchen. Ich freue mich auch, dich zu sehen.« Eve gab dem Pferd ein Stück Lakritz. Dann nahm sie eine Bürste auf und strich damit über Rains Hals, wobei sie mit der Stute redete. »Ich denke, du bist bereit für ein bisschen mehr

Bewegung. Vielleicht können wir zwei demnächst mal ausreiten, was? Es wäre doch nett, mal wieder ins Gelände zu reiten, oder nicht?«

Die Stute stand still und ließ sich striegeln. Sie genoss die Zuwendung. Nach gründlichem Bürsten, Hufeauskratzen und sonstiger Pflege, nahm Eve eine Führleine vom Wandhaken, klickte sie ans Halfter und hängte sie der Stute als Ersatzzügel um den Hals, um sie zum Gatter und von dort in den größeren Auslauf draußen zu führen. Dann stellte sich Eve auf eine Milchkiste, die eigens zu diesem Zweck dort stand, lehnte sich auf Rains Rücken und schwang ihr rechtes Bein hinüber. Sobald Eve die Führleine aufnahm, begann Rain, sich vorwärts zu bewegen. Eves Bauch kribbelte vor Aufregung, und sie lachte laut, als sie in ruhigem Schritt am Rand des Round-Pens entlanggingen. Nach einer Weile tippte sie die Fersen leicht in Rains Seiten, und die Stute wurde schneller. Ein wenig mehr Druck, und sie fiel in einen Trab.

»Ho, Mädchen, noch nicht! Gehen wir erst mal lieber nur.« Eve rieb Rains Hals gleich oberhalb des Widerrists. »Du bist ganz schön schlau, was?«

Banjo kam in den Auslauf gerannt und ließ Eve einen Stock vor die Füße fallen, als sie abstieg. Er kostete die Freiheit nach der Besichtigung aus und wollte spielen.

»Ach, na gut.« Eve warf den Stock, so weit sie konnte, damit Banjo aus dem Auslauf flitzen musste, um ihn zu holen. Als er ihn erreichte, klappte das Bremsen nicht schnell genug, sodass er beim Schnappen nach dem Stock eine Rolle vorwärts machte, auf allen vieren landete und im Kreis raste, bevor er sich unter den nächsten Busch warf.

»Verrückter Hund.« Eve bürstete Rain noch einmal, füllte ihren Wassertrog und warf ihr einen Heukuchen als Extra hin, bevor sie sich wieder hinauf zum Haus begab.

Als sie beim Schuppen war, hörte sie einen Wagen heranrumpeln. Es war Jack, der in ihrem Van auf sie zukam. Sie war nicht sicher, ob ihre Freude angesichts des heilen und funktionsfähigen Vans ihr mulmiges Gefühl überwog, Jack wiederzusehen. »Na, das ist ja mal eine Überraschung!«

Er hielt an und stieg aus dem Wagen. »Ich war bei Pete, um einen Reifen flicken zu lassen, und da sagte er, dass dein Wagen fertig ist. Ich dachte, ich bringe ihn dir, denn du kannst ihn ja schlecht holen.«

Eve war ein bisschen verärgert, dass der Mechaniker sie nicht angerufen und gefragt hatte, ob es okay ist, dass Jack ihr den Van bringt. Aber die zwei waren ja »Kumpel«, er und Jack, und Eve gehörte nicht zum Jungsclub. Dennoch musste sie ihren Ärger loswerden. »Er hätte mir Bescheid sagen können, dass ich den Van holen kann. Zu mir sagte er, dass es noch eine Woche länger dauert.«

»Er hat die Teile schneller gekriegt, als er dachte«, verteidigte Jack ihn gereizt. »Und ich hatte nichts anderes vor, also dachte ich, ich bringe ihn dir.«

Banjo kam um die Ecke geschossen und rannte auf Jack zu, um ihn mit der üblichen Abschleckattacke zu begrüßen.

»Weiß Cat, dass du hier bist?«

Jack guckte sie verdutzt an. »Was?«

»Cat, deine Frau, weiß sie, dass du mir den Van bringst?«

»Sie ist bei einer Freundin – eine Spielverabredung von Lilly. Deshalb hatte ich ja nichts vor.« Seine Stimme war ernst, aber seine Augen verrieten ihn. Das hatten sie immer schon.

»Aha. Sie weiß es also nicht.«

Eve konnte sich nicht entscheiden, ob sie besorgt, wütend oder gerührt über Jacks Freundlichkeit sein sollte. Im Moment war sie alles auf einmal.

»Banj, das reicht. Sitz.« Eve zeigte zur Verandatreppe, und Banjo trottete gesenkten Hauptes hin. »Ich habe Cat übrigens heute Morgen beim Landfrauenbrunch getroffen«, sagte sie. »Wir haben uns richtig nett unterhalten. Ganz wie in alten Zeiten.« Aus Gründen, die sie selbst nicht verstand, wollte sie Jack wissen lassen, dass ihre Freundschaft fortan in erster Linie Cat gelten würde, nicht ihm.

Jack rieb sich den Nacken, als müsste er eine schon länger verspannte Stelle massieren. »Ach ja? Das ist gut. Nach eurer ersten Begegnung hat sie gesagt, sie hätte freundlicher sein sollen. Es erwischte sie einfach eiskalt, dich plötzlich wiederzusehen. Und danach ging ihr das nicht mehr aus dem Kopf. Ich habe ihr gesagt, dass sie mit dir reden sollte. Freut mich, dass ihr das geklärt habt.«

Es war sinnlos, diese Situation in eine billige Soap zu verwandeln. »Hör mal, ich will gerade die Pferde füttern. Luke hat heute frei.« Eve schwenkte die Hand zu Fred. »Willst du mitkommen?«

»Wieso nicht?« Jack strahlte.

Das ist wahrscheinlich eine richtig blöde Idee, dachte Eve, als sie in den Jeep stieg, den Motor anließ und Banjo zunickte, dass er auf den Hänger springen sollte. Das Rattern des Motors machte jede Unterhaltung unmöglich, nachdem Eve das Gaspedal getreten hatte und sie den Hügel hinaufröhrten, wie sie es vor vielen Jahren dutzende Male getan hatten. Die Pferde warteten schon am Zaun, wo der Boss mit angelegten Ohren auf und ab stampfte und die anderen auf Abstand hielt. Eve war mittlerweile mit all ihren Macken und Eigenarten vertraut, und sie ließ sich weder vom Leitpferd noch von einem der anderen einschüchtern, wenn sie am Gatter auf sie zugelaufen kamen. »Zisch ab hier!«, brüllte sie, schlug einem Pferd auf die Nase und scheuchte die übrigen allein mit ihrer Stimme weg. Jack schnappte sich gleichfalls einige Futtereimer, schüttete sie in die Tröge aus und traf Eve am Jeep wieder, als die Arbeit erledigt war.

»Der Schwarze ist rotzfrech«, sagte er und setzte sich neben sie auf den Anhänger.

»Oh ja.«

Sie guckten den Pferden beim Fressen zu. Ein Kakadu hatte sich auf den Rand eines Troges gehockt und tunkte seinen schwefelgelb gekrönten Kopf hinein, sowie das Pferd seinen hob, um zu kauen. Eve war sich wieder einmal der Nähe von

Jack bewusst, doch diesmal empfand sie eher Verwunderung als Lust. Cat schien heute so zufrieden, als sie redeten. Es war, als wären Jack und sie füreinander geschaffen. Deshalb ergab es auch überhaupt keinen Sinn, dass er aus einem anderen Grund als dem von ihm genannten hier war. Und trotzdem hatte Eve Zweifel.

»Also, warum bist du eigentlich hier rausgekommen?«, fragte sie bewusst scherzhaft, weil sie ihn nicht verärgern wollte.

»Weil der Van fertig war.« Er seufzte und wischte sich über die Stirn. »Nein, ich brauchte wohl eher einen Vorwand, mit dir zu reden. Ich meine, mit dir zu reden über …«

»Über?« Jack fand es offensichtlich schwer, und sie würde es ihm nicht leichter machen. Er war derjenige, der dieses Gespräch wollte, dann konnte er auch verdammt noch mal erklären, wieso.

»Ja, über … na ja, als Erstes mal, bist du glücklich?«

»Was heißt glücklich?«

Jack schüttelte den Kopf. »Du weißt, was ich meine. Hat sich dein Leben so entwickelt, wie du es dir gewünscht hast?«

Sie kratzte an dem Schmutz unter ihren Fingernägeln. Was war das denn für eine Frage? Sie hatte die letzten zwanzig Jahre damit verbracht, den Atem anzuhalten, ab und zu Luft zu holen, sich auf das zu konzentrieren, was sich vor ihr abspielte, und verzweifelt zu versuchen, nicht an die Vergangenheit zu denken und sich nicht um die Zukunft zu scheren.

»Es hat sich so entwickelt, wie es sich entwickelt hat, Jack. Ich lebe nur für den Moment.«

»Dann willst du nicht jemanden kennenlernen, sesshaft werden, eine Familie gründen?«

»So wie du, meinst du?« Da war eine Spur von Reue in ihrer Stimme, die Eve dort nicht wollte.

»Was ist daran verkehrt? Stört es dich, dass ich Cat geheiratet habe?« Jetzt wurde es heikel, und Eve musste vorsichtig sein.

»Es stört mich nicht, sondern überrascht mich. Ich hatte nicht mal erwartet, dass ihr zwei noch hier seid. Das ganze Gerede damals, hier wegzugehen, war bloß Quatsch. Du hattest nie vor, Yarrabee zu verlassen.«

Er stand auf und drehte sich zu ihr. »Irrtum. Ich wollte weg. Ich wollte mit dir weg, aber dann bist du ohne mich gegangen, ohne mir ein Wort zu sagen.«

Nun kamen sie zum Wesentlichen. »Jack, wir waren Teenager. Es hätte nie gehalten.«

»Hätte es, wenn du uns eine Chance gegeben hättest.«

»Du weißt genauso gut wie ich, warum ich gegangen bin. Ich konnte nicht bleiben, nicht nach dem, was passiert war, wie Nell sich benahm und wie mich die anderen behandelten. Ich war eine Aussätzige. Mir blieb nichts anderes übrig.«

»Natürlich blieb es das.« Jack ging einige Schritte und kam zurück. »Es gab Leute hier, die dich mochten, die dir helfen wollten, aber du hast sie ja nicht gelassen, weil du dir von keinem etwas sagen lassen wolltest.« Er blieb stehen und senkte die Stimme, als hätte er Angst, die Bäume oder die Vögel könnten ihn belauschen. »Ich hätte dir helfen können. Wir hätten das gemeinsam durchstehen können.« Eve schockierte, wie gefühlvoll seine Worte klangen, und sie war froh, dass das Nachmittagslicht seine Augen beschattete. »Ich habe dich geliebt.«

Sie spürte, wie sie stürzte. Es war kein physischer Fall, sondern einer durch Raum und Zeit. Und sie beschloss, sich fallen zu lassen, statt dagegen anzukämpfen. Jack wollte über alles reden. Na gut, dann würde sie über alles reden. Zum ersten Mal seit Becs Tod würde sie alles rauslassen und sehen, wohin es sie führte.

»Ich habe dich auch geliebt, Jack. Aber ich musste weg und mit mir selbst ins Reine kommen. Und hier gab es nichts, zu dem ich zurückkehren konnte. Das hatte Nell mir sehr deutlich klargemacht.«

»Du hättest anrufen können. Ich wusste nicht mal, ob du noch am Leben bist.«

Vielleicht wollte ich das.

»Du warst ohne mich besser dran. Ich war ein Wrack, für

nichts und keinen zu gebrauchen. Ich hätte dir dein Leben genauso versaut wie mir meines.«

»Das weißt du gar nicht.«

»Doch, weiß ich. Glaub mir, ich weiß es.«

Jack setzte sich hin und ließ resigniert die Schultern hängen. Banjo, der von seinem Lauf über den Paddock erschöpft war, saß im Schatten des Jeeps und beobachtete die beiden verwirrt, weil sie so wütend klangen. Eve wartete eine Minute, dass sie sich beide ein wenig beruhigten.

»Außerdem bist du doch glücklich, nicht? Mit Cat und Lilly?«

»Mehr, als ich es je für möglich gehalten hätte.« Er klang ruhiger, und aus jedem seiner Worte sprach Dankbarkeit.

Das freute Eve. Sie wollte, dass er glücklich war, und sie wollte, dass Cat glücklich war. Vor allem aber wollte sie nicht der Grund für noch mehr Probleme oder Elend sein.

Jack trommelte mit den Fingern auf seinen Schenkeln. Er würde es nicht dabei belassen. »Wo bist du hin? Was ist mit dir passiert?«

Eve war normalerweise kein Fan von absoluter Ehrlichkeit, doch auf einmal wollte sie Jack unbedingt die ganze Wahrheit sagen – reinen Tisch machen.

»Ich bin zu einer Obdachlosenunterkunft in der Stadt gegangen. Ein Mädchen, das ich am Bahnhof traf, hatte mir die Adresse gegeben. Ich dachte, ich suche mir einen Job und dann eine Wohnung. Ein paar Wochen später fand ich heraus, dass ich schwanger war.«

Sie musste nicht »von dir« ergänzen. Das wussten sie beide.

Jack hatte das Gesicht abgewandt, was Eve ihm dankte. Er saß vorgebeugt, hatte die Ellbogen auf die Knie gestützt und starrte auf den Boden zwischen seinen Füßen.

»Das Letzte, womit ich zu dem Zeitpunkt klargekommen wäre, war ein Baby. Ich war völlig hinüber, meistens total stoned und …« Sie verstummte mittendrin. Er musste nicht hören, wie tief sie gesunken war. »Eine Therapeutin in der Unterkunft organisierte alles.«

Sie merkte, wie ihre Augen zu brennen begannen. Warum, wusste sie selbst nicht, doch Eve wünschte sich, dass er sagte, es wäre okay, er würde es verstehen. Sie redete weiter, um sein Schweigen zu übertönen. »Es ist schräg, aber in gewisser Weise dachte ich, dass es eine Strafe wäre. Ich hätte ein Leben genommen, und nun nahm man mir eines.«

»Es war nicht deine Schuld.« Seine Zähne waren zusammengebissen, und er klang kalt. Sie wusste, dass er nicht die Abtreibung meinte.

Und über das andere wollte sie heute nicht wieder reden. Vielmehr hatte sie es insgesamt satt, über die Vergangenheit zu reden. Sofort bereute sie, es ihm erzählt zu haben. Wenn er sie vorher noch nicht gehasst hatte, tat er es spätestens jetzt. Vielleicht war es gut so.

Jack stand abermals auf und wandte sich zu ihr um. Eve konnte seine Wut fühlen. Für einen Sekundenbruchteil dachte sie, er würde sie schlagen, und wappnete sich. Aber er sprach nur langsam, als müsste er sich erklären, was geschehen war. »Du bist also nicht nur ohne eine Erklärung gegangen, du hast auch noch alleine entschieden, unser Baby abzutreiben, ohne es mir überhaupt zu sagen.«

»Dazu war es zu spät, Jack. Es war völlig ausgeschlossen, dass ich mich um ein anderes menschliches Wesen kümmern könnte, nicht nach dem, was ich getan hatte, nicht in der Verfassung, in der ich war. Ich war siebzehn, mein Gott!«

»Weiß ich«, brüllte er. »Ich weiß verflucht gut, wie alt du warst. Doch es war mein Kind. Du hattest kein Recht, das zu machen, ohne mit mir zu reden!« Er ging weg und blieb mit dem Rücken zu ihr stehen. Sie sah, wie sich seine Schultern hoben und senkten, während er versuchte, sich zu fangen. Unweigerlich musste sie an das denken, was Cat ihr von den Fehlgeburten erzählt hatte, von Jacks Wunsch nach mehr Kindern und was für ein toller Vater er war. Für ihn musste ein absichtlicher Schwangerschaftsabbruch wie ein Schlag ins Gesicht sein. Trotzdem wollte Eve, dass er verstand, warum sie es getan hatte und wie absurd es gewesen wäre, dass sie Mutter wurde – damals wie heute.

»Ich konnte nicht zurückkommen, Jack, begreifst du das denn nicht? Ich konnte nicht wieder herkommen, auf Friede, Freude, Eierkuchen machen und mein Leben leben, als wäre nichts passiert. Ich habe meine Schwester umgebracht! Du weißt das, und ich weiß es. Wir sind die Einzigen, die die Wahrheit kennen. Sie würde nie einen Mann oder ein Baby haben. Wer war ich denn, all das zu erleben, was sie nie haben würde?«

In ihrem Geiste tauchte das Bild von Becs Grab gleich über dem Hügel hinter ihnen auf. *Geliebte Schwester von Evangeline.* Die Schwester, die so viel Besseres verdient hatte. Die ein Leben verdient hatte.

»Mir tut ehrlich leid, was du durchgemacht hast, Eve«, sagte Jack deutlich ruhiger, auch wenn er keine Anstalten machte, näher zu kommen. »Aber jeder leidet. Wir alle haben unser Kreuz zu tragen. Und meins unterscheidet sich nicht von deinem. Denkst du, du bist die Einzige, die sich die Schuld für das gibt, was am See passiert ist? Ich habe mir deshalb beinahe mein Leben ruiniert. Aber wenn du zulässt, dass das alleine dein Leben ausmacht, verkaufst du dich unter Wert. Und du verkaufst Bec unter Wert. Sie hat nie herausgefunden, was sie mit ihrem Leben hätte anfangen können. Du kannst es noch.« Er trat einige Schritte weg von ihr und drehte sich um. »Cat darf das mit dem Baby niemals erfahren.«

Eve senkte den Kopf und lauschte leise weinend, wie er sich entfernte. Sie hatte ihn vor vielen Jahren verlassen, zu gefangen in ihrem eigenen Elend, als dass sie darüber nachdachte, was jener Abend am See oder ihr Fortgang ihm antat. Irgendwie hatte er es geschafft, das hinter sich zu lassen und zu leben.

Es wurde Zeit, dass sie dasselbe tat.

12

Eve fuhr zum See. Jeder Muskel in ihr verknotete sich vor Widerwillen, jeder Nerv bebte, und dennoch wusste sie jetzt, dass sie das hier machen musste. Nach jenem ersten Fehler hatte sie es vermieden, auch nur in die Nähe der Straße zu kommen. Diesmal hatte sie bewusst geblinkt und war abgebogen. Je näher der Van seinem Ziel kam, umso heftiger sträubte sich alles in ihr.

Ihre Hände umklammerten das Lenkrad. Ihre Brust wurde so eng, dass das Atmen wehtat, und ihr Magen drehte sich schneller und schneller, wie in einem Wirbelsturm. Eve zwang sich, sich auf die Straße direkt vor dem Van zu konzentrieren. Nur so könnte sie es durchhalten, bis dahin zu kommen, wo sie hinwollte. Sie musste ganz im Hier und Jetzt bleiben, in der unmittelbaren Gegenwart. Kein Gedanke an das, was sie erwartete – die unveränderbare Vergangenheit.

Sie fuhr um die letzte Biegung, hinter der eine gerade Strecke kam. Alles war, wie Eve es erinnerte: Eukalyptusbäume, von deren schmalen Stämmen sich Rindenstreifen ablösten, standen dicht an dicht auf den sich zu beiden Seiten sanft erhebenden Hügeln; Termitenbauten erhoben sich zwischen Felsengestrüpp, und Büschel von gelbem Gras wucherten zwischen kleinen Gruppen von Korallenrauten und Teebaum. Hier war das Buschland dicht, filterte die immer noch sengende Sonne. Beim Überqueren des ausgetrockneten Bachbetts, das ihr verriet, sie wäre bald da, wechselte Eve vom dritten in den zweiten Gang, um bergan zu fahren. Dann rollte sie die Lakeside Drive hinunter, nahm den Fuß vom Gas, bis sie fast Schritttempo fuhr. Die Stimme in ihrem Kopf, die sie vor Minuten noch anschrie, sie solle umkehren, war still. Eve fühlte sich seltsam losgelöst von der Frau auf dem Fahrersitz, als hätte sie ihren Körper verlassen und bewohnte jetzt einen anderen.

Es war so ruhig. Samstagnachmittag, und keiner da. An den Wochenenden war der See bei Seglern und Anglern immer beliebt gewesen. Vielleicht hielt die Hitze die Leute in ihren Häusern. Leere Anlegestege reckten sich von den verrammelten Hütten am Ufer ins Wasser. Einige der Häuser hatten einen neuen Anstrich bekommen, aber die meisten sahen noch wie früher aus: abblätternde Bretterfassaden hinter Drahtzäunen, alle fast identisch.

Eve bog in den kleinen Parkplatz ein. Inzwischen hatte er einen richtigen Bordstein und einen Gully bekommen, und dahinter waren überdachte Grillplätze mitsamt Mülleimern eingerichtet worden. Sehr zivilisiert. Einen Moment lang saß Eve im Wagen, der Motor lief noch, und blickte hinaus auf den See. Er sah so ruhig und friedlich aus. Einladend. Weit hinten am Strand standen ein paar Jungen knietief im Wasser und angelten. Auf der anderen Seeseite tuckerte ein Motorboot, dessen Dieselbrummeln das einzige Geräusch neben dem Auflaufen der kleinen Wellen auf dem Strand war.

Hier hatte Eve so viele Sommer verbracht. Als sie klein waren, kam Nell mit Bec und ihr an den Wochenenden zum Schwimmen her, nachdem die Reitstunden vorbei und alles erledigt war; manchmal sogar nach der Schule, wenn es zu heiß und auf der Farm nichts los war. Sie fuhren immer hierher, zu dem abgelegeneren Teil, zogen sich bis auf die Unterwäsche aus und liefen in den sandigsten, flachsten Teil des Sees, spritzten und kicherten und wetteten, wer als Erste vollkommen nass war. An richtig heißen Tagen ging Nell mit ihnen ins Wasser und schwamm hinaus ins Tiefere, wo der See kühl war. Sie rief die Mädchen zu sich, doch Bec traute sich nicht so weit hinaus. Sie lernte noch schwimmen und wagte sich nicht so tief ins Wasser, dass sie nicht mehr stehen konnte.

Eve stellte den Motor ab. Banjo sprang aus dem Wagen und lief los, die Gegend erschnüffeln. Eve schloss die Wagentür hinter sich und ging zu einem Felsvorsprung unter einem Baum jenseits des Bootsstegs. Es war dieselbe Stelle, an der sie zu dritt gesessen hatten, um trocken zu werden, den Enten zusahen, die sich schnäbelnd bis auf wenige Meter näherten und mit ihren paddelnden Füßen Muster auf die Wasseroberfläche malten. Damals war alles so einfach gewesen: zusammenzusitzen, zu lachen, sich miteinander wohlzufühlen.

Wann war es anders geworden?

Im Nachhinein wurde Eve klar, dass die Veränderung von ihr ausgelöst wurde, nicht von Nell oder der Farm oder ihrem gemeinsamen Leben. Alles ging weiter wie immer, nur war Eve zu schnell groß geworden. So klischeehaft es auch klingen mochte, war es, als hätte jemand an einem dreizehnten Geburtstag auf einen Knopf mit der Aufschrift »Aufsässig« gedrückt. Eve wurde groß und entdeckte, dass sie eine Taille besaß. Praktisch über Nacht bekam sie Brüste, die aus dem Nichts erschienen. Ihre Periode begann, und binnen Monaten sahen die Jungen sie anders an und behandelten sie anders. Bis sie sechzehn war, hatte sich der Wildfang Angie Flanagan in eine Nachfolgeversion verwandelt, die dringend beweisen wollte, wie erwachsen sie war, und alle Freunde mit ihrer neuen Reife beeindrucken.

Die Gruppe hatte beschlossen, sich am See zu treffen, obwohl Todd und Bridget später behaupteten, es wäre Angies Idee gewesen. War es vielleicht auch. Nell war an jenem Abend zu einer Sitzung in der Stadt, gefolgt von einem Abendessen. Also kam sie sicher erst spät nach Hause.

»Pass auf deine Schwester auf«, hatte sie zu Angie gesagt, »und ihr seid um zehn im Bett.«

Sobald Nell weg war, setzte Angie ihren Plan in die Tat um. Sie griff sich eine Flasche aus dem Schrank über dem Herd, nahm die Schlüssel vom Haken neben der Hintertür und rief Bec.

»Komm mit, Schwesterchen. Wir machen eine Spritztour.«

»Das dürfen wir nicht. Mum bringt uns um.« Bec hockte auf dem Sofa und guckte fern.

»Wir sind wieder zurück und im Bett, ehe sie nach Hause kommt. Es ist erst sieben.«

»Ich weiß nicht. Lassen wir das lieber.«

Angie wickelte die Flasche in ihre Windjacke und kniete sich vor ihre Schwester. »Jetzt komm schon. Du kannst nicht alleine zu Hause bleiben. Jack und die anderen treffen uns da. Wir wollen doch nur rumhängen und ein paar Steine übers Wasser hüpfen lassen.« Sie rüttelte an Becs Knie. »Ich pass doch immer auf dich auf, oder nicht?«

Bec runzelte die Stirn. »Okay, aber wir müssen vor zehn wieder hier sein.«

»Abgemacht. Ich habe einen Pulli für dich mit, falls es kalt wird.« Angie war nicht sicher, was die anderen sagen würden. Garantiert fanden sie es blöd, eine Dreizehnjährige dabeizuhaben, aber Bec war keine Last, und sie alleine zu Hause zu lassen, kam nicht in Frage.

Die Fahrt war schon spaßig. Sie hatten das Autoradio voll aufgedreht, Angie sang lauthals mit, und Bec stimmte ein, wann immer sie den Text kannte. Kühle Abendluft blies durch die Fenster herein. Bec langte nach unten, um ihr Sweatshirt zu holen, griff aber versehentlich nach Angies Windjacke, und die Flasche rollte in den Fußraum.

Bec hob sie hoch und blinzelte im Dunkeln, um das Etikett zu erkennen. »Was ist das?«

»Nichts. Ist egal.«

»Gin?«

Angie nahm ihr die Flasche weg und schob sie zwischen ihren Sitz und die Tür. Sie merkte, dass Bec sie ansah, und ihr wurde der Mund wässrig, weil sie lügen würde. »Nicht für mich. Die anderen haben gesagt, ich soll eine Flasche Schnaps mitbringen. Sie wollen einen Punsch machen oder so. Ich trink sowieso nichts davon.«

Becs Schweigen verriet Angie, dass sie ihr nicht glaubte. *Bald bist du selber nicht anders,* wollte sie ihr sagen. *Wenn du erst so alt bist wie ich. Dann hängst du mit deinen Freunden rum, probierst Sachen aus, brichst ein paar Regeln.* Aber das würde wohl nie passieren. Bec war einer von jenen Teenagern, die den Unterschied zwischen Richtig und Falsch kannten und nie gegen Regeln verstießen.

Angie sah zu ihr, doch Bec starrte hinaus in die Dunkelheit. »Komm schon, Bec, mach dich mal locker.«

»Du darfst noch nicht mal fahren, weil du noch lernst und immer ein Erwachsener mit Führerschein bei dir sein muss.«

»Nell lässt mich dauernd fahren. Ich fahre seit Jahren auf der Farm herum.«

»Denkst du vielleicht, sie findet es okay, dass du hier rausfährst?« Becs Stimme hatte diese piepsige Note, die verriet, dass sie gleich in Tränen ausbrach. Angie wollte ihre Schulter tätscheln, doch Bec wich zur Seite, dichter an die Beifahrertür.

Für den Rest der Fahrt sprachen sie nicht mehr.

Angie überlegte. Sollte sie umkehren, Bec nach Hause bringen, die anderen anrufen und die Party absagen? Aber die waren alle schon unterwegs, und sie könnte sie gar nicht mehr erreichen. Außerdem fuhren sie gerade über die Brücke, waren also fast da. Sie würde nicht lange bleiben. Nur lange genug, dass sie Jack sehen, etwas trinken und ein bisschen Spaß haben konnte. Waren sie erst dort, würde Bec sich schon wieder einkriegen.

»Wenn wir wieder zu Hause sind, darfst du mit in mein Bett, und ich erzähle dir die Bunyip-Geschichte«, sagte sie und lächelte Bec zu, als sie vor dem See anhielten.

»Ich bin doch kein Baby mehr!«

»Weiß ich. Trotzdem magst du die Geschichte noch, oder nicht?« Sie parkte den Wagen, griff nach drüben und kitzelte Bec an der Taille. Bec kitzelte sie auch, und beide kicherten ausgelassen, bevor die Fahrertür geöffnet wurde und die Ginflasche herauspurzelte.

Jack hob sie auf. »Zum Glück ist sie heil geblieben. Ich dachte schon, du kommst nie«, sagte er, bückte sich in den Wagen und küsste Angie auf den Mund.

»Tja, jetzt sind wir hier. Komm, Bec.«

Angie stieg aus und ging mit Jack voraus, Arm in Arm in die Finsternis.

Banjo sprang neben Eve hoch und ließ einen Stock vor ihr fallen. Dann tapste er einige Schritte rückwärts, hockte sich hin und sah sie schwanzwedelnd an. Es war Ebbe, sodass vom vertrockneten Schilf ein Modergeruch aufstieg. Eve fiel er erst jetzt auf.

»Ach, na gut.« Sie warf ihm den Stock ins Wasser. Banjo hopste vom Felsen und paddelte hinterher, wobei seine Beine wie verrückt strampelten und er seine Rute als Ruder benutzte. Er schnappte den Stock mit dem Maul und drehte um. Sowie seine Pfoten Grund berührten, lief er zurück zu Eve und legte ihr den Stock wieder hin. Als er sich schüttelte, spritzte er Eve mit Wasser voll.

»Tausend Dank auch.« Eve hob den Stock auf und warf ihn erneut. Die Abwechslung war ihr sehr recht.

Es war später Nachmittag. Der See schimmerte wie Rauchglas. Einige Boote waren auf der anderen Seite vertäut. Wie Eve plötzlich auffiel, waren die Anglerhütten am anderen Ufer verschwunden. Früher galten sie mal als Kulturerbe, doch im Grunde waren sie nichts als heruntergekommene Bretterbuden gewesen. Als das Gebiet zum Nationalpark erklärt wurde, wurden Renovierungen verboten. Jetzt waren nur noch ein paar Bootsstege übrig, die schon bessere Tage gesehen hatten.

»Das reicht, Banj. Lauf.« Sie wischte sich die Hände und scheuchte ihn weg. Der Hund trottete den Strand entlang, die Nase dicht über dem Boden, und hielt an einer Stelle mit nassem Sand, wo er sich ausgiebig wälzte.

Eve blickte aufs Wasser hinaus. Es war überaus verlockend, einfach zum Van zurückzugehen und wegzufahren. Aber jene Tür, die sie vor Jahren verschlossen hatte – was sie enorm viel Zeit und Kraft kostete –, war bereits einen Spalt aufgegangen.

Du musst hierbleiben und dich dem stellen, was auf der anderen Seite ist.

Die anderen hatten schon angefangen, Flaschendrehen zu spielen, als Angie und Bec ankamen. Todd war ein Freund von Jack, und Bridget war eine »Freundin« von Todd. Sie waren ein bisschen älter als Angie und, wie Jack, seit einem Jahr von der Schule.

»Wie ich sehe, hast du eine Freundin mitgebracht«, sagte Todd, der im Schneidersitz auf dem Boden saß, als Jack mit den Mädchen bei ihnen ankam.

»Das ist meine Schwester, Bec.«

»Niedlich.«

Angie wusste nicht genau, ob er es ironisch meinte oder versuchte, Bec anzubaggern. Jedenfalls gefiel es ihr nicht. Und Bridgets Gesicht nach zu urteilen, gefiel es ihr auch nicht.

Jack legte seinen Arm um Angies Schultern. »Willst du was trinken?«, fragte er und bot ihr eine Flasche an, die kein Etikett hatte.

»Was ist das?«

Jack grinste. »Probier mal, dann weißt du's.«

Angie nahm einen Schluck und bekam einen Hustenanfall. Ihre Kehle brannte wie Feuer.

Die anderen lachten – ausgenommen Bec. »Ich dachte, du trinkst nichts«, sagte sie und bohrte mit einem Kiesel ein Loch in den sandigen Boden.

»Nicht viel«, antwortete Angie und trank noch einige Schlucke von dem Zeug, das wohl Scotch sein musste. Nach dem ersten Schock fing alles in ihr zu kribbeln an.

Todd nahm ihr die Flasche ab und bot sie Bec an.

»Kommt nicht in Frage! Sie trinkt nichts. Sie ist erst dreizehn«, protestierte Angie.

»Hör sich einer dich an, du große Sechzehnjährige«, erwiderte er lachend.

»Na und? Sie ist meine Schwester, und ich pass auf sie auf.«

»Ist schon okay, ich will sowieso nichts«, sagte Bec. »Das schmeckt eklig.«

»Woher weißt du das denn?«

Bec antwortete nicht. Der Mond warf einen Lichtstreifen auf das Wasser, und Todd hatte eine Kerosinlampe mitgebracht. Becs Gesicht war im Schatten, doch Angie ahnte, welchen Ausdruck es hatte.

»Na los, du bist dran. Dreh«, drängte Bridget. Angie gehorchte. Die leere Flasche schabte beim Drehen über den felsigen Boden. Sie beobachtete, wie sie zum Halt kam. Der dünne Hals war direkt auf Bec gerichtet.

»Sie spielt nicht mit.« Angie wollte die Flasche noch mal drehen, doch Todd hielt sie ab.

»Nicht so schnell. Wenn deine kleine Schwester nicht mitmacht, übernimmst du ihre Frage.«

»Welche Frage?«

»Wahrheit oder Pflicht. Du beantwortest meine Frage oder du kriegst eine Strafaufgabe.«

Angie hatte Todd noch nie gemocht, und seine Art ging ihr allmählich richtig auf die Nerven. Aber sie wollte sich auch nicht vorwerfen lassen, sie würde kneifen. »Okay.«

»Meine Frage ist, wie oft habt ihr es gemacht?«

»Was gemacht?«

»Gevögelt. Und spinn mir nicht vor, ihr hättet noch gar nicht. Ihr zwei könnt die Finger nicht voneinander lassen. Jetzt guck sich einer euch an!«

Angie sah hinab zu Jacks Arm an ihrem Bauch. Todd hatte recht – sie könnten sich gar nicht näher sein. Oder, nun ja, sie könnten, aber sie hatten nicht. Noch nicht. Das wollte Angie aber nicht zugeben, denn sonst nannte Todd sie womöglich prüde.

»Das ist privat. Die Frage beantworte ich nicht, Blödmann.«

Todd setzte die Flasche, die herumging, an den Mund,. »In dem Fall verpflichte ich dich, deinem Freund einen Zungenkuss zu geben, jetzt.«

Jack rieb sich die Stirn. »Ist das dein Ernst?«

»Das ist die Pflicht. Sonst muss sie was ausziehen. Sucht's euch aus.«

Angie sah hinüber zu Bec, die sehr mürrisch war. Wenn die Pflicht Todd zum Schweigen brachte und er sie danach in Ruhe ließ, wieso nicht? Sie wollten eine Show, also sollten sie eine haben. Angie riss Bridget die Flasche aus der Hand, nahm einen kräftigen Schluck und hob ihren Mund zu Jack. Sie küsste ihn lange und geräuschvoll. Die anderen verschwammen zu einem Nebel, während Angie innerlich erbebte. Sie fühlte, dass es Jack genauso ging. Als sie schließlich die Augen wieder öffnete und ihn ansah, wünschte sie, sie wären alleine und müssten nicht aufhören.

»Ich bin dran«, sagte sie und blickte Todd mit hochgezogener Braue an.

»Dein Top auszuziehen wäre besser gewesen«, murmelte er.

Angie ersparte sich eine Antwort. Leute wie Todd lohnten die Mühe nicht. Und er würde ihr nicht den Spaß verderben. Das Spiel ging weiter, und als die zweite leere Flasche in die Mitte geworfen wurde, drehte sich alles in Angies Kopf.

»Ich glaube, ich muss ein bisschen spazieren gehen«, sagte sie, rappelte sich unsicher hoch und plumpste gleich wieder kichernd hin.

Jack packte ihren Arm und zog sie nach oben.

»Wo geht ihr hin?«, fragte Bec.

»Nur ein bisschen hier oben rum, wir sind nicht lange weg. Kommst du ein paar Minuten ohne mich klar?«

»Muss ich wohl.« Bec hatte ein Kartenspiel mitgebracht und legte eine Patience auf einem Sandstück, das sie glatt gestrichen hatte.

Der Alkohol rauschte durch Angies Adern. Sie ging Arm in Arm mit Jack, und als er ihre Brust berührte, sank sie gegen ihn. Er küsste ihren Hals, und sie neigte den Kopf so weit nach hinten, wie sie konnte. Die Sterne wirbelten am Himmel. Es war eine perfekte Nacht. Vielleicht *die* Nacht. Sie waren schon seit Monaten kurz davor, und sowieso dachte ja jeder, sie würden es längst tun.

Es waren nur wenige Schritte bis zum Auto. Angie stieg ein

und legte sich auf die Rückbank. Sie schloss die Augen, genoss das Gefühl von Jacks Händen, die von ihren Brüsten über ihren Bauch in ihren Slip wanderten. Er drückte sich näher an sie, sodass sie fühlte, wie er hart wurde. Einen Moment lang fragte sie sich, ob sie aufhören sollten, auf einen besseren Zeitpunkt und Ort warten, damit es besonderer wurde, aber als Jacks Hand den BH-Verschluss auf ihrem Rücken öffnete, löste sich etwas in ihr. Angst wurde zu Vorfreude. Sie rutschte auf dem Sitz und winkelte die Knie an, während er den Reißverschluss seiner Jeans öffnete und sie nach unten schob. Blitzschnell war er auf ihr, stieß sie tief in die Lederpolster. Sie wollte ihn bitten, langsamer zu machen, weil es dann vielleicht weniger schmerzte, aber sie fürchtete, es zu verderben. Stattdessen biss sie sich auf die Unterlippe und konzentrierte sich auf das Gefühl seiner Locken in ihrem Gesicht, den Geruch von seinem Schweiß in ihrer Nase, ihren Beinen, die sich feucht aneinanderrieben, und auf ihr keuchendes Atmen.

»Bitte, bitte hör nicht auf«, flüsterte sie, als er langsamer wurde. Nachdem der erste Schrecken überwunden war, fühlte Angie etwas anderes außer Schmerz. »Mach weiter, mach weiter«, hauchte sie. Sie bog sich ihm rhythmisch entgegen, und das Gefühl war fast nicht auszuhalten. Angie stieß einen animalischen Schrei aus. Ihr war egal, dass die anderen draußen waren; sollte doch die ganze Welt sie hören. Sie liebten sich, und das allein zählte, sonst nichts.

Als es vorbei war, lag Jack neben ihr auf der Rückbank, seinen Kopf auf ihren Brüsten. Ihre Körper waren ein Wirrwarr von Armen, Beinen und Haut.

»Du bist fantastisch«, sagte er, hob seinen Kopf und küsste sie.

»Nein, du.«

»Nein, du«, sagte er und kitzelte ihre Rippen. Sie wand sich und knallte mit dem Kopf an die Tür. »Auuu.«

Jack richtete sich halb auf, zog seine Jeans hoch und sein T-Shirt wieder richtig an. Angie schlüpfte in ihre Shorts und streifte ihr Top über. »Uuuh, das fühlt sich ein bisschen eklig an«, sagte sie. Nach dem Sex war sie noch beschwipster. Sie öffnete die Wagentür und fiel fast heraus, landete aber auf allen vieren, ehe sie geradewegs zum Wasser stolperte. »Wer als Letzter drin ist, hat verloren«, rief sie. Jack folgte ihr und landete mit einem Bauchklatscher neben ihr im Seichten. Sie rollten sich wild herum und lachten, dass es wehtat.

»Soll ich raten, was ihr treibt?«, brüllte Todd. »Ihr Ferkel. Das wievielte Mal ist es jetzt?«

»Du bist ja bloß neidisch«, schrie Angie zurück. Sie hatte die Arme um Jacks Hals geschlungen, er seine um ihre Taille. Sie waren ein Stück rausgeschwommen, dorthin, wo es tiefer war. Das seidige Wasser war angenehm auf der Haut. Es brachte Angie in die Gegenwart zurück, jedoch nicht zur Vernunft.

Sie entdeckte ein Ruderboot, das unter einem Baum halb aufs Ufer gezogen war. »Wie wäre es mit einer kleinen Bootstour?«

»Wir haben kein Boot, schon mitgekriegt?«, rief Bridget zurück, bevor sie noch eine Flasche leerte und sie in den Sand fallen ließ.

»Oh doch, haben wir.« Angie war bereits zurückgeschwommen und band das alte Holzboot von einem Baumstumpf los. »Wir haben sogar die hier!« Nachdem sie das Boot befreit hatte, hielt sie zwei Ruder in die Höhe und schwenkte sie in der Luft.

»Das gehört uns nicht, Angie«, sagte Bec. Sie saß ein Stück von Bridget und Todd entfernt im Sand.

»Und die Leute, denen es gehört, brauchen es gerade nicht. Es stört sie sicher nicht, wenn wir es uns kurz ausleihen.« Angie schob das Boot ins Wasser. »Einsteigen und Anker lichten, Leute.« Die anderen wateten durchs Wasser zu ihr. Das Boot kenterte beinahe, als Jack hineinzuklettern versuchte und lachend ins Wasser fiel.

»Ihr seid alle betrunken«, sagte Bec, die am Ufer stand und ihre Hände in die Taschen ihres Pullis gesteckt hatte.

»Quatsch!« Bridget fiel mit einem Plumps ins Boot.

»Ist vielleicht keine so gute Idee, Ange«, sagte Jack und nahm ihre Hand, als sie einstieg.

Sie küsste ihn fest auf den Mund. »Habe ich dich jemals in die Irre geführt?«

»Nie«, antwortete er grinsend.

»Kommt schon, ihr zwei, für heute habt ihr genug gevögelt.«

»Halt die Klappe, Todd.« Jacks Stimme hatte eine beißende Note, die Angie nicht gefiel. Das verdarb die schöne Stimmung.

»Er ist bloß neidisch, stimmt's, Todd?«, fragte sie im Scherz, um die Spannung zu lockern.

»Was ist mit mir?«, rief Bec. Todd hatte die Ruder genommen und begann, sie ins Wasser zu tauchen.

»Hey, wartet auf meine kleine Schwester«, befahl Angie. »Oder willst du hierbleiben?«, rief sie Bec zu.

»Nein, es ist zu dunkel. Ich will hier nicht alleine bleiben.«

»Dann komm schon. Beeil dich.«

Bec stakste durch das Schilf, und Angie half ihr ins Boot.

»Ich finde nicht, dass wir das machen sollten, Angie. Können wir nicht nach Hause?« Bec stieg um die anderen herum und setzte sich auf den einzigen freien Platz ganz vorn im Bug.

»Ist ja gut, Bec. Mach dich mal locker.« Angie umarmte ihre Schwester. »Aber erzähl Mum nichts, okay?«

»Sie ist bestimmt schon zu Hause, wenn wir wiederkommen. Was machen wir dann?«

Jack sprach über sie hinweg. »Eine kurze Runde auf dem See und wieder zurück, einverstanden?«

»Aye, Aye, Captain.« Angie stand auf und salutierte. Sie schwankte und setzte sich, als sie weiter aufs Wasser hinausglitten. Inzwischen saß Bridget neben Todd und hatte ein Ruder übernommen. Jack und Angie hockten eng umschlungen im Bug. Auf dem Wasser war es stockfinster. Sie hatten nur noch eine funktionierende Taschenlampe, denn die Kerosinlampe war erloschen. Angie schloss die Augen und lehnte sich an Jack. Von der kalten Luft auf ihrem nassen Leib bekam sie eine Gänsehaut, aber innen drin war sie noch warm von dem Alkohol und dem Sex. Es war gut gewesen, besser als sie gedacht hätte. Autosex. Das mussten sie wieder versuchen. Sie hatten keinen Präser benutzt. Ach, na wenn schon? Heute Nacht konnte gar nichts Schlimmes passieren.

Ein Fisch flog aus dem Wasser und wieder hinein, wobei er einen Wellenring auf der Oberfläche zurückließ. Bis auf den Lärm in Eves Kopf war alles still.

Warum hatte Jack sie nicht aufgehalten?

Warum hatten sich alle auf ihre bescheuerte Idee eingelassen?

Warum war sie nicht nach Hause gefahren, statt in dem blöden Boot rauszurudern?

Banjo lag wenige Schritte entfernt im Schatten. Er war voller Sand und würde nach Seegras stinken. Wenigstens war er glücklich. Eve versuchte, sich zu erinnern, wann sie das letzte Mal richtig glücklich gewesen war. Aber sie konnte nicht. Wahrscheinlich war es an jenem Abend, bevor sie mit dem Boot rausfuhren; was allerdings auch nur zutraf, wenn man trunkene Hemmungslosigkeit mit Glück gleichsetzte. Hätte sie doch geahnt, dass die Folge – nicht allein für sie, sondern wohl für alle von ihnen – sein würde, nie wieder Glück empfinden zu können. Jetzt schloss sie die Augen, wie sie es damals getan hatte.

Als sie wieder hinsah, waren sie mitten auf dem See. Das Wasser sah wie eine dunkle, flüssige Metallscheibe aus. Sie lehnte sich über den Rand und ließ es durch ihre Finger strömen.

»Hey, lasst uns nackt baden«, sagte sie und riss sich das T-Shirt über den Kopf. Ihr BH war noch im Auto.

»Bist du bekloppt?« Jack hob ihr Top auf und bedeckte ihre Brüste damit.

»Oh Mann, Jacko, sei nicht so verklemmt. Wir springen alle zusammen rein.« Todd zog seine Shorts und die Unterhose herunter und streifte sein T-Shirt ab. Bridget und Angie zogen sich ebenfalls vollständig aus, und die drei standen splitternackt auf.

Angie schwankte – oder war es das Boot? Sie drehte sich zu

Bec um, die vorne saß, das Gesicht zu ihnen, und sich mit beiden Händen an den Bootswänden festhielt.

»Machst du mit?«, fragte sie. Bec schüttelte den Kopf und starrte auf den Bootsboden, sodass ihr das Haar vors Gesicht fiel. Angie konnte es nicht sehen, wusste aber auch so, dass sie kurz vorm Heulen war.

Sie stieg über die mittlere Bank und kniete sich hin. »Nur einmal kurz schwimmen, dann fahren wir nach Hause, Bec, versprochen.« Die blanke Angst in den Augen ihrer Schwester, als sie endlich aufsah, zerriss Angie. Ich hätte dich nicht hier rausbringen dürfen, dachte sie.

»Komm schon, Ange, das war deine Idee! Alle für einen und einer für alle.« Jack packte sie von hinten und hob sie hoch. Er nahm ihre Hand, stellte sich auf den Bootsrand. Bridget und Todd stiegen auf die andere Seite.

Im nächsten Moment spürte Angie einen eisigen Schock, als sie ins Wasser eintauchten. Sie tauchte tief, drängte das Wasser von ihrem Körper weg, während sie durch die kalten Schatten des Sees schnitt. Als ihre Lunge zu platzen drohte, stieß sie sich an die Oberfläche zurück. »Wie klasse ist das denn?«, rief sie lachend, legte sich auf den Rücken und strampelte mit den Beinen. Sie öffnete die Augen, konnte jedoch nichts erkennen. Der Himmel und der See waren zu einem riesigen Schwarz verschmolzen.

»Jack, wo bist du?«

»Hier drüben, du Irre.« Das war Todds Stimme.

»Hier!« Jack antwortete aus der entgegengesetzten Richtung. Angie drehte sich auf den Bauch und folgte dem Plätschergeräusch.

»Das dämliche Ding ist umgekippt.« Bridget trommelte mit den Händen gegen die Wände des umgekippten Boots. Angie schwamm schneller in die Richtung, aus der ihre Stimme kam. Nach wenigen Zügen schlug ihre Hand gegen den Rumpf. Sie konnte vage die Umrisse von Bridget, Jack und Todd ausmachen. Alle vier waren um das Boot herum.

»Wo ist Bec?«

Sekundenlang sprach niemand.

Angies Herz begann zu pochen. »Bec? Bec?«, rief sie in die Dunkelheit.

»Ich dachte, sie ist bei dir«, sagte Todd.

»Wie soll sie denn bei mir sein? Wir sind reingefallen, du Schwachkopf!«

»Wieso bin ich der Schwachkopf? Das war deine beschissene Idee!«

Jack rief als Nächster. »Bec? Kannst du uns hören? Wir sind hier drüben.« Nichts. »Scheiße. Los, schwimmen wir herum und suchen sie.«

Jack, Todd und Bridget schwammen in unterschiedliche Richtungen, aber Angie klammerte sich an das Boot. Sie hatte die Augen weit aufgerissen und versuchte, etwas in dem Schwarz zu erkennen. Die anderen schwammen und riefen nach ihrer Schwester. Angie konnte sich nicht rühren. Ihre Beine hatten sich verkrampft, und jetzt krampften auch ihre Arme. Ein Knoten arbeitete sich von weit unten in ihrem Bauch ihre Brust hinauf und dann hinaus in die Nacht.

»Bec!« Ihr gellender Schrei zerriss die Luft. »Bitte antworte uns, Bec. Bitte komm zurück. Bec, bitte!« Kälte sickerte in ihre Haut. Wieder schloss sie die Augen und lehnte die Stirn gegen das splittrige Bootsholz, während Schauer ihren Leib durchliefen. Sie sah Becs Gesicht vor sich, in dem Moment, bevor sie alle über Bord gingen. Ihre Augen hatten sie angefleht, es zu lassen.

Warum habe ich es nicht gelassen?

Eve ließ die Tränen über ihre Wangen strömen und auf ihre Beine tropfen, als sie dasaß und auf den See blickte. Er war so ruhig und friedlich. Wie konnte dies derselbe Ort sein, der in jener Nacht so entsetzlich gewesen war?

Was von dem Moment an geschah, war ein Durcheinander aus Rufen, Vorwürfen und schließlich einer Taubheit, die nicht allein vom kalten Wasser herrührte. Irgendwie schafften sie es, zu viert das Boot wieder umzudrehen und hineinzuklettern. Ihre Kleidung war weg, und stumm, nackt und voller Scham ruderten sie ans Ufer zurück. Angie starrte auf die dunkle, gewellte Wasseroberfläche. Irgendwo da drunter war Bec, ihre einzige Schwester. Nicht einmal in Gedanken brachte sie es fertig, das Wort zu benutzen. Doch sie alle wussten es.

Als sie wieder an Land waren, weigerte Angie sich, wegzufahren. »Ich gehe nirgends hin«, sagte sie leise. »Ich kann nicht ohne sie abhauen.« Todd nahm ihren Arm und wollte sie ins Auto zerren, wo Bridget wortlos hockte.

»Lass sie«, sagte Jack. »Wir fahren zur Polizei und erzählen ihnen, was passiert ist.«

»Wir? Wieso wir? Das war ganz allein ihre Idee. Es ist ihre Schuld! Warum sollen wir dafür den Ärger einsacken?«

»Es war ein beschissener Unfall, du Arsch!«

Angie saß auf einem Holzstück, bedeckte ihre Brüste mit den Armen, die Beine überkreuzt und den Kopf gesenkt. Jack wickelte ihr ein Handtuch um die Schultern und setzte sich neben sie. »Komm mit uns«, flehte er sie an. »Ich will dich nicht alleine hier lassen.«

»Ich kann nicht«, flüsterte sie.

Autotüren schlugen, und ein Motor röhrte auf, als der Wagen wegfuhr. Kaum waren sie fort, hob Angie den Kopf und blickte hinaus auf den See. »Komm zurück, Bec, bitte. Komm zurück.«

Aber alles blieb still.

Und so war es jetzt wieder. So viele Jahre später.

In den Wochen danach war sie oft hierher zurückgekommen – erst tatsächlich, dann in Gedanken. Sie hatte versucht zu ergründen, was geschehen war, wie sie es hätte verhindern können. Bis ihr klar wurde, dass es sinnlos war. Dann verdrängte sie die Nacht in einen fernen Winkel ihres Denkens, verriegelte die Tür und versteckte den Schlüssel an der tiefsten Stelle ihrer

Seele. Es wurde Teil von ihr, jenes stille, schmerzliche Geheimnis, und nachdem sie Yarrabee verlassen hatte, erwähnte sie ihre Schwester mit keinem Wort mehr. Bec lebte in ihrem Herzen und in der Schuld, die sie manchmal mitten in der Nacht so fest packte und durchrüttelte, dass sie dachte, sie müsste aufhören zu atmen. Dieselbe Schuld, die sie dazu brachte, sich einen Loser nach dem nächsten zu suchen, Männer, die sie wie Dreck behandelten, die sie bestraften, ohne zu wissen, wofür. Eve hingegen kannte den Grund, und sie war machtlos, es aufzuhalten. Sie wollte nicht einmal, dass es aufhörte. Es war ihr Schicksal. So musste es sein, denn es war die natürliche Folge ihrer Dummheit, Rücksichtslosigkeit und Selbstsucht.

Eve fühlte das gleiche Grummeln im Bauch, das sie jedes Mal empfand, wenn sie versuchte, ihre Erinnerungen zu wecken. Diesmal gelang es ihr. Sie beugte sich vor und übergab sich in die Büsche. Banjo erschien aus dem Nichts, leckte ihr die Wange und hockte sich besorgt winselnd hin.

»Schon gut, Süßer.« Eve legte einen Arm um ihn und drückte ihn. »Was würde ich bloß ohne dich anfangen, was?«

Sie stand auf, trat ans Seeufer und tauchte die Zehenspitzen ins Wasser. Sie sah so weit hinaus, wie sie konnte. Das Zwielicht machte alles silbrig und so fließend, dass man die andere Uferlinie nicht erkennen konnte – wo der See aufhörte und das Land begann. Ein Bild von Bec schwebte vor Eves geistigem Auge. Bec, wie sie als Kind ausgesehen hatte, mit dem schönen blonden Haar zu langen Zöpfen geflochten, dem Lächeln in ihrem Sommersprossengesicht. Sie wäre jetzt dreiunddreißig, doch Eve konnte sie sich nicht als Frau vorstellen. In ihren Gedanken würde sie ewig das kleine Mädchen sein. Ein kleines Mädchen, das nie eine Chance hatte, groß zu werden.

Banjo bellte. Ein Wagen war auf den Parkplatz gefahren. Eve drehte sich um und sah einen Mann in Army-Hose, der eine Angel von seinem Dachgepäckträger nahm.

»Schöner Tag«, rief er, als er Eve bemerkte.

»Ja. Ideal.«

Sie ging zum Van, gefolgt von Banjo, der vor ihr hineinsprang und sich auf den Beifahrersitz fallen ließ. Sand und Seegras rieselten aus seinem Fell überall hin. Eve saß eine Minute lang hinter dem Lenkrad, ehe sie den Zündschlüssel einsteckte und beobachtete, wie der Mann seine Angelausrüstung hinunter ans Ufer trug.

Sie war mit einer Frage hergekommen und würde ohne Antwort wieder fahren.

Der Angler verschwendete keine Zeit. Eve sah, wie er den Köder am Haken befestigte und die Angel auswarf. Eine kleine rote Pose wippte mit den Wellenbewegungen auf dem Wasser. Als das letzte Tageslicht schwand, wurde der Mann zu einer Silhouette vor dem See.

Es gibt keine Antwort.

Nicht einmal hier, wo alles aus den Fugen geriet. Genau wie es keine Antwort darauf gab, warum sie damals ausgeflippt war, wie es kam, dass Nell und sie sich so hassten, warum sie ging und nie zurückkehrte. Es gab keine einzige Antwort, nur ein verdrehtes Durcheinander von Tagen und Worten, das sie niemals entwirren könnte.

Als sie die Zündung anließ, fielen ihr Jacks Worte von vor ein paar Stunden wieder ein.

Bec hat nie herausgefunden, was sie mit ihrem Leben hätte anfangen können. Du kannst es noch.

13

Eve wälzte sich hin und her, konnte aber nicht einschlafen. Sie stand auf und ging in die Küche. Obwohl alle Fenster weit offen waren, fühlte sich die Nachtluft sirupdick an. Sie linste durch die Vorhänge. Nichts regte sich. Es war beinahe Vollmond, und die Landschaft draußen hatte einen seltsamen Schimmer. Im Auslauf unten am Stall lag Rain völlig regungslos.

Eve fühlte sich ausgelaugt. Der Tag war anstrengend gewesen, emotional und körperlich. Erst die Unterhaltung mit Cat, dann das Drama mit Jack und schließlich die Fahrt zum See. Sie brauchte den Schlaf des Vergessens dringender denn je, doch der verweigerte sich ihr. Und das lag nicht allein an der Hitze. Sie war nie abergläubisch gewesen, aber seit diese Gestalt im Türrahmen aufgetaucht war, hatte sie angefangen, auf jedes Knacksen zu lauschen, jedes leise Rascheln des Windes, der ums Haus strich. Selbst in dieser absolut stillen Nacht lauschte sie angestrengt und starrte in die Dunkelheit.

Du bist ja blöd! Es war ein Fantasiegespinst, sonst nichts. Du brauchst einfach mal richtigen Schlaf.

Sie goss sich ein Glas kaltes Wasser aus dem Kühlschrank ein und wollte sich an den Küchentisch setzen, als sie etwas bemerkte: Der Brief, den sie in Nells Kommodenschublade gefunden hatte, lag mitten auf dem Tisch. Eve hielt sich an der Stuhllehne fest. Ihr Herzschlag rauschte in ihren Ohren. Sie hatte den Brief seit dem Abend nicht angerührt. *Wie kommt er hierher?* Ihr Name schrie sie von dem weißen Umschlag aus an. Sie griff danach und drehte den Brief um. Vielleicht hatte sie ihn aus der Schublade geholt und hergebracht, hatte es nur wieder vergessen. Schlafwandelte sie?

Andere Möglichkeiten zog sie gar nicht erst in Betracht.

Sie fasste den Brief mit spitzen Fingern an den Ecken an, als könnte er kontaminiert sein, und überlegte, ihn direkt in den Müll zu werfen, bis ihr Blick auf die alte Holzkiste fiel. In der Kiste waren die Fotos, die Eve behalten wollte, wichtige Dokumente wie Versicherungspolicen sowie eine Auswahl an Krimskrams, den wegzuwerfen sie nicht übers Herz gebracht hatte. Nicht dass es ihr mit diesem Brief genauso ging. Trotzdem war die Kiste gut, um ihn erst mal abzulegen. Sie schob den Deckel auf, ließ den Brief mit der Vorderseite nach unten hineinfallen und schob den Deckel wieder zu. Zitternd griff sie nach der Zigarettenpackung auf dem Tisch. Noch eine. Und die wäre ihre letzte. Morgen würde sie auf kalten Entzug gehen, doch jetzt musste sie ihre Nerven beruhigen. Sie inhalierte langsam, genoss jeden Zug, bevor sie den Stummel im Aschenbecher ausdrückte und zurück ins Bett ging.

In ihrem Zimmer legte sie sich auf die Decken. Während ihre Gedanken in Bereiche schweiften, in denen Eve sie haben wollte, aktivierte sie im Geiste ein Bild, das ihr stets beim Einschlafen half: ohne Sattel einen breiten grünen Hang hinaufreiten, sich im Einklang mit dem Pferd bewegen, mit ihm gemeinsam über die Wolken und in den Himmel fliegen.

Am nächsten Morgen wachte Eve zum Zirpen der Zikaden und in strahlendem Sonnenlicht auf. Die Anspannung der Nacht war fort. Eve konnte an nichts anderes denken, als einen Ausritt zu unternehmen. Dort draußen zu sein, hatte etwas Befreiendes, nur sie und das Pferd. Und genau das musste sie jetzt erleben.

Luke war schon da gewesen und hatte die Pferde gefüttert. Eve ging hinunter zum Stall, wo Rain gleich ankam, um sich ihre morgendliche Streicheleinheit abzuholen. Die Stute wurde zusehends rastloser, weil sie so lange allein in ihrem Stall stand. Seit ihr Bein verheilte, hatte Eve sie so viel wie möglich herumgeführt, um sie wieder beweglicher zu machen. Doch heute hatte sie größere Pläne. Sie hängte Rain ein Halfter um, zurrte es fest und führte sie hinaus. So gerne sie auch ohne Sattel reiten würde, wenn sie ins Gelände ging und die Stute scheute, könnte es hässlich ausgehen. Und sie brauchte wahrlich keine weitere Verletzung. Rechts neben dem Schuppen war eine Sattelkammer, in der immer noch einige Sattel, Zügel und sonstige Reitausrüstung waren. Eve durfte nicht vergessen, die Sachen vor dem Auszug einzupacken. Einiges davon könnte sie verkaufen, je nach Zustand, aber das meiste müsste sie wohl verschenken oder schlicht wegwerfen. In der Ecke war ein Gestell mit einem einzelnen Sattel. Eve öffnete den Reißverschluss der Schutzhülle. Es war ein schwarzer Dressursattel. Becs. Bis heute aufbewahrt. Sie strich mit der Hand über den Ledersitz, der so sauber und neu wie am ersten Tag wirkte. Nell hatte ein kleines Vermögen für den Sattel bezahlt, und Bec konnte ihn höchstens ein- oder zweimal benutzt haben. Eve sah zu den Wandhaken, und tatsächlich hing dort das passende Zaumzeug. Die Trense klimperte leise, als Eve das Zaumzeug herunternahm und die Spinnweben abwischte. Staubflocken schwebten in der Luft, kaum dass Eve die Sattelhülle vollständig öffnete und mit dem Daumen über den Diamantknauf rieb. Zeit, die Sachen zu benutzen.

Rain stand geduldig da, während Eve sie bereit machte. »Braves Mädchen«, flüsterte Eve und gab ihr einen letzten Klaps, ehe sie einen Fuß in den Steigbügel setzte und aufsaß. Einen Helm zu tragen, weigerte Eve sich. Die Dinger waren scheußlich unbequem. Wäre Nell in der Nähe, würde sie schimpfen, dass Eve so leichtsinnig war. Doch trotz mehrerer Stürze hatte sie sich nie größere Reitverletzungen zugezogen, und sie hatte nicht vor, ihren glänzenden Rekord zu ruinieren.

Sie drückte die Fersen in Rains Flanken, und die Stute setzte sich in Bewegung. Eve führte sie weg vom Haus, die Auffahrt hinunter zum Reitweg. Es war noch früh, erst kurz nach neun, dennoch herrschte stickige Hitze. Sie gelangten unter die schattigen Bäume. Banjo hielt mit dem Pferd Schritt, flitzte einer

Echse ins Gebüsch hinterher, markierte hier und da Bäume oder blieb ein wenig zurück, um so viele Winkel und Spalten zu inspizieren, wie er konnte.

Hier draußen hatte sich nicht viel verändert, auch wenn der Weg ein bisschen anders, an manchen Stellen felsiger und breiter wirkte, als Eve ihn erinnerte. Die Buschlilien waren verblüht, sodass an ihren hohen, spitzen Blättern nur noch welke, blassrote Blütenblätter hingen. Eve inhalierte den Duft von Grüner Minze. Die Grüne Minze war eine dieser mysteriösen Pflanzen, die man dauernd zu riechen schien, aber nie finden konnte. Bergab stieg Rain vorsichtig über aufragendes Wurzelwerk und Steine, wobei Eve sich immer wieder im Sattel nach hinten lehnte, um der Stute zu helfen.

Als sie die Ebene erreichten, bewegte sich etwas vor ihnen. Rain blieb stehen. Direkt vor ihnen, mitten auf dem Reitpfad, war ein Hirsch. Er war beinahe so groß wie die Stute. Das Licht, das durch das Laub über ihnen drang, sprenkelte sein karamellbraunes Fell, und er starrte die Störenfriede mit großen schwarzen Augen an, bevor er sich umdrehte und ins Unterholz davonschoss.

Banjo stand erstarrt neben Rain. »Braver Junge«, sagte Eve, der klar war, wie schwer es dem Hund fiel, seinem angeborenen Jagdinstinkt zu widerstehen. Er sah zu ihr auf und strahlte. »Weiter.« Eve nickte, und er lief vor dem Pferd her, die Nase zum Boden gesenkt.

Ohne sich dessen bewusst zu sein, fing Eve an zu singen. Es war ein Lied über Wildpferde und Furchtlosigkeit. Die Ironie des Textes brachte sie zum Lächeln. Viel zu oft schon hatte Eve alle Vorsicht in den Wind geschlagen, und man sah ja, was es ihr eingebracht hatte. Seit Jahren gehörte dieser Song zu ihren Lieblingsstücken, war Teil ihres Repertoires. Sie liebte es, zu singen, mehr als alles andere – neben dem Reiten. In einem Song konnte man sich verlieren. Er konnte eine echte Zuflucht sein. Phil hatte sie gebeten, samstagabends in der Weinbar zu singen, nachdem er sie eines Tages auf einer Gitarre herumklampfen gehört hatte. Zuerst wollte sie nicht, doch er überredete sie, es einfach mal zu versuchen, und sie fing mit ein paar Coverversionen an. Die Resonanz war gut. Einige Leute begannen, nur ihretwegen in die Bar zu kommen. Das stärkte ihr Selbstvertrauen, und mit der Zeit begann sie, sich beinahe wie eine Sängerin zu fühlen. Sie hatte sogar darüber nachgedacht, Gesangsunterricht zu nehmen. Vielleicht konnte sie es angehen, wenn sie nach Norden gezogen war.

Sie fuhr fort, sang die nächste Strophe leise Rain vor. Pferde mochten es, wenn man ihnen vorsang. Es entspannte sie. Nicht dass dieses Pferd beruhigt werden musste. Rain genoss den Ritt ebenso sehr wie Eve, hatte die Ohren nach vorne gestellt und ging langsam und sicher. Dies war es, was sie beide gebraucht hatten, und sie kosteten die Freiheit aus.

Der Pfad wurde breiter, als sie offenes Land erreichten. Eve setzte sich im Sattel auf, und ohne weitere Aufforderung wechselte Rain in einen Trab, dann in einen leichten Galopp. Eve musste an nichts denken, außer an die Bewegung ihres Körpers mit dem des Pferdes, an das sanfte Schlagen der Hufe auf der Erde, die blütenzarte Brise auf ihren Wangen. Am Ende der Lichtung nahm Eve die Zügel ein wenig auf, um die Stute wieder in einen ruhigen Schritt zu bringen. Der Buschgeruch bekam eine neue Note. Rauch. Auch die Luft sah irgendwie dichter aus. Irgendwo musste ein Feuer sein. Doch Eve wusste aus ihrer Kindheit, dass sich Rauch weit übertrug. Ein kleiner Schleier in der Luft war kein Grund zur Sorge. Hier verbrannte dauernd irgendwer etwas.

Banjo war vorgelaufen und vor Eve und Rain um die Biegung. Eve hörte ihn bellen, ehe sie ihn eingeholt hatte und sah, was los war. Eine rotbäuchige, schwarze Schlange, die sich auf einem flachen Felsen gesonnt hatte, war von dem Hund gestört worden. Sie zischte Banjo an, der keine zwei Meter von ihr entfernt war und völlig irre wurde. Er machte einen Schritt auf die Schlange zu, kläffte wie wahnsinnig, wich wieder zurück und sprang abermals vor.

Eve brachte die Stute ruckartig zum Stehen. »Banjo!«, brüllte sie, doch noch währenddessen schnellte die Schlange nach vorn und hieb nach dem Hund. Sie erwischte ihn unten an der linken Vorderpfote. Banjo jaulte vor Schmerz auf, während das Reptil davonschlängelte.

»Scheiße, Scheiße!« Eve sprang vom Pferd und rannte zu dem winselnd am Boden liegenden Hund, der seine Pfote gekrümmt an seine Brust gezogen hatte. Behutsam nahm Eve sein Bein auf. Es bildete sich bereits eine Schwellung, wo die Giftzähne in die Haut eingedrungen waren. Zwar würde es dauern, bis das Gift Banjos Herz erreichte, doch wie lange, wusste Eve nicht.

Was mache ich jetzt?

»Abbinden« schoss es ihr durch den Kopf. Hastig zog sie das Baumwollhemd aus, das sie über ihrem Trägertop trug. Sie hatte weder ein Messer noch eine Schere bei sich, nichts, womit sie einen Ärmel abtrennen konnte. Eve bemühte sich, trotz ihrer wachsenden Panik Ruhe zu bewahren, und sah ihren wunderschönen Hund an. Ein Ast mit einem spitzen Ende ragte unten aus einem Baum rechts vom Pfad. Eve hängte das Hemd über den Ast und riss kräftig, was ein Loch unterhalb der Schulternaht zur Folge hatte – genug, dass sie den Rest von Hand abreißen konnte. Dann hob sie Banjos Pfote hoch und wickelte den Behelfsverband fest um die Stelle oberhalb der Bisswunde und um das ganze Bein. Sie nahm das Ende zwischen die Zähne, teilte es und verknotete den Stoff in Banjos Achsel.

»Wie kommen wir jetzt zurück?«

Sie versuchte, sich zu erinnern, was näher war: den Weg weiterreiten oder umkehren? Weiter vorne machte der Pfad eine Biegung zurück zur Farm, doch wie weit das war, konnte Eve nicht sicher sagen. Rain knabberte an einem Grasbüschel am Wegesrand. Eve überlegte kurz, mit Banjo zusammen auf die Stute zu steigen. Nein, sie konnte unmöglich mit dem Hund auf den Armen aufsitzen oder ihn sicher balancieren und ohne Zügel heil nach Hause kommen. Das würde nicht funktionieren. Sie musste Banjo tragen und das Pferd führen. Die Zeit lief ihr davon, und das Blut, das durch Banjos Adern pulsierte, beförderte das Gift mit jedem Schlag weiter zu seinem Herzen. Eve folgte ihrem Gefühl und fing an, in die Richtung zurückzumarschieren, aus der sie gekommen war. Unterwegs sprach sie mit Banjo, hielt ihre Stimme leicht und unbeschwert und schluckte die entsetzliche Angst hinunter, die in ihr aufwallte. Sie hatte Rains Zügel vorne unter den Sattel geschoben, und die Stute folgte ihr.

Auf dem geraden Wegstück, das Eve als das letzte vor der Farm erkannte, merkte Eve, wie sie müde wurde. Banjo war mit 18 Kilo ein Leichtgewicht, doch es war anstrengend, ihn über den steinigen Pfad zu schleppen. Eve sah zu ihm hinunter. Seine Zunge hing ihm seitlich aus dem Maul, und die Lefzen wurden bedenklich blass. Eve ignorierte ihre schmerzenden Arme und ging schneller, denn jede Sekunde zählte. Und sie mussten noch den ganzen Weg in die Stadt zum Tierarzt fahren.

Unten auf dem Hof legte Eve Banjo hin und nahm Rain den Sattel ab. Inzwischen zitterten ihre Hände heftig, was die Arbeit mühsamer machte. Schließlich schnallte sie der Stute die Zügel ab und gab ihr einen leichten Klaps. Es blieb keine Zeit, sie wieder einzusperren; und wenn sie draußen auf dem Reitweg zurechtkam, würde es ihr hier unten im Paddock auch gut gehen. Banjo keuchte, als sie ihn wieder hochhob und zur Vorderseite des Hauses lief. Es war sicher schneller, in die Stadt zu fahren, statt den Tierarzt herzurufen. Sie legte Banjo neben dem Van noch einmal ab, zog die Seitentür auf und hievte Banjo auf den Boden, wo sie ihm eine Decke überlegte. Gott sei Dank steckte der Autoschlüssel. Eve stieg ein und fuhr los.

Vom Fahrersitz aus konnte sie Banjo nicht im Rückspiegel sehen. Ihre Hände am Lenkrad waren klamm, und sie war insgesamt schweißgebadet. Sie sah so oft nach hinten, wie sie konnte. Banjo rührte sich nicht. Seine Atmung wurde schneller und flacher.

»Lieber Gott, lass ihn das überstehen.«

Sie waren beste Freunde, Banjo und sie. Ein Team. Schon als er noch ein Welpe war, hatte Eve ihn immerzu bei sich gehabt. Er war die Nummer eins in ihrem Leben, und wer immer sich mit ihr einließ, musste sich damit abfinden. Als Marcus auf der Bildfläche erschien, musste er sich das Schlafzimmer mit ihr und ihrem Hund teilen. Bisher hatte Banjo nur einige kleine Wehwehchen gehabt – irgendeine Allergie, von der er ab und zu einen Ausschlag am Bauch bekam, oder ein heftiges Erbrechen vor ein paar Jahren, als er einen ganzen Beutel Ostereier mitsamt Staniolfolie verputzt hatte. Nie etwas Lebensbedrohliches. Bis jetzt.

Die Vorstellung, dass er nicht überleben könnte, jagte Eve eine Furcht ein, die sie zu ersticken drohte. Der Van fuhr so schnell, wie es der Motor hergab, sodass die Schränke und die Spüle hintendrin rumpelten und ratterten. Eve trat das Gaspedal bis zum Boden durch.

Am Stadtrand wurde Eve mit Schrecken klar, dass sie keine Ahnung hatte, wo die Tierarztpraxis war. Der Tierarzt war ja zur Farm gekommen, um die Stute zu behandeln. Früher war die Praxis am anderen Ende der Hauptstraße, aber Eve hatte keinen Schimmer, wo sie jetzt sein mochte. Sie fuhr auf Gutdünken durchs Einkaufsviertel und hätte an einem Überweg fast einen Fußgänger überrollt. Als sie bei dem Gebäude ankam, stellte sie erleichtert fest, dass an der Pforte das Praxisschild hing. Sie konnte gar nicht schnell genug aus dem Van aussteigen.

»Komm, Banj, alles okay. Du wirst wieder.« Er bewegte sich kaum noch, und seine Augen waren halb geschlossen. Doch er war noch warm und reagierte mit einem Blinzeln auf ihre Stimme. Eve hob ihn mit der Decke heraus, ließ die Vantür einfach offen und rannte den Weg hinauf zum Praxiseingang.

Abgeschlossen.

Auf einem handgeschriebenen Zettel an der Tür stand: »Wegen Hausbesuchen von 11:00 Uhr bis 15:00 Uhr geschlossen.« Es war eine Nummer für Notfälle angegeben.

Scheiße! Eve wusste nicht, wie spät es war, aber es musste vor elf sein. Schluchzer schüttelten sie durch und waren kurz davor, laut aus ihrem Hals zu dringen.

»Nein, nein!« Sie lehnte sich an die Tür, zwang sich, ruhig zu bleiben und nachzudenken. Ihr Handy war zu Hause in ihrer Handtasche, also nützte ihr die Notfallnummer nichts. Sie kniete sich gerade hin, um Banjo abzulegen, da bog ein Wagen in die Einfahrt. Der Tierarzt stieg aus.

»Gott sei Dank!«, rief Eve.

»Miss Nicholls?« Er hockte sich neben sie und legte eine Hand an Banjos Stirn. »Was ist passiert?«

»Schlangenbiss, schwarz.« Eve konnte das Beben ihrer Stimme hören, aber sie nahm sich zusammen.

»Verstehe.« Er schloss die Tür auf. »Bringen Sie ihn gleich rein. Wie lange ist der Biss her?«

Eve folgte ihm ins Behandlungszimmer. »Weiß ich nicht.«

Denk nach!

Sie rechnete rückwärts: die Fahrtzeit, dann der Marsch zum Haus. »Ungefähr vierzig Minuten, vielleicht länger.«

Der Tierarzt – Hugh, so hieß er – antwortete nicht, aber sein Stirnrunzeln sagte alles.

Eve legte Banjo auf den Behandlungstisch und strich ihm über den Rücken.

Er lag vollkommen still da. Eve trat einen Schritt zurück und presste eine Hand auf ihren Mund, während Hugh das Hundeherz mit einem Stethoskop abhorchte. Er hob die Lider des Kelpies, die sofort wieder zufielen. Als er Banjos Lefzen hochzog, sah Eve, dass das Zahnfleisch nun vollständig weiß war. Sie hörte, wie sie nach Luft rang.

Hugh nahm seine Brille ab. »Ich will ehrlich zu Ihnen sein. Es sieht nicht gut aus. Seine Atmung ist angestrengt, und sein Puls ist sehr langsam. Es könnte schon zu viel Gift das Herz erreicht haben.«

»Aber Sie tun doch was, oder? Um ihm zu helfen?« Sie hatte einige Mühe, nicht hysterisch zu werden.

»Natürlich.« Er ging zu einem Schrank, nahm eine Spritze heraus und öffnete eine kleine Ampulle. Eve beobachtete, wie er die Spritze aufzog, so wie er es bei Rain erst vor ein paar Wochen gemacht hatte. Dann kam er zum Behandlungstisch zurück, reinigte eine Fellstelle in Banjos Nacken und stach die Nadel hinein. Eve vermutete, dass es sich um das Gegengift handelte. »Normalerweise dauert es rund vierundzwanzig Stunden, bis das Mittel wirkt, falls es überhaupt wirkt. Es kann auch länger sein. In diesem Fall würde ich schätzen, dass es länger dauert. Wir bringen ihn nach hinten und sorgen dafür, dass er es bequem hat. Aber ich kann nichts versprechen.« Er sprach ruhig, und die Art, wie er Banjo hochnahm und trug, war für Eve ein eindeutiges Indiz, dass er seine Arbeit liebte.

Er trat die Tür zu einem großen Käfig auf und legte Banjo hinein.

»Muss er da rein?«, fragte Eve.

Banjo hasste es, eingesperrt zu sein. Und der Gedanke, ihren kranken Hund hier allein zu lassen, gefangen in dem Metallkäfig, war zu viel für Eve.

»Das ist sicherer. Wir wollen nicht, dass er herumwandert, falls …« Hugh korrigierte sich, »wenn er zu sich kommt. Sie können hier bei ihm sitzen, wenn Sie wollen.« Er zog einen Plastikstuhl heran und stellte ihn neben Banjos Käfig. »Durch die Tür da ist ein Bad. Ich muss einige Hausbesuche erledigen, bin aber wahrscheinlich keine Stunde weg.«

»Was mache ich, wenn er aufwacht?«

»Wird er nicht. Noch nicht.« Hugh drückte sanft ihren Arm. Sie wünschte, er hätte es nicht getan. Es kostete sie solche Anstrengung, die Fassung zu bewahren, und bei dieser Geste brach sie um ein Haar zusammen.

Die Tür klickte leise zu, und Eve sank auf den Stuhl. Banjo war der einzige Patient; ansonsten war die Praxis leer. Der Raum hier war eine Mischung aus Krankenhaus und Gefängnis: weiße Wände, graues Metall, der scharfe Geruch von Desinfektionsmitteln. Im Empfangsbereich hinter Eve tickte eine

Uhr, und je mehr Eve versuchte, sie nicht zu hören, umso lauter wurde das Ticken. Es markierte die Sekunden, die Banjo noch zu leben haben mochte.

So darfst du nicht denken. Reiß dich zusammen!

Sie wischte sich mit den Händen über die Wangen. Frischmachen wäre dringend nötig. Als sie sich im Badezimmerspiegel sah, verschluckte Eve sich beinahe vor Schreck. Ihr Haar war ein Albtraum, ihr Gesicht schmutzverschmiert und ihr T-Shirt voller Schmutz, Speichel und Blut. Einige kräftige Wasserspritzer und ein Zopf bewirkten eine winzige Verbesserung. Aber wozu überhaupt?

Sie wanderte durch die Praxis, um sich irgendwie zu beschäftigen. Die Einrichtung war wahrhaft minimalistisch mit kahlen Wänden, bis auf ein Regal mit den üblichen Sachen, die Tierärzte verkauften, und einer gerahmten Examensurkunde: Hugh Robertson, Magna-cum-laude-Abschluss in Veterinärmedizin, University of Edinburgh. Wie landete ein schottischer Tierarzt in einem Nest wie Yarrabee? Auf dem Schreibtisch stand ein Foto von Hugh mit einer Frau und zwei Kindern, einem Jungen und einem Mädchen, die ungefähr zehn Jahre alt sein mussten.

Eve setzte sich wieder auf den Stuhl neben Banjos Käfig und schloss die Augen. Bilder des Vormittags flackerten hinter ihren geschlossenen Lidern auf: der Einfall der Sonne auf dem Reitweg, sie auf Rain galoppierend, Banjo neben ihnen, ein Hirsch vorne in der Ferne, die Schlange.

Dann wurde alles schwarz.

»Hi.«

Eve schrak auf. Hugh stand vor ihr. Jetzt war sie froh, dass sie sich frisch gemacht hatte. Er hatte ein nettes Lächeln, bei dem man sich gleich fühlte, als kannte man ihn schon ziemlich lange.

»Ist das Ihr blauer Van da draußen?«

»Ja. Warum?«

»Ich habe die Seitentür zugemacht.«

»Oh Mist!« Sie lachte. »Ich muss sie offen gelassen haben, als ich mit Banjo reingestürmt bin. Da gibt es sowieso nichts Wertvolles zu klauen, aber danke.«

Er trat an Banjos Käfig. »Wie geht es ihm?«

»Weiß ich nicht. Ich muss eingenickt sein«, sagte sie, stand auf und kämpfte gegen ihre Panik an. Wenn er gestorben war, während sie schlief!

Hugh streckte einen Arm in den Käfig und fühlte Banjos Brust. »Er hält noch durch.«

Eve war sprachlos vor Erleichterung.

»Ist es in Ordnung, wenn ich Ihre Daten aufnehme?«

»Ja, klar.«

Hugh ging zurück zum Empfangsraum, und Eve folgte ihm. Dass er da war, munterte sie ein wenig auf, machte sie optimistischer. Sie nannte ihm ihren Namen, ihre Adresse, Banjos Alter, all die relevanten Informationen.

»Da dürften Sie einige Veränderungen bemerkt haben, seit Sie zurück sind, denke ich mir.« Hugh schrieb etwas auf einen Notizblock, während er sprach.

»Das ist noch untertrieben. Die Stadt ist gewachsen, so viel steht fest. Sind Sie schon länger hier?«

»Seit fünfeinhalb Jahren. Die Zwillinge waren fünf, als wir hergezogen sind. Sie sind schon ihr halbes Leben hier.«

Hugh erzählte noch ein bisschen mehr über seine Kinder, wo man den besten Kaffee in der Stadt bekam und von seinen gescheiterten Versuchen, eine verlässliche Helferin zu finden. Das Geplauder war eine Ablenkung. Hugh wusste nichts über Eve oder ihre Vergangenheit, und er machte keinerlei Anstalten, nachzufragen oder sie über ihre Pläne auszuhorchen.

»Soll ich jetzt gleich bezahlen? Für Banjo?«

»Nein, nein. Das kann warten, bis er wieder auf dem Damm ist. Ich setze es mit auf die Rechnung.«

»Danke. Ist wohl eine gute Idee, denn ich habe nicht mal mein Portemonnaie dabei, wie mir wieder einfällt.«

Hugh schrieb und antwortete nicht.

Eve wusste nicht recht, was sie als Nächstes tun oder sagen sollte. Sie zeigte auf das Foto. »Ist das Ihre Familie?«

»Ja.«

»Ein schönes Bild.«

»Ja, aufgenommen, bevor sie präpubertierend wurden. Die Teenagerjahre dürften nicht lustig werden.« Er beendete seine Notizen und legte den Stift ab. »Ihre Mutter ist vor ein paar Jahren gestorben, also muss ich damit allein fertig werden.«

Eve war nicht sicher, wie sie darauf reagieren sollte, also sagte sie nichts. Hugh zog eine Schublade auf und schob sie wieder zu, ordnete einige Sachen auf dem Schreibtisch und blickte hinauf zur Uhr.

»Nun, Miss Nicholls ...«

»Eve.«

»Eve, ich denke nicht, dass sich an Banjos Verfassung so bald etwas ändern wird. Vielleicht möchten Sie nach Hause fahren und sich ein bisschen ausruhen. Ich rufe Sie sofort an, wenn irgendwas ist.«

Eve wurde schlecht bei dem Gedanken, dass etwas sein könnte. Und natürlich hatte Hugh recht, dass sie hier nichts tun konnte, aber wegzufahren kam ihr vor, als würde sie Banjo im Stich lassen.

»Okay, ich gehe schnell was essen, und dann komme ich wieder, sehen, wie es ihm geht«, sagte sie. Hughs zweifelnder Blick machte sie nervös. »Man kann ja nie wissen.«

»Nein, kann man nicht«, stimmte er ihr zu. Er griff in seine Gesäßtasche, zog sein Portemonnaie hervor und reichte ihr einen Zwanziger. »Das Mittagessen geht auf mich«, sagte er. »Da Sie ja nichts dabeihaben. Ich bin hier. Kommen Sie wieder, wann immer Sie wollen.«

»Ich danke Ihnen vielmals.« Eve befürchtete, dass sie erneut in Tränen ausbrechen würde, als sie auf das Geld in ihrer Hand sah. Betont fröhlich sagte sie: »Dann bis bald!«

Draußen war die Luft sauer vor Rauch. Der Wind hatte aufgefrischt, wehte in Böen und war heiß und trocken, sodass man immer wieder automatisch den Atem anhielt. Der Rauch, den Eve schon vage auf der Fahrt her wahrgenommen hatte, kroch näher und bildete nun eine komische gelbliche Schicht am Himmel. Eve entschied, den Van vor der Praxis stehen zu lassen und die paar Blocks in die Stadt zu laufen. Sie musste sich die Beine vertreten und die Angst abschütteln, die sie wie in einer Schraubzwinge hielt, seit sie sah, wie Banjo die Schlange ankläffte.

Gäbe es doch nur jemanden, mit dem sie reden könnte, dem nicht egal war, ob ihr Hund überlebte. Jack hatte Tiere immer geliebt, aber zur Zeit dürfte sie für ihn nicht direkt zu den beliebtesten Leuten auf dem Planeten zählen. Und ihre Beziehung zu Cat mochte auf einen Neuanfang zusteuern, doch sie war in ihrer Praxis beschäftigt. Wenn Eve nach Hause kam, konnte sie mit Margo reden.

Oder du plauderst mit dem Geist?

Eve lachte bei dem Gedanken, wodurch sie eine Frau erschreckte, die mit ihren Einkaufstüten an ihr vorbeiging. Die Gute wäre fast hingefallen vor Schreck.

»Entschuldigung«, murmelte Eve.

Sie überlegte, Marcus anzurufen. Er würde wissen wollen, was passiert war. Schließlich hatte er die letzten paar Jahre quasi mit Banjo zusammengelebt. Und er liebte ihn. Vielleicht mehr als Eve. Dieser Gedanke war nicht so schön, und Eve war froh, dass sie ihr Handy nicht bei sich hatte, sonst hätte sie ihn womöglich wirklich angerufen.

Bis sie die Haupteinkaufsstraße erreichte, hatte sich ihr flaues Gefühl in echten Hunger verwandelt. Es war beinahe zwei Uhr. Vielleicht bot der Pub noch Essen an. Falls nicht, konnte sie auf jeden Fall einen Drink vertragen.

»The Star« hatte sich nicht sehr verändert. Die Wände waren in einem Antikweiß gestrichen, und der alte Teppichboden in dem grünen Wirbelmuster war durch einen beigen Schlingenfilz ersetzt worden, aber ansonsten sah alles gleich aus. Einschließlich der Klientel: Männer in karierten Hemden oder blauen Trägershirts, Ellbogen auf der Bar aufgestützt, die hier die Zeit vertrödelten. Die einzige Frau außer Eve war die Bardame, die in den frühen Zwanzigern sein musste, blond gefärbtes Haar hatte und einen Ring in der Nase.

Essen boten sie nach wie vor an. Eve bestellte sich einen Burger und ein großes Gezapftes und setzte sich an einen kleinen Fenstertisch. Die Fensterfront des Pubs ging nach Osten, wo heute kaum Aussicht war, weil sich eine dichte Qualmschicht über das Tal gelegt hatte. Ähnlich einer zu dicken Zuckerglasur auf einem Kuchen ebnete sie sämtliche Konturen ein. An der Bar wurde über die Windrichtung gemurmelt, und Eve glaubte, »evakuieren« aufzuschnappen, aber vermutlich redeten die Männer von einem der Orte weiter südlich. Die letzten Tage hatte sie weder Fernsehen geguckt noch Radio gehört, und eine Zeitung hatte sie sich auch nicht gekauft. Sie hatte also keine Ahnung, was in der großen, weiten Welt vor sich ging.

Sie aß ihr Mittagessen und war beim letzten Schluck Bier, als eine Gruppe hereinkam, die mehr als ein bisschen aufgeregt wirkte. Einer von ihnen war der Mann, der das Heu vom Country Store auslieferte. Er redete laut genug mit dem Barmann, dass es jeder hören konnte.

»Mach dich lieber auf einen Ansturm gefasst, Ando. Hier verlässt so schnell keiner die Stadt und fährt nach Norden. Die Straße ist gesperrt.«

»Ab wo?« Der Wirt war ein stämmiger Typ mit nach hinten gegeltem Haar und sah aus, als würde er seinen gesamten Gewinn versaufen.

»Ab der Auffahrt zur Thompson's Bridge. Sie meinen, dass das Feuer nach Westen und Süden zieht, wo jetzt der Wind gedreht hat.«

Eve lief zu den anderen an die Bar. »Das wäre raus nach Mossy Creek, oder?«

»Ja, wird's wohl sein. Da wollen Sie doch nicht hin, oder?«

Eve merkte, wie sie bleich wurde. All ihre Pferde, das Haus …

»Doch, will ich. Ich fahr lieber gleich.« Sie stellte ihr Glas auf die Bar und legte den Zwanziger von Hugh hin. »Danke.«

»Da kommen Sie nicht durch«, sagte der Country-Store-Mann. »Die Cops haben schon abgesperrt.«

»Machen die denn nicht eine Ausnahme, wenn man da wohnt?«

»Möglich, aber unwahrscheinlich. Viel Glück!«

Eve rannte aus dem Pub und zurück zur Tierarztpraxis. Die Hauptstraße hatte einen Blitzwandel durchgemacht. Sämtliche Parklücken waren besetzt, und ein Strom von Wagen, die gen Norden fuhren, war zum völligen Stillstand gekommen. Leute standen in Grüppchen zusammen und unterhielten sich leise. Weiter oben an der Straße waren Polizisten in einem hitzigen Gespräch mit einem Fahrer, der neben seinem Cabrio stand und wild gestikulierte. Wie es aus der Ferne aussah, handelte es sich eher um einen Streit als um eine Diskussion.

Gegenüber leiteten andere Polizisten den Verkehr um. Manche Autos wendeten, während andere trotzig blieben, wo sie waren. Irgendwo in der Ferne heulten Sirenen.

Eve lief über die Straße zu einem unglücklich dreinblickenden Polizisten, der von jedem Passanten mit Fragen bombardiert wurde.

»Ich habe Ihnen doch schon gesagt, dass ich nichts machen kann. Ich führe hier nur Befehle aus. Der Highway ist bis auf Weiteres gesperrt. Wir empfehlen jedem, der eine Unterkunft für die Nacht braucht, sich Richtung Festwiese zu begeben und zu warten. Wir sagen Ihnen sofort Bescheid, wenn sich die Situation ändert.«

Die Gruppe löste sich nach und nach auf, mit Ausnahme von einigen wenigen Leuten, die offenbar nicht hören wollten. Der Polizist ignorierte sie. Seine Geduld war bereits überstrapaziert.

»Verzeihung, Officer, ich wohne draußen auf Mossy Creek. Wissen Sie, ob es für *Anwohner* noch möglich ist, zu ihren Häusern zu kommen?« Sie betonte das Wort »Anwohner«, machte sich quasi zu einem Sonderfall, und das kam nicht gut an.

Der Polizist schüttelte den Kopf. »Gegenwärtig nicht.« Er sprach langsam, als hätte Eve nicht alle Tassen im Schrank. »Das Feuer könnte dort zuerst ankommen. Es ist zu gefährlich, jemanden durchzulassen.« Dann fügte er in dem übertriebenen Tonfall, den Eve benutzt hatte, hinzu: »Auch *Anwohner.*«

Sein Zynismus konnte sie nicht schrecken. »Ich habe fünfzehn Pferde da draußen! Die muss ich in Sicherheit bringen!«

»Bedaure, Ma'am, das ist zu riskant. Die Feuerwehrleute tun ihr Bestes, aber Zivilisten ist es unter keinen Umständen erlaubt, die Straße zu benutzen oder zu ihren Häusern zurückzukehren, bis wir mehr wissen. Und Tiere stehen nicht ganz oben auf unserer Prioritätenliste.« Mit seinem Wegdrehen bedeutete er ihr, dass das Gespräch zu Ende war.

Tiere.

Banjo.

Mist!

Die Stadt ähnelte mittlerweile mehr einem Kriegsgebiet als einem malerischen Zufluchtsort auf dem Lande. Verlassene Wagen blockierten die Straße. Leute liefen wie benommen herum, wussten nicht, wohin mit sich, und verstopften die Gehwege.

Als Erstes musste Eve nach Banjo sehen und sich dann einen Plan ausdenken. Sie konnte nicht herumsitzen und nichts tun.

Hastig drehte sie sich um und wollte zur Tierarztpraxis zurücklaufen, da kollidierte sie mit einer Frau, die ihr entgegenkam. »Oh Gott, Entschuldigung!«

»Eve, ich bin's.«

»Cat! Tut mir leid, ich bin ziemlich durch den Wind. Wo wollt ihr zwei hin?« Lilly stand neben ihrer Mutter und strahlte Eve an.

»Ich habe von den Bränden gehört, und da habe ich Lilly aus der Vorschule abgeholt. Was ist mit dir?«

Bevor Eve antworten konnte, fragte Lilly: »Wo ist denn dein Hund?«

»Mein Hund ist leider krank«, sagte sie, ließ jedoch die Einzelheiten aus. »Er ist beim Tierarzt, und ich will gerade hin, um nach ihm zu sehen.«

»Was hat er denn?«

Cat runzelte die Stirn und zog Lilly sanft hinter sich.

»Ist schon okay«, sagte Eve und lächelte Cat an. »Hast du schon Neues von den Bränden gehört?«

»Nur, dass sie schlimmer werden.« Cat schwieg einen Moment nachdenklich. »Soweit ich weiß, werden die Farmen in der Nähe von deiner evakuiert.«

»Jetzt schon?«

»Jack ist in der Freiwilligen Feuerwehr. Er wurde vor ungefähr einer halben Stunde gerufen. Lilly und ich sind in die Stadt gekommen, um einige Lebensmittel einzukaufen. Nur für den Fall.«

»Was für ein Fall, Mummy?« Das kleine Mädchen blickte mit unschuldigen Augen zu Cat auf. Und die spielte die Lage verständlicherweise herunter, um ihrer Tochter keine Angst zu machen.

»Nichts Besonderes.«

»Tja, ich gehe dann mal lieber und sehe nach meinem Hund. Bis bald, Lilly.«

»Bye!«

Cat legte eine Hand auf Eves Arm. »Alles Gute. Lass uns mal einen Kaffee trinken, wenn das hier vorbei ist.«

Eve hatte ihre liebe Not, ihre Stimme zu kontrollieren. »Das wäre schön.«

Sie ging weg, widerstand dem plötzlichen Wunsch Cat in die Arme zu nehmen und ihr zu sagen, wie leid es ihr tat, dass sie so eine egoistische Kuh gewesen war, dass sie Cat im Stich ließ, als sie fand, dass sie ihr zu langweilig wurde, dass sie ihre Freundschaft abtat, als sie ihr mehr denn je bedeutete. Aber Cat hatte Wichtigeres, um das sie sich sorgen musste. Jack war irgendwo dort draußen, wahrscheinlich mitten in den Buschfeuern, und versuchte, die Häuser anderer Leute zu retten.

Das war nicht weiter verwunderlich. Er war immer schon der Typ gewesen, der jedem helfen wollte. Ja, er hatte auch seine wilde Seite gehabt, aber im Grunde war er ein netter, freundlicher Mensch. Deshalb mochte ihn jeder. Und deshalb hatte Eve sich überhaupt in ihn verliebt.

Und offensichtlich Cat auch.

Es war nicht zu übersehen, dass die Brände beständig schlimmer wüteten. Der Himmel war schwer von Rauch. Mit jedem Atemzug inhalierte Eve ihn. Und bei jedem Schritt hämmerte eine weitere Frage in ihr. Wie würde es Banjo gehen? Wie konnte sie zur Farm zurück? Was war, wenn die Brände Mossy Creek erreichten?

Unmöglich konnte sie alles einfach dem Schicksal überlassen. Sie könnte sich hinsetzen und nichts tun, oder sie handelte. Aber was sollte sie tun?

Sie rannte die letzten Meter zur Praxistür, stieß sie auf und rief: »Hallo? Jemand da?«

Von hinten kam ein Geräusch, dann erschien Hugh mit einem Schlüsselbund in der Hand und einer Umhängetasche über der Schulter. »Keine große Veränderung, fürchte ich. Kommen Sie und sehen Sie ihn sich an.«

Eve folgte ihm zu Banjo, der völlig regungslos in dem Käfig lag. Bei seinem Anblick fühlte Eve sich schrecklich ohnmächtig. Ein winziger Teil von ihr hatte gehofft, dass es in der kurzen Zeit, die sie weg war, eine Wunderheilung gegeben hätte.

Sie kniete sich hin und berührte Banjos Gesicht durch die Gitterstäbe. »Komm schon, Süßer. Du schaffst das.«

»Leider können wir nur warten.«

In Eves Kopf drehte sich alles. Ihr bester Freund lag hier vor ihr und rang mit dem Tod. Das Feuer könnte in diesem Moment die Farm erreichen. Eve musste eine Entscheidung fällen: hierbleiben, bei Banjo sitzen und inständig hoffen, dass auf Mossy Creek alles in Ordnung war, oder irgendwie dorthin kommen und tun, was sie konnte, um die Pferde in Sicherheit zu bringen. Für Banjos Überlebenschancen machte es keinen

Unterschied, ob sie hier war oder nicht; doch für die Pferde gab es nur eine einzige Hoffnung, und die war sie.

Hugh stand hinter ihr und klimperte mit seinen Schlüsseln. »Ich muss meine Kinder von der Schule abholen«, sagte er. »Die schließen für heute.«

Also wäre Banjo ganz allein hier. »Kommen Sie wieder?«

»Sowie ich mich vergewissert habe, dass mit ihnen alles okay ist. Ich kann sie vielleicht bei Freunden lassen.«

Eve stand auf. Hugh war besorgt. Er hatte Kinder, um die er sich kümmern musste. Selbstverständlich musste er los. Eve sah zu Banjo.

»Sie können gerne hier warten«, sagte Hugh.

»Anscheinend kommen die Brände immer näher an die Farm. Ich muss hin und nach den Pferden sehen, aber die Hauptstraße ist gesperrt.«

»Das Feuer breitet sich aus? Ich habe die letzte Stunde nicht mal aus dem Fenster geguckt. Sagen sie was davon, dass die Stadt evakuiert wird?«

»Nein. Aber die Farmen weiter draußen sind gefährdet. Ich muss irgendwie hinkommen.«

»Na ja, wenn die Straße gesperrt ist, wüsste ich nicht, wie Sie das anstellen sollten.« Er klang ähnlich ungeduldig, wie Eve sich fühlte.

»Sie verstehen das nicht. Ich habe Pferde da draußen! Wenn das Feuer näher kommt, sind sie eingekesselt.«

»Und was wollen Sie dagegen unternehmen?«

Nun waren sie beide gereizt. Eve war bewusst, dass sie ihre Angst an dem Mann ausließ, aber er war der Einzige, mit dem sie reden und der ihr möglicherweise helfen konnte.

»Ich kann nicht tatenlos herumsitzen, während das Feuer kommt und sie alle verbrennt. Ich muss einfach versuchen, sie zu retten. Wenn ich sie alle zusammentreiben und in den mittleren Paddock mit dem Teich bringen kann, haben sie vielleicht noch eine Chance.« Sie senkte ihre Stimme und trat einen Schritt auf Hugh zu. »Ich glaube, es gibt einen Feldweg, vorbei an der Festwiese und oben am Steilhang entlang, der nicht weit von der Farm endet. Ich erinnere mich, ihn vor Jahren ein paar Mal gefahren zu sein, bin mir aber nicht ganz sicher, wie ich da hinkomme. Kennen Sie den?«

Hugh seufzte und rieb sich über den Mund. »Stimmt, den Weg kenne ich. Am Ende der Trangy. Aber das ist nur ein schmaler Waldweg, der kaum befahren wird und voller Schlaglöcher ist. Da kommen sie mit Ihrem Van nie durch.«

»Mist.« Eve drehte sich weg und schlug mit der Faust gegen die Wand. Sie musste doch irgendetwas tun können.

Hugh trat neben sie. »Nehmen Sie meinen Wagen. Der hat Allradantrieb und kommt mit solchen Wegen klar.« Er zögerte. »Ich würde ja mitfahren, aber … meine Kinder. Ich muss erst sehen, ob mit ihnen alles okay ist.«

Eve war ihm unbeschreiblich dankbar. »Ja, natürlich müssen Sie das. Ich fahre nur kurz raus, bringe die Pferde in Sicherheit und komme direkt zurück.«

»Eigentlich sollten Sie gar nicht fahren.« Er gab ihr die Schlüssel. »Seien Sie vorsichtig.«

»Bin ich«, sagte sie, umarmte ihn schnell und reichte ihm die Schlüssel zu ihrem Van. »Ich spendiere Ihnen ein Bier, wenn ich zurück bin.«

Nachdem sie sich hingekniet und Banjo einen Kuss zugepustet hatte, lief sie an Hugh vorbei nach draußen.

14

Hughs Wagen war ein schwarzer Toyota mit einem monströsen Bullenfänger an der Vorderseite. Eve hatte den Weg, den sie fahren musste, im Kopf, allerdings keine Ahnung, wo das Feuer war oder wie schnell und wie weit es sich ausgebreitet hatte. Sie musste schlicht ihr Glück versuchen und sehen, was sie ausrichten konnte.

Sie fuhr an der Festwiese vorbei, auf der reichlich Trubel herrschte. Es sah wie ein Musikfestival aus, so wie die Leute durch das Haupttor vorne hereinströmten, die Kehre neben der Wiese zu einem Parkplatz umgerüstet war und überall Zelte standen. Einige Jungen aus dem Ort waren mit Kühlkisten angerückt. Offenbar wollten sie das Beste aus der schlimmen Situation machen.

Je weiter Eve sich von der Stadt entfernte, umso ruhiger wurde es um sie herum und umso dunkler wurde der Himmel über ihr. Sie drosselte das Tempo vor der Abbiegung, die Hugh ihr beschrieben hatte. Die Grundstücke in dieser Gegend zählten zu den begehrtesten weit und breit: sanft abfallende Hügel, fruchtbarer Boden, nahe genug an der Stadt und weit genug draußen, dass es sich wie eine echte Farm anfühlte. Die Dürre war diesem Land allerdings nicht gnädiger gewesen als dem Rest, sodass die eigentlich grünen Hügel ausgetrocknet und tot wirkten. Auf dem Lande waren alle vom Wetter abhängig – der Boden, die Tiere und die Menschen. In der Stadt war Regen lästig, aber hier unten galt er als Himmelsgeschenk und war längst überfällig.

Der Weg verengte sich, und der Asphalt wich hartem Sandboden. Hugh hatte recht gehabt, was den Zustand der Strecke betraf. Überall waren Löcher, und an manchen Stellen musste

Eve sich durch Dickicht kämpfen und hoffen, dass hinter dem Gestrüpp nichts Festeres lauerte. Mit dem Van wäre sie bestenfalls einen oder zwei Kilometer weit gekommen. Immerhin war hier nichts von irgendeinem Feuer zu sehen, nur Rauch, und der war inzwischen dicht wie Nebel, wo Eve auch hinsah. Dazu hatte der Wind zugenommen, blies mal in die eine, mal in die andere Richtung und schlug Äste hin und her wie Hirtenpeitschen.

Als Eve eine enge Biegung zu scharf nahm, schlitterte der Wagen auf dem Sand. Sie trat die Bremse durch, wurde nach vorne gegen das Lenkrad und gleich wieder zurück in den Sitz geworfen. Mit quietschenden Reifen hielt der Wagen unmittelbar unter einer kahlen Felswand. Wie eine Irre zu rasen und dabei umzukommen, würde den Pferden nichts nützen. Eve riss an dem Sitzgurt, den sie vorhin nicht angelegt hatte, doch je energischer sie zerrte, umso weniger wollte er sich ausziehen lassen.

Atme tief durch.

Mach langsamer.

Okay.

Der Gurt kam heraus, sobald sie sanfter zog. Sie klickte ihn ein, fuhr langsamer weiter und achtete darauf, die Kurven vorsichtiger zu nehmen. Der Wagen rumpelte über den Weg, und Eve umklammerte das Steuer fest, um nicht allzu wild hin und her geschleudert zu werden. Nach und nach lichtete sich der Busch und ging in Farmland über. Durch den dichten Qualm konnte sie gerade noch eine Hütte zu ihrer Linken ausmachen. Die vom alten Marshall. Die richtige Straße musste also gleich kommen. Auf dem Asphalt nach rechts war es bloß ein kurzes Stück bis zu Margo und Harry. Eve fuhr langsamer, als sie an ihrem Haus vorbeikam. Es sah verlassen aus. Margos Auto stand noch in der Einfahrt, Harrys nicht. Sie mussten schon weg sein.

Noch hundert Meter, und sie war zu Hause. Die Pferde auf dem Hügel waren unruhig, verängstigt vom Brandgeruch und dem heulenden Wind. Sie zusammenzutreiben und zum anderen Paddock zu bringen, würde nicht leicht. Banjo hätte es in Nullkommanichts geschafft und seine helle Freude dabei gehabt. Bei dem Gedanken an ihn überkam sie eine schreckliche Furcht, doch Eve verdrängte sie sofort, denn sie musste nachdenken. Der Jeep musste her. Und Futter. Damit könnte sie die Pferde in den mittleren Paddock locken. Der Kunstteich dort wurde von einer Quelle gespeist, und auch wenn der Pegel niedriger als sonst war, führte er noch hinreichend Wasser. Das Problem war der Besenginster. Und dort wucherte das Zeug. Es war tödlich, sollten die Pferde beschließen, einen Bissen von dem Gestrüpp zu nehmen – allerdings weniger tödlich, als das Feuer sein würde. Also eindeutig das geringere Übel.

Eve sprang aus dem Wagen und knickte mit ihrem noch nicht vollständig gesunden Fuß um. Sie krümmte sich vor Schmerz, griff nach dem Knöchel und rang mit zusammengebissenen Zähnen nach Luft. Die Fahrt in die Stadt, von dem Lauf den Reitpfad entlang ganz zu schweigen, hatte ihm sicher nicht gutgetan. Blöd, aber nicht zu ändern.

Vor dem Haus blieb sie stehen. Die Pferde hatten oberste Priorität, doch wenn der schlimmste Fall eintrat, was würde sie wirklich aus dem Haus brauchen? Das meiste war zusammengepackt oder weggeworfen. Im Geiste ging sie die Kartons und Kisten durch, die Jack für sie in den Schuppen gebracht hatte – größtenteils Geschirr und Kram, nichts Wichtiges.

Fred parkte vor der Scheune, und die Schlüssel steckten in der Zündung, wo Luke sie immer ließ. Die Eimer waren gefüllt und für die Nachmittagsfütterung bereitgestellt. Eve schnappte sich jeweils zwei auf einmal, lud sie auf den Hänger und warf so viele Heukuchen auf, wie sie konnte, ehe sie in den Wagen sprang und den Hügel hinauffuhr.

Die Pferde waren überdreht, doch heute sollten sie auswärts speisen. Eve fuhr am Zaun entlang und öffnete ein Gatter nach dem anderen, bis alle offen waren. Die Pferde standen da und glotzten sie an, als wollten sie sagen, »Warte mal, was ist mit unserem Abendessen?« Sie wedelte mit dem Heu in ihre Richtung und fuhr weiter.

»Kommt schon!«, rief sie. Nach einem Stück hielt sie an, stieg aus und schlug zwei Eimer zusammen. »Kommt, kommt!«, brüllte sie wieder, so laut sie konnte. Diesmal kapierten es einige der Tiere und kamen auf den Weg getrottet. Manche verharrten erneut und knabberten an Grasbüscheln, doch sowie das Leitpferd begriff, dass Futter auf dem Anhänger war, stellten sie die Ohren auf und folgten ihm. Eve sprang zurück hinters Steuer und fuhr gerade so weit vor ihnen her, dass es den Pferden noch lohnenswert schien, ihr nachzulaufen. Sie kam sich vor wie der Rattenfänger von Hameln, nur dass sie Pferde davonführte, keine Ratten – die stärksten vorweg, die schwächsten am Ende. Und Eve führte sie nicht in ihr Verderben, sondern in Sicherheit. Zumindest hoffte sie das.

Am Paddock mit dem großen Teich ließ sie den Motor laufen, stieg rasch aus und öffnete das Gatter. In diesem Paddock waren schon lange keine Pferde mehr gewesen. Das Gras war löchrig, und überall wucherte das tödliche Kraut in dicken Büscheln. Nell hatte auf dieser Koppel immer die Pensionspferde gehalten, weil sie so näher am Haus waren. Auf die Weise konnte sie ein Auge auf sie haben, und für die Besitzer war es leichter, sie herauszuholen, wenn sie zum Reiten kamen. Dies wäre auch der nahe liegende Paddock für Nells eigene Pferde gewesen, wenn das Wasser knapp wurde, doch den viele Besenginster zu entfernen, war eine Knochenarbeit. Vielleicht wurde es ihr zu viel, als sie krank wurde und die Haltung von Pensionspferden aufgeben musste.

Die Pferde hatten den Jeep eingeholt und das Heu hinten gefunden. Ein paar der Kühneren bissen sich schon Brocken ab, aber bevor sie es sich zu gemütlich machten, fuhr Eve in die Mitte des Paddocks. Einige Futtertröge gab es hier noch, nur nicht so viele, wie Eve eigentlich brauchte. Sie verteilte das Heu und kippte die Luzerne in Haufen auf den Boden. Der Wind kam in starken Böen und wirbelte die Spreu auf. Eve spuckte, als ihr etwas in den Mund flog, und wischte sich die Augen. Nachdem sie die erste Ladung ausgeteilt hatte, fuhr sie im Kreis über die Koppel und deponierte mehr Futter in einigen Abständen, damit alle hereingelockt wurden. Jedes Mal folgten ihr weniger Tiere. Gruppen sammelten sich um die Futterhaufen, und die größeren Pferde zwangen die Ponys, dem Jeep zur nächsten Futterstelle zu folgen. Eve war einmal um den Paddock herum und ließ Heu für die wenigen Trödler da, die noch außerhalb des Zauns waren und Gras fraßen. Sie fanden die neuen Gerüche spannender als das übliche Futter. Nachdem Eve das Gatter geschlossen hatte, damit keines der Pferde drinnen wieder herauslief, griff sie nach den Halftern und Führleinen, die sie sicherheitshalber mitgebracht hatte, und begann, die Irrläufer einzufangen. Es waren fünf. Die ersten drei konnte sie problemlos einfangen und sie durch das Gatter schieben. Bei den letzten beiden gestaltete es sich schwieriger. Sie liefen vor ihr weg, sowie sie ihnen nahe kam. Als es ihr endlich gelang, das eine Pferd zu schnappen, schien sich das andere zum Glück auch zu beruhigen, und Eve konnte ihm ein Halfter anlegen.

Sie brachte die beiden den Hügel hinunter. In der Ferne quollen dicke Rauchwolken über dem orange glühenden Horizont. Ascheflöckchen flogen konfettigleich umher, verfingen sich in Eves Haar, landeten auf ihren Sachen und zu ihren Füßen. Der Wind trug die Hitze in unangenehmen Wellen herbei und zwang Eve, durch den Mund zu atmen, sodass es sich anfühlte, als wollte ihre Lunge platzen. Als sie das letzte Pferd durch das Gatter bugsiert hatte, rannte sie zum Jeep und fuhr, so schnell sie konnte, zurück zum Haus.

Rain.

Sie war noch irgendwo hinten. Eve verfluchte sich dafür, dass sie die Stute heute Morgen einfach freigelassen hatte, nur war ihr nach der Sache mit Banjo und der Schlange keine andere Wahl geblieben. Jetzt musste sie Rain finden und zu den anderen bringen.

Mit dem Halfter in der Hand lief sie hinters Haus. Die Stute war nirgends zu sehen. Der Sattel lag noch am Zaun. Hier in der Senke war es schon unerträglich heiß, obwohl keine Flammen zu sehen waren. Doch die Hitze hatte sämtlichen Sauerstoff aus der Luft verschluckt.

Eve rannte zum Reitweg und rief immer wieder: »Rain! Hier, mein Mädchen! Rain!« Der Weg in den Busch war noch klar, aber nirgends eine Spur von dem Pferd. *Kann sie hier reingelaufen sein? Soll ich nachsehen?* Ein Krachen hinter Eve ließ sie erstarren, ehe sie sich umdrehte. Der Hang auf der anderen Talseite brannte lichterloh. Riesige Flammen schossen in den Himmel, wälzten sich übereinander und verschlangen alles um sich herum. In den Baumkronen barsten Äste und regneten brennend zu Boden. Eve stand wie angewurzelt da. Ihre Beine zitterten. *Was ist, wenn das Feuer hierher wandert und ich nicht rauskomme? Was ist, wenn die Pferde gefangen sind?*

Immer noch kein Zeichen von der Stute. Eve musste jetzt vernünftig sein. Sie rannte zurück zum Haus, um die Feuerwehr zu rufen. Sie mussten Löschwagen schicken. Sofort. Hastig eilte sie durch die Hintertür in die Küche und griff nach dem Telefon. Die Leitung war tot. Eve knallte den Hörer wieder auf. Panik regte sich in ihr.

Denk nach!

Nimm dir das Nötigste, pack den Wagen und verschwinde von hier!

Die Tasche mit ihrer Kleidung war noch in ihrem Zimmer. Sie warf alles hinein, was herumlag, und lief ins Wohnzimmer, wo sie das Bild von Nell, Bec und sich vom Kaminsims nahm, ihre Gitarre, ihr Handy und ihre Handtasche. Dann raste sie zur Vordertür hinaus, warf alles auf die Rückbank von Hughs Auto und wühlte in ihren Taschen nach dem Schlüssel.

Verflucht!

Die Papiere und Fotos, die sie aufbewahren wollte, waren noch in der Kiste in der Küche. Sie lief wieder nach drinnen, schnappte sich die Holzkiste und eilte zurück zum Wagen. Die Vordertür hatte sie hinter sich ins Schloss geworfen.

Sie ließ den Motor an. Ihr Herz pochte so schnell, dass sie fürchtete, es könnte ihr den Brustkorb sprengen. Als sie aus dem Fenster sah, stieg eine Mordswut in ihr auf. Auch wenn sie vor Jahren von hier fortgegangen war, fand sie die Vorstellung unerträglich, dass alles den Flammen zum Opfer fiel. Nell hatte dieser Farm ihr Leben gewidmet, und ganz gleich, was zwischen ihnen vorgefallen war, es war schlicht nicht richtig, dass es mit einem Haufen Asche endete.

Dies war das Zuhause, in dem Bec und Eve aufgewachsen waren, wo Eve reiten gelernt hatte, wo sie drei glücklich gewesen waren – zumindest sechzehn Jahre lang. Nun wurde ihr klar, dass ein Teil von ihr immer zurückkommen wollte und es bloß nicht wagte. Weglaufen war einfacher gewesen. Sicherer.

Sie fuhr von der Mossy Creek Farm, warf einen letzten Blick in den Rückspiegel zu den Pferden und dem Haus.

Zum zweiten Mal heute flüsterte sie ein Gebet. »Bitte sei noch da, wenn dies alles vorbei ist.«

15

Die Luft war leicht dunstig, wie an einem Spätherbstmorgen nach dem ersten Frost, aber mit dem unverkennbaren Brandgeruch. Eve verlangsamte vor Harrys und Margos Einfahrt und blieb stehen. Sämtliche Türen und Fenster waren verschlossen, doch wieso war der Wagen noch da? Eve trommelte mit den Fingern auf das Lenkrad und starrte zum Haus. Wenn ihr lieber in Sicherheit wolltet, warum habt ihr nicht beide Wagen mitgenommen? Andererseits war Margo sicherlich nicht alleine zu Hause. Und wenn doch? Was wäre, wenn Eve weiterfuhr, ohne nachgesehen zu haben, und das Feuer kam?

Das würdest du dir nie verzeihen.

Sie legte den Rückwärtsgang ein, fuhr Margos Zufahrt hinauf, lief zur Veranda und hämmerte an die Fliegentür.

»Hallo? Jemand zu Hause?«

Keine Antwort.

Eve ging hinein. Das Haus war tipptopp aufgeräumt – kein Anzeichen von hektischer Flucht. In der Küche flötete der Kessel. Eve fand ihre Nachbarin dort vor, wo sie sich einen Tee machte.

»Margo?«

»Ah, hallo, meine Liebe. Gutes Timing. Möchtest du einen Tee?«

»Nein danke.« Eve bemerkte, dass die Rollos heruntergezogen waren. Hier stimmte etwas nicht. »Wo ist Harry?«

»Ich warte, dass er nach Hause kommt. Wir müssen uns überlegen, was wir wegen dem Feuer machen. Er ist heute Morgen in die Stadt und bisher noch nicht zurück. Ich habe alles dicht gemacht, um den Gestank draußen zu halten, aber wir müssen zur Sicherheit alle Wände bespritzen.«

»Margo, die Straße ist gesperrt. Harry kann nicht aus der Stadt. Und das Feuer kommt näher. Du musst weg.« Sie wollte ihrer alten Freundin keine Angst einjagen, aber Margos völlige Unbekümmertheit war an sich schon besorgniserregend. In den letzten Wochen hatte Eve keinerlei Hinweise auf beginnende Demenz an ihr wahrgenommen, aber es ließ sich nicht von der Hand weisen, dass diese Möglichkeit bei einer Fünfundsiebzigjährigen bestand.

»Ach nein, Kind, das muss ich nicht. Die Feuerwehr überlässt es den Leuten, ob sie bleiben oder gehen. Und die meisten, die bleiben, schaffen es, ihre Häuser zu retten. Harry und ich waren uns immer einig, dass wir genau das auch machen. Es gab schon früher Feuer, und wir haben es jedes Mal überstanden. Alles wird gut.« Margo setzte sich an den Tisch und blies in ihre Teetasse.

Eve setzte sich zu ihr. Sie musste Margo irgendwie überzeugen, dass sie keine andere Wahl hatte, als zu verschwinden. Sie rückte ihren Stuhl näher zu Margo. »Dieses sieht ziemlich schlimm aus. Ich war eben drüben bei Nell und habe die Pferde in den Paddock mit dem Teich gebracht. Überall ist Qualm, und der Wind wird stärker.«

»Es sieht immer schlimmer aus, als es ist.« Margo trank ungerührt ihren Tee.

»Wo ist Luke?«

»Weiß ich nicht. Er hatte heute Morgen ganz miese Laune, als er vom Füttern zurückkam, hat geflucht und mit den Türen geknallt. Ich habe mit ihm geschimpft, und da ist er weg. Dem Jungen hätte man schon längst mal den Mund mit Seife auswaschen müssen. Dean ist viel zu weich mit ihm. Na ja, sonst ist er nicht so ungezogen zu mir. Nein, eigentlich sieht ihm das gar nicht ähnlich.«

Eve stand auf, ging hinüber zum Fenster und zog ein Rollo hoch. Eine dicke graue Wolke füllte das Tal aus. Der Wind schien aus Südwesten zu kommen, aber bei den Böen konnte man sich nicht sicher sein. Wenn die Straße aus der Stadt hierher gesperrt war, musste es heißen, dass das Feuer eher nördlich war, womit diese Gegend bei Südwestwind eher nicht unmittelbar gefährdet wäre. Aber letztlich konnte man bei Buschfeuern nie klare Vorhersagen machen. Eve hatte lange genug auf dem Land gelebt, um das zu wissen.

Sie ging wieder in den Flur und trat auf die vordere Veranda. Durch den dichten Rauch erkannte sie schemenhaft einen Truck unten auf der Straße. Es war ein Feuerwehrwagen. Und dahinter tauchte ein zweiter aus dem Qualm auf. Die Feuerwehrleute sollten ihr mehr sagen können. So schnell ihre Beine es zuließen, rannte Eve die Einfahrt hinauf. Bis sie an der Straße ankam, war der erste Feuerwehrwagen schon in der Ferne verschwunden. Der zweite donnerte vorbei, ohne Eve zu bemerken.

»Hey, stop!«, brüllte sie und schwenkte wie verrückt die Arme.

Kurz vor der Biegung hielt der Truck an. Eve lief hin, und der Mann auf dem Beifahrersitz rief ihr durchs offene Fenster zu: »Sie müssen hier weg. Das Feuer breitet sich aus. Wir empfehlen jedem, die Häuser zu verlassen. Und zwar schnell.«

Jack beugte sich vom Mittelsitz herüber.

»Eve, was machst du noch hier?«

»Ich war in der Stadt.« Sie rang nach Luft. »Ist eine zu lange Geschichte. Ich bin zurückgekommen, um die Pferde in den mittleren Paddock zu bringen. Margo ist drinnen und will nicht weg.« Ihr war bewusst, dass sie wirr redete, doch daran konnte sie nichts ändern.

»Schaff sie irgendwie in den Wagen und bring euch schleunigst weg von hier. Wenn ihr jetzt losfahrt, müsste es noch gehen. Sie lassen keinen mehr aus der Stadt raus, aber Leute von hier noch rein.«

»Was mache ich, wenn sie nicht will?«, rief Eve zu Jack hinauf. Bei dem Wind musste sie regelrecht schreien.

»Zwing sie.«

Der Wagen fuhr weiter und ließ Eve allein am Straßenrand stehen.

Auf dem Weg zurück ins Haus überlegte sie fieberhaft, wie sie Margo bewegen konnte, mit ihr zu kommen. Doch so sanftmütig und nett Margo auch sein konnte, so entschlossen und stur war sie in manch anderen Dingen. Worte würden nicht helfen. Die einzige Wahl, die Eve blieb, war Margo in ihren Wagen zu zerren, und wie sie das fertigbringen wollte, war ihr ein Rätsel.

Als sie in die Küche kam, stand Margo an der Spüle und wusch ihre Tasse ab. Sie begann zu reden, bevor Eve etwas sagen konnte. »Weißt du, dass es in den vierundsechzig Jahren, die ich hier lebe, erst drei Feuer gab? Und keines kam so nahe, dass wir uns ernsthaft sorgen mussten.«

»Ich glaube, dieses ist anders, Margo.« Eve sprach betont ruhig, obwohl sie innerlich schrie.

»Harry und ich haben dieses Haus von Null aufgebaut. Nur wir zwei. Es war schwere Arbeit, doch es hatte auch was, sehen zu können, wie alles Form annahm. Und es gehörte ganz uns. Jeder Nagel, jedes Brett, alles. Wir haben Jahre gebraucht, bis es fertig war. Dann kamen die Kinder, und endlich war es ein Zuhause.«

Eve nutzte die Pause, um Margo zu unterbrechen. »Ich habe draußen mit den Feuerwehrleuten geredet, unter anderem mit Jack. Sie sagen allen, dass sie ihre Häuser verlassen sollen. Wie sie meinen, ist das Feuer bei diesem Wind unberechenbar. Keiner kann garantieren, dass es nicht hierherkommt.«

Margo blickte stumm aus dem Fenster.

»Wie wäre es, wenn wir ein paar Sachen einpacken, sie ins Auto laden, und ich fahre dich in die Stadt? Harry ist dort irgendwo. Er wird sich Sorgen um dich machen.«

»Er müsste hier sein. Das passt gar nicht zu ihm.«

»Margo, hörst du mir zu? Die Straße ist gesperrt. Sie lassen keinen durch.« Eve bemerkte, dass sie verärgert klang.

Margo trocknete sich ihre Hände am Geschirrtuch ab. »Tja, wenn er nicht hier ist, muss ich es wohl selbst machen.«

»Was machen?«

»Vorsorgen. Das Haus abspritzen, damit nichts brennen kann.« Sie band ihre Schürze ab und hängte sie über eine Stuhllehne.

Eve stand da und schaute zu, wie Margo die Hintertür öffnete und hinausging. Vielleicht war es besser, dass die Gute nicht ahnte, in welcher Gefahr sie schwebte. Wenigstens war sie jetzt draußen, wo Eve sie eher überreden könnte, in den Wagen zu steigen. So oder so konnte sie Margo nicht hier allein lassen.

Die Hitze draußen war entsetzlich. Margo war bereits seitlich vom Haus beschäftigt. Als Eve erschien, erteilte sie sofort Anweisungen. »Es ist noch ein Schlauch hinten. Wir müssen die Regenrinnen füllen und den Boden um das Haus herum nass machen. Je nasser, desto besser. Die Leiter ist im Schuppen.«

Das war unglaublich. Die Frau war durch nichts zu bremsen. Eve bewunderte ihren Mut, auch wenn er ein bisschen fehlgeleitet war. Falls sie Margo half und sich beeilte, blieb immer noch Zeit, mit ihr hier wegzukommen, bevor das Feuer sie erreichte.

Sie lief zum Schuppen hinten im Hof und holte die Leiter von den Haken an der Seitenwand. Adrenalin strömte durch ihren Kreislauf, trieb sie zum Handeln an. Entweder das oder blanke Angst. Sie schleppte die Leiter zur Hauswand, nahm Margo den Schlauch ab und fing an, hinaufzusteigen. Dabei bemühte sie sich, nicht an die Höhe zu denken, während sie auf dem wackligen Metallding stand. Die Regenrinnen waren sauber und nicht von Zweigen oder Laub verstopft. Dafür hatte Harry natürlich gesorgt. Eve hielt den Schlauch ruhig und füllte die Rinnen. Von ihrer Warte aus konnte sie sehen, dass die Flammen auf das Tal zu walzten und immer höher schlugen. Der Anblick versetzte sie in Angst und Schrecken. Sie hatte gedacht, das Feuer käme von Norden, aber das dort war Westen. An heißen Tagen wie diesem konnten durchaus mehrere Brände gleichzeitig ausbrechen. Funken wurden vom Wind aufgenommen und überall verstreut, und nach solch langer Trockenheit brannte alles wie Zunder. Wenn Feuer in beide Richtungen wüteten, musste das heißen, dass sie mittendrin waren.

Wir müssen schnellstens hier weg.

Nachdem die erste Regenrinne befüllt war, ließ Eve den Schlauch fallen, kletterte die Leiter hinunter, kippte sie zur Seite und zog sie auf die andere Hausseite.

Margo richtete den zweiten Schlauch auf den Schuppen und die Gartenränder. Dort war ein kleiner Obstgarten, in dem die Bäume mit Netzen abgedeckt waren. Margo zurrte sie herunter. Eine kleine Kuhherde graste ganz in der Nähe – Margos Haustiere. Gott, was machen wir mit denen, dachte Eve. Sie hatte es geschafft, ihre eigenen Pferde in den Paddock mit dem großen Teich zu scheuchen, aber Kühe waren etwas völlig anderes. Jetzt wünschte sie, sie wäre so klug gewesen, ihr Haus und den Hof mit Wasser zu bespritzen, nur hatte sie da noch nicht erwartet, dass es so übel wurde.

Ein stechender Schmerz fuhr ihr in die Schulter. Heiße Asche verbrannte ihre Haut. Sie fegte sie weg, wozu sie eine Hand von der Leiter nahm und beinahe nach hinten gefallen wäre. Doch es gelang ihr, sich mit der anderen Hand festzuhalten und sich gegen das Haus zu lehnen. Eve wurde schlecht, und sie schluckte angestrengt. Dies war keine Zeit, sich zu übergeben. Keine Zeit für irgendwas.

Als sie wieder unten war, richtete sie den Wasserstrahl auf die Holzfassade. Wenn sie alles gründlich wässerten, konnte es nicht Feuer fangen, oder? Das Wasser begann zu stottern, dann erschlaffte der Schlauch in Eves Hand. Die Pumpe brummte noch, aber es kam kein Wasser mehr. Was zum Teufel war los?

Margo, die hinter dem Haus gewesen war, lief herbei. »Ich glaube, das Wasser ist aus. Wir haben einen großen Tank, aber es gab zu wenig Regen. Die letzten paar Monate mussten wir schon Wasser liefern lassen. Jetzt ist es wohl alle.«

Super. Genau das haben wir gebraucht.

Eve versuchte, zuversichtlich zu bleiben. Dies war die ideale

Gelegenheit. »Tja, wir haben so viel gewässert, wie wir konnten.«

»Du hast recht. Ich glaube nicht, dass wir noch mehr tun können«, sagte Margo. »Außer warten.«

Warten? Was meinte sie denn mit warten?

Noch ehe Eve etwas erwidern konnte, gab es ein Grollen wie von Donner. Eine Hitzewelle rauschte über ihre Köpfe, und sie warfen sich gleichzeitig zu Boden, um vor dem Feuerball in Deckung zu gehen, der durch die Luft schoss und am hintersten Ende des Hofes landete. Eine gigantische Banksia ging krachend und knisternd in Flammen auf, von denen Funken ausstoben und überall Grasbüschel in Brand setzten. Eve hielt sich die Ohren zu und vergrub ihr Gesicht, als Äste zersplitterten und zu Boden fielen. Plötzlich erinnerte sie sich an Lagerfeuerabende mit Feuerwerk, an Knallkörper, die knatternd in einem Ofen explodierten, nur dass dieser Krach lauter und gefährlicher war. Sie blickte zu einer Stelle nahe dem Obstgarten, wo ein Feuer ausgebrochen war und schon über den Boden raste. Es fiepte in ihren Ohren, und ihre Augen tränten.

»Meine Kühe!«, rief Margo.

Die verängstigten Tiere liefen im Kreis, wollten weg, doch das Feuer war zu stark. Ihr panisches Blöken traf Eve mitten ins Herz. Sie legte einen Arm um Margo, die neben ihr im nassen Gras kauerte, und hielt sie fest, als die alte Frau zu schluchzen begann.

»Wir müssen weg, Margo. Jetzt sofort.«

»Nein! Nein, ich gehe nicht. Ich bleibe.« Margo richtete sich auf.

Zu spät für die Samthandschuhe, beschloss Eve. Sie stand auf, packte Margo bei den bebenden Schultern und schrie sie an. »Es reicht! Jetzt ist mal genug, Tante Margo. Ich weiß, wie viel dir diese Farm bedeutet, aber es ist ein Haus, und das kann man ersetzen. Menschen nicht. Dich nicht!«

Sie spürte, wie Margos Widerstand bröckelte, als sie einen Arm um sie legte und sie eilig zum Wagen vor dem Haus führte. Die arme Frau zitterte schlimmer, als Eve es für möglich gehalten hätte, wäre es ihr nicht schon mal genauso ergangen. Es war sehr gut möglich, dass Margo ihr Zuhause verlor. Eve musste sie von hier wegbringen, bevor das passierte.

Sie blickte sich um. Das Feuer war näher am Haus. Flammen sprangen durch die Sträucher und züngelten Baumstämme hinauf. *Wäre es nicht so wahnsinnig Furcht einflößend, könnte man es fast schön finden.* Einen Arm um Margo, streckte sie den anderen nach der Wagentür aus. Doch kaum hatte sie den Griff gepackt, erstarrte sie. Noch ein Krachen, lauter als das vorherige, durchschnitt die Luft. Es war Wind, der wirbelndes und rauschendes Feuer vor sich hertrieb, es in sämtliche Richtungen schleuderte und durch die Baumkronen an der Einfahrt heulte. Mindestens drei Meter hoch schlugen die Flammen gen Himmel. Schwarzer Rauch quoll auf. Der Garten verwandelte sich in einen brodelnden Kessel. So hohe Temperaturen hatte Eve noch nie erlebt. Ihre Arme und ihr Gesicht kochten; das Atmen fiel ihr schwer, und es war praktisch unmöglich, etwas zu sehen. Sie zog Margo mit sich hinter das Auto und in die Hocke.

»Der Wagen ist zu riskant«, brüllte sie. »Wir wissen nicht, wohin das Feuer wandert, und werden womöglich lebendig gegrillt.« Sogleich bereute sie ihre Wortwahl, denn zu frisch war das Bild der versengenden Kühe, und der Gestank von verbranntem Fleisch war noch in ihrer Nase. Sie hatten zwei Optionen: wieder hineingehen und riskieren, verbrannt zu werden, wenn das Haus zu einem Inferno wurde, oder irgendwo Schutz zu suchen. Irgendwo, wo Wasser war.

»Das ist es!«

Sie lief nach hinten und riss die Kofferraumklappe auf. Viele Leute hatten im Auto, was sie suchte, und sie hoffte inständig, Hugh gehörte zu ihnen. Sie konnte so gut wie nichts sehen und tastete blind umher. Ihre Hand stieß auf etwas Festes, und erleichtert stellte sie fest, dass es sich um eine Taschenlampe handelte. Eve schaltete sie ein und suchte weiter. Unter einer Latzhose wurde sie fündig.

»Bingo.«

Sie zog die Picknickdecke heraus, klemmte sie sich unter den Arm, schlug die Kofferraumklappe zu und packte Margo.

»Der Teich«, sagte sie. »Wir müssen zum Teich. Das ist unsere einzige Chance.«

Margo widersprach nicht. Der Lichtkegel der Taschenlampe hüpfte vor ihnen her, als sie, so schnell sie konnten, zu dem kleinen Teich hinten neben dem Haus rannten, gegenüber der Stelle, an der vorhin der Feuerball explodiert war. Wie Nells Grundstück hatte auch dieses eine eigene Quelle. Eve stolperte ins Wasser, wobei sie Margos Hand fest umklammert hielt. Sie zog sie mit sich nach unten und rieb sie gründlich mit glitschigem Schlamm ein. Danach machte sie dasselbe mit sich. Falls das Feuer so nahe kam, wie Eve vermutete, würde sie allein die Hitze umbringen. Aber jede Vorkehrung war besser als nichts. Sie watete in die Teichmitte, Margo an ihrer Seite. Das Wasser reichte ihr selbst hier nur bis zur Taille. Eve drückte die Picknickdecke unter Wasser, damit sie sich vollsog.

»Wenn es näher kommt, hol so tief Luft, wie du kannst, und tauch unter. Ich werfe uns die hier über.«

Margo nickte – jedenfalls bildete Eve es sich ein.

Es war ein wahnwitziger Plan, doch einen anderen hatte sie nicht. Beide standen im Wasser und beobachteten, wie das Feuer von Westen auf das Haus zukam, den Schuppen und die Scheune Stück für Stück auffraß. Holz knackte, und Aluminium löste sich ächzend vom Rahmen. Das Heu und Futter, das Harry dort lagerte, gerieten in Brand und spien dichten schwarzen Qualm aus. Es war gerade ausreichend Licht da, dass Eve das Gesicht ihrer Freundin sehen konnte: Es war genauso weiß wie ihr Haar. Dies war das Heim, in dem Margo knapp ein halbes Jahrhundert gelebt hatte. Eve drückte Margos Hand. Es gab nichts, was sie sagen könnte.

Ihnen blieb nur, zu warten, dass das Feuer kam. Durch den schimmernden Dampf sah Eve Becs Gesicht, ihr strahlendes Lächeln. *Sie wartet auf mich,* dachte Eve und wurde sich im selben Moment bewusst, wie verrückt es war. Seltsamerweise fühlte sie sich ruhiger, als sie es im Angesicht des Todes von sich gedacht hätte. Sie hatte sich immer vorgestellt, dass sie schreien würde, sich wehren, in eine unkontrollierbare Hysterie verfallen. Doch sie empfand nichts als Ruhe. Sie sah zu, wie die Feuersbrunst über den Himmel leckte, fühlte ihre Kraft auf ihrem Gesicht und ihren Armen. Funken wirbelten in der Luft, tanzten durch die Bäume, die nunmehr schillernde orangene Türme waren.

Eve sah zu Margo. Beide Frauen sanken bis zum Kinn ins Wasser und zogen die Decke über ihre Köpfe. Jetzt war kein Lärm mehr. Bloß die unheimliche Stille vor dem Sturm.

Sie hörten den Wind kommen, bevor er da war. Ein tiefes Knurren wie von einem Urzeitdrachen, der seinen Zorn herausblies. Eve hatte keine Ahnung, wie lange sie beide in dem Wasser hockten, doch durch irgendein Wunder waren sie noch am Leben, und sie spürte, dass sich draußen etwas verändert hatte. Vorsichtig hob sie einen Deckenzipfel. Als hätte die Kreatur eingeatmet und es sich anders überlegt, hatte das Feuer die Richtung gewechselt und bewegte sich nun weg vom Haus.

Eve konnte nicht glauben, was sie sah. Der Rauch, der den Himmel geschwärzt hatte, war vom drehenden Wind abgetrieben worden. Was sich nun ihren Augen enthüllte, war surrealer als alles, was an diesem Tag geschehen war. Bäume zitterten und wackelten, als die Luft gegen sie wehte und sie erleuchtete wie riesige Kerzen. Die abziehenden Flammen hinterließen eine Schneise verbrannter, qualmender Erde. Um den Hof herum glühten kohlschwarze Stümpfe, doch das Haus war unversehrt.

Margo sprach als Erste. »Ich glaub's nicht.«

Eve sagte nichts. Sie warf die Decke nach hinten und sah Margo an. Der lehmige Schlamm auf ihrem Gesicht war zu einer festen Maske mit kleinen Zweigen und Seegrasstücken getrocknet. Eve berührte ihre Wange und stellte fest, dass sie genauso aussehen musste. Ihre Lippen waren steif, und getrocknete Schlammkrümel bröselten von ihrem Mund, als sie ihn öffnete. Ein Lachen stieg tief aus ihrem Bauch auf, ihre Kehle hinauf und brach sich in einem hysterischen Kichern Bahn. Sie warf die Arme um Margo, und gemeinsam lachten sie, fielen ins Wasser zurück, spritzten sich in die Gesichter und rieben den Schmutz von ihren Armen. Schließlich krochen sie ans Ufer und sackten in den Sand.

»Was tun wir jetzt?«, fragte Margo.

Die Frage holte Eve in die Gegenwart zurück. Es war zu früh, eine Fahrt aus der Gefahrenzone heraus zu wagen. Das Feuer schien sich wieder nach Norden zu bewegen, doch sicher konnten sie nicht sein. »Es wird wohl besser sein, wenn wir hier noch ein bisschen warten.«

Der ferne Klang von splitternden Ästen durchbrach die Stille. Eve versuchte, die Zeit einzuschätzen. Es war Nachmittag gewesen, als sie auf Mossy Creek ankam. Danach wurde die Zeit von einer Art Vakuum aufgesogen, und Eve konnte absolut nicht sagen, ob es jetzt sechs Uhr abends oder sechs Uhr am nächsten Morgen war. Das trübe Licht könnte vom sich zurückziehenden Feuer rühren, vom Zwielicht oder von der Morgendämmerung.

Eine ganze Weile saßen sie schweigend da.

»Woran hast du unter der Decke gedacht?«, fragte Margo.

»An Bec … und Nell. Alles«, gestand Eve.

»Weißt du, woran ich gedacht habe?«

»An Harry? An die Jungs?«

»Nein. An jemand anderen. An jemanden, von dem ich bisher keinem erzählt habe. Nicht einmal Harry.«

Eve sah Margo an, doch ihre Züge waren hart und wegen der langen Schatten schwer zu lesen.

»Als Teenager wurde ich von einem der Jungen in der Stadt schwanger, in der ich damals lebte. Keiner hat uns zu jener Zeit irgendwas über Verhütung erzählt. Über solche Sachen redete man nicht. Als man es mir ansah, brachte mich mein Vater in ein Heim für ledige Mütter in Sydney und ließ mich dort. Ich bekam ein kleines Mädchen. Ganz allein. Sechs Wochen blieb ich mit meiner Tochter in dem Heim, dann nahmen sie sie mir weg. Ich wusste von Anfang an, dass man sie mir nicht lassen würde. Aber sechs Wochen sind eine lange Zeit. Lange genug, um lieben zu lernen. Sie war so wunderschön.«

Es schwang eine derartige Sehnsucht in Margos Worten mit, dass Eve das Herz für sie blutete.

»Es vergeht kein Tag, an dem ich nicht an sie denke und mich frage, was aus ihr geworden ist.«

»Und du hast es nie jemandem erzählt?«

»Keiner Seele. Ich kam nach Hause, und das Leben ging weiter, als wäre nichts gewesen. Meine Eltern sprachen nie darüber, fragten mich nie, wie es mir ging. Ich besuchte das Lehrerkolleg, begegnete Harry und heiratete. Ihm sagte ich nichts, weil ich fürchtete, dass er mich dann nicht mehr wollen würde. Die Jahre verstrichen, aber ich habe sie nie vergessen.«

Das Bild von einem anderen Baby, das es gegeben haben könnte, blitzte in Eves Geist auf.

»Eine Mutter hört nie auf, ihr eigen Fleisch und Blut zu lieben, egal, was geschieht oder wie viel Zeit vergeht. Deshalb weiß ich, dass Nell dich nie vergessen hat.«

Margo legte ihre Hand auf Eves, und so saßen sie am Teich, jede in ihren Gedanken verloren, bis Scheinwerferlichter am unteren Ende der Einfahrt erschienen. Für einen Moment dachte Eve, es müsste Harry sein, doch als der Fahrer ausstieg und zum Haus ging, erkannte sie das Humpeln.

»Hugh, hier drüben! Wir sind hier!« Sie stolperte auf ihn zu und schwenkte die Taschenlampe, damit er sie sah.

»Eve?«

»Ja, ich bin's. Was machst du hier?«

Die Freude, alles überstanden zu haben und Hugh wiederzusehen, lies Eve alle Förmlichkeit vergessen.

»Als du nicht zurückkamst, habe ich mir Sorgen gemacht. Ich konnte dich nicht auf deinem Handy erreichen – keine

Verbindung. Also habe ich mir von einem Freund einen Wagen geliehen und es auf der Nebenstrecke versucht. Die war frei. Ich sah, wie das Feuer hier durchrauschte und musste einfach nachsehen. Ist alles okay?«

Eve öffnete den Mund, doch es kam kein Pieps heraus. Sie wies zum Haus, das abgesehen von zahllosen Blasen in der Fassadenfarbe auf wundersame Weise unbeschädigt geblieben war. Margo ging an ihr vorbei zu der Stelle, an der die Kühe vom Feuer umzingelt gewesen waren. Eve und Hugh folgten ihr. Die verkohlten Leiber lagen in dem schwarzen Gras, die Augen weit aufgerissen vor Angst.

Margo sank weinend auf die Knie. Ihre Schultern bebten, und sie hielt sich mit beiden Händen den Mund zu. Eve und Hugh warteten, während die Weiden und Schuppen hinter ihnen qualmten. Hugh sah sich ein Tier nach dem anderen an und schüttelte den Kopf. Eve sah, wie er sich mehrmals die Augen wischte; ob es vom Rauch kam oder er betroffen war, wusste sie nicht. Allerdings war dieser Anblick hinreichend erschütternd, um einen erwachsenen Mann zum Weinen zu bringen.

Ein Knall hinter ihr ließ Eve vor Schreck herumfahren. Hinter den nackten Ästen der Bäume zwischen Margos Farm und ihrer schossen Stichflammen hoch. Als sie durch den Rauch blinzelte, sah sie, woher sie kamen: Nells Haus. Binnen Sekunden waren die weißen Eukalyptusbäume, die Eve als Kind so sehr liebte und an die sie sich all die Jahre als ihr Zuhause erinnerte, von Flammen umschlossen. Das Feuer fraß die Äste auf, flog von einem Baum zum nächsten, genährt vom öligen Laub, und erfüllte die Abendluft mit Eukalyptusgeruch.

Margo folgte Eves Blick und rang die Hände vor ihrem Gesicht. »Oh nein, Nells Farm! Aber ich dachte, das Feuer wäre weitergezogen?«

»Das waren wohl noch verirrte Funken«, sagte Hugh.

Eve lief bereits los. »Ich gehe nach den Pferden sehen.«

Hugh rannte direkt zum Wagen. Als Eve bemerkte, dass Margo ihnen folgte, blieb sie stehen.

»Das ist zu gefährlich. Warte lieber hier.«

»Im umgekehrten Fall, wenn mein Haus brennen würde, wäre Nell die Erste gewesen, die zur Hilfe kommt – genau wie du heute. Ich sitze nicht untätig hier rum.«

Es blieb keine Zeit zum Streiten. Hugh wendete mit quietschenden Reifen. Die Erschöpfung, die Eve noch Minuten zuvor zu überwältigen drohte, war wie weggeblasen. Als sie sich der Farm näherte, drehte sie das Fenster herunter und blinzelte in die Dunkelheit. Sie suchte den Paddock nach den Pferden ab. Die Koppel war einige hundert Meter vom Haus entfernt. Doch selbst bei dem nachlassenden Wind könnte ein verwirbelter Funke eine Katastrophe bewirken. Eve konnte die Tiere nicht sehen, hörte sie aber eindeutig am Zaun auf und ab gehen.

Hugh blieb auf halbem Weg die Auffahrt hinunter stehen, stellte das Fernlicht ein und sprang aus dem Wagen. »Wo ist der Wasserschlauch?«

»Seitlich vom Haus«, sagte Eve und zeigte zur Futterkammer. »Da drüben ist noch einer.« Sie duckte sich unter dem Zaun hindurch und rannte zum Ende des Reitplatzes, wo ein weiterer Schlauch an der Waschbucht angeschlossen war. Wenn sie sich recht entsann, war er ziemlich lang, damit man ihn weit herausziehen konnte, um die Pferde abzuspritzen, die vom Geländeritt hereinkamen. Sie wickelte ihn so weit wie möglich ab und rannte dorthin, wo Margo stand und ihr Gesicht gegen die Hitze abschirmte. Das Feuer hatte sich schon bis zum Haus ausgebreitet. Wellblechplatten schepperten vom Dach herab, dessen Rahmen vor ihren Augen zu Asche wurde. Eve gab Margo den Schlauch und rannte zurück, um das Wasser aufzudrehen. Eve drehte und drehte, doch da war kein Druck.

»Ich glaube, die Pumpe arbeitet nicht. Anscheinend ist der Strom ausgefallen.«

Sie rannte zu Hugh, der Eimer mit Wasser direkt aus der Regentonne füllte und sich bemühte, die Rückseite des Hauses zu wässern. »Ich muss Rain finden«, brüllte sie über den Feuerlärm hinweg.

»Wer ist Rain?«, fragte Margo, die zu ihnen gekommen war.

»Die Stute, die ich heute Morgen geritten habe, als Banjo gebissen wurde. Ich hatte sie am hinteren Zaun abgesattelt, aber nicht angebunden. Ich dachte, dass sie in der Nähe des Stalls bleibt, wo sie ihr Futter kriegt, aber als ich zurückkam, war sie weg.«

»Du weißt doch, wie Pferde sind«, rief Hugh. »Die spüren Gefahr. Der Qualm und der Wind haben sie sicher verschreckt. Sie kann sonst wo sein.«

»Vielleicht ist sie zurück auf den Reitweg. Ich laufe hin und sehe nach.«

»Nein, zu gefährlich. Das Feuer breitet sich da überall aus. Wir müssen warten, bis es vorbei ist. Jetzt hinzulaufen ist sinnlos.« Er warf den Eimer hin und nahm Eves einen Arm, Margo den anderen. »Komm jetzt, wir müssen hier verschwinden.«

Das Haus war vor ihren Augen verschwunden, aber Eve dachte einzig an das Pferd. Sie konnte nicht in Worte fassen, warum ihr die Stute so wichtig war. Vielleicht hatte es damit zu tun, dass Rain sie akzeptiert hatte, wie sie war. Da war keine Vergangenheit, keine befleckte Geschichte. Bei Rain konnte Eve sie selbst sein, genau wie bei Banjo. Mit Menschen hingegen schien sie Probleme zu haben.

Tränen traten ihr in die Augen, und diesmal hielt Eve sie nicht zurück. »Dann ist es zu spät, um sie zu retten! Ich hätte sie nie dort lassen dürfen. Sie hat darauf vertraut, dass ich mich um sie kümmere, und ich habe sie im Stich gelassen. Ich ließ sie sterben!«

Margo blickte zu Eve auf. »Ich weiß, dass es hier nicht um das Pferd geht.« Ihre Stimme war freundlich, aber bestimmt. »Du warst selbst noch ein halbes Kind. Es war ein Unfall, ein blöder, tragischer Unfall. Und du gibst dir dein ganzes Leben lang die Schuld daran. Es war falsch von Nell und all den anderen, dich zu beschuldigen. Sie waren erwachsen. Sie hätten es besser wissen müssen.« Sie nahm Eves Hände und hielt sie fest. »Dieses Pferd zu retten, wird Bec nicht zurückbringen. Doch wenn es dir wichtig ist, machst du das. Allerdings wie Hugh sagt: nach dem Brand.«

Hugh sah die beiden Frauen an, die einander hielten wie zum Gebet. »Ich habe keinen Schimmer, wovon ihr beide redet. Trotzdem müssen wir hier weg, bevor alles in Flammen aufgeht und wir mit.«

Eve hörte die Worte, aber sie war woanders.

Jener Tag. Der letzte, den sie hier auf Mossy Creek verbrachte. Einen guten Monat nach Becs Tod. Der Tag, an dem sie endlich ihre Asche oben auf dem Hügel beigesetzt hatten und der Grabstein aufgestellt wurde. Sie stand neben Nell, ganz pflichtbewusste Tochter, spielte mit. Sie guckte zu, wie die letzten Überreste ihrer Schwester in die Erde gelassen wurden. Dabei konnten die grauen Staubflocken in dem Gefäß unmöglich Bec sein. Später an dem Abend hockte sie allein im Dunkeln und beobachtete den See, dessen Oberfläche sich im Mondlicht kräuselte. Im Geiste durchlebte sie jene Nacht wieder und wieder, änderte jedes Mal ein anderes Detail, versuchte herauszufinden, an welchem Punkt Becs Schicksal besiegelt gewesen war. Ein Polizeiwagen brachte sie nach Hause.

Harry öffnete ihr.

»Wo zum Teufel warst du, junge Dame? Deine Mutter ist krank vor Sorge.«

Angie drängte sich an ihm vorbei.

Nell fing sie im Flur ab. »Antworte Harry! Wo warst du?«

Angie verschränkte die Arme. Nell und sie hatten seit Becs Tod kaum zwei Worte gewechselt. So war es sicherer.

Harry marschierte den Flur hinunter und drehte Angie zu sich. »Findest du nicht, deine Mutter hat genug gelitten? Musst du dich auch noch weiß Gott wo herumtreiben und sonst was anstellen?«

Angie schnaubte bloß. Sollten sie doch denken, was sie wollten, sie erklärte keinem irgendwas. Harrys Handfläche brannte auf ihrer Wange, und sie wich mehr vor Schreck als vor Schmerz einen Schritt zurück.

Als Nächstes ging Nell auf sie los. »Du bist eine Schande!« Sie spuckte Angie an. »Du hattest heute nicht mal den Anstand, beim Begräbnis deiner Schwester zu weinen! Sogar bei der Aufbahrung, als kein Auge im Haus trocken blieb, hast du einfach mit einem dämlichen Gesichtsausdruck dagesessen.«

Wusste sie nicht, dass es einen Kummer gab, der zu groß für Tränen war?

Nell war noch nicht fertig mit ihr. »Sie haben zwar offiziell erklärt, dass es ein Unfall war, aber wir beide wissen, wer schuldig ist. Es ist deine Schuld, dass deine Schwester tot ist!« Ihre Brust hob und senkte sich, und Angie konnte die Verbitterung ihrer Mutter in deren Atem riechen.

Endlich hatte Nell zugegeben, was sie all die Wochen wirklich dachte.

»Du wünschst dir, dass ich es gewesen wäre, die ertrunken ist, nicht sie, stimmt's?«, fragte Angie.

»Ja, das wünsche ich mir!«, zischte Nell.

»Das reicht.« Harry ging dazwischen, brachte Angie auf ihr Zimmer und zog die Tür zu.

Sie lag auf ihrem Bett, kämpfte mit ihrem Zorn. Die Übelkeit, die sie während der letzten Wochen immerzu begleitet hatte, machte sie schwindlig.

Sie hat recht. Ich hätte es sein müssen.

Ihr Leben hier war vorbei.

Ein Flammenschwall barst aus dem Haus und schleuderte sie alle rückwärts.

»Kommt jetzt«, rief Hugh.

Seine Stimme riss Eve jäh aus ihren Gedanken zurück ins Hier und Jetzt. Im grellen Scheinwerferlicht rannten sie die Auffahrt hinauf und duckten sich hinter den Wagen, während die Flammen aus der Hausmitte emporschossen. Eine Feuerwand streckte sich himmelwärts, wo die Veranda gewesen war. Farbe löste sich abblätternder Rinde gleich vom Fassadenholz. Glassplitter flogen durch die Luft, als die Fenster barsten, und

Rauch verbrannte Eve die Kehle. Sie hielt sich eine Hand über die Augen, als sie zum Haus sah. Dachbalken knarrten und brachen ein, als der gesamte Rahmen zusammenfiel. Funkenwirbel stiegen in die Luft auf. So viele Jahre Leben, Nells Leben, verschwanden innerhalb von Minuten.

Eve stand sprachlos da, hypnotisiert von den Bildern, die in dem Flammenspektakel auftauchten: Nell lächelnd in der Tür, während Angie in ihren schenkelhohen Gummistiefeln durchs Haus trampelte; Bec als Krabbelkind, die in ihrem Gitterbettchen glucksend auf und ab hüpfte, weil ihre Schwester ihr ein Puppenspiel vorführte; ihr Vater, der sie auf seinem Bein wippte und Hoppe-Hoppe-Reiter sang; Jack auf der Küchenbank, wie er versuchte, sich ein ganzes Sandwich auf einmal in den Mund zu stopfen, während Angie danach griff und sie beide lachten wie die Hyänen. Es war alles hier, alles, all die guten Momente, die sie vergessen hatte, all die Erinnerungen, die mit Bec begraben wurden, glitzerten vor ihr in den Flammen auf.

Hugh lief hinüber zum mittleren Paddock, wo die Pferde immer noch wiehernd auf und ab liefen. Er schöpfte eimerweise Wasser und schüttete es über die Tiere, die er erwischte. Mit dem einstürzenden Haus schien Eves Panik zu schwinden. Minuten später war nur noch eine rauchende Ruine von Holzkohle und Schutt übrig.

Als Hugh zurückkam, schaltete er das Fernlicht aus, und alle drei setzten sich seitlich an den Zaun, um zu verschnaufen.

»Geht es deinem Arm gut?«, fragte Hugh.

Eve sah hinunter und stellte fest, dass ihr linker Arm feuerrot und vom Handgelenk bis zum Ellbogen von Brandblasen übersät war. Das musste passiert sein, als sie am Haus vorbeilief. »Davon habe ich nichts gemerkt.«

»In einer Situation wie dieser übernimmt unser Adrenalin«, sagte Hugh und stand auf. »Es verhindert, dass der Körper Schmerz empfindet. Du musst das unter Wasser halten.« Er ging zum Teich und füllte einen Eimer.

»Nicht besonders sauber, aber nass.«

Eve hielt ihren Arm so weit nach vorne, wie sie konnte. Das Wasser war kalt, dennoch brannte es auf dem Arm. Hugh holte ein Bündel Kleidung aus dem Wagen. Er legte Margo eine Jacke über die Schultern und wickelte Eve ein Handtuch um. So saßen sie einige Zeit schweigend in der rauchgeschwängerten Dunkelheit.

»Hört mal, ich denke, es wäre am klügsten, wenn wir versuchen, zurück in die Stadt zu kommen«, sagte Hugh schließlich. »Hier scheint kein weiteres Feuer zu sein. Wir probieren es wieder über den Feldweg. Falls es irgendwo heikel aussieht, kehren wir um und sitzen die Geschichte aus.«

»Ich muss Harry suchen«, sagte Margo mit ganz kleiner Stimme.

Eve war schockiert, wie zerbrechlich Margo auf einmal wirkte, als das Schlimmste vorbei war. »Dem geht es sicher gut«, sagte sie. Ihre Worte klangen, als kämen sie von jemand anderem.

Hugh half Eve auf. Er wickelte ein nasses Tuch um ihren Arm. Der Schmerz machte ihre Sicht verschwommen … oder war es der Rauch? Sie stand am Wagen und sah zu der Stelle, an der die Haustür gewesen war.

Dort war Nell, überlebensgroß, ihren Westernhut in der einen Hand und mit der anderen zum Abschied winkend.

16

Eve saß auf dem Beifahrersitz und guckte in die Finsternis. Zu beiden Seiten des Wagens ragten verkohlte Bäume auf wie gigantische Wachen, die Arme nackt und deformiert. An einer Stelle musste Hugh um einen umgestürzten Baum herum durch tiefe Löcher und Kuhlen fahren, bevor er wieder auf den Weg gelangte. Als sie in den Feldweg einbogen, hatte dort zwar wie durch ein Wunder das meiste Dickicht überlebt, dennoch lag eine befremdliche Leere über der Landschaft, als wäre nichts Lebendes mehr hier. Eve hatte das Gefühl, sie würden sich in Zeitlupe durch eine postapokalyptische Kulisse bewegen. Vor jeder Biegung machte sie sich auf das Schlimmste gefasst. Keiner konnte garantieren, dass das Feuer nicht direkt hinter ihnen war. So wie die Flammen ihre Richtung gewechselt hatten ... Sie versuchte, nicht darüber nachzudenken. Überhaupt nicht zu denken.

Das nasse Handtuch lag schwer auf ihrem Arm, und jedes Mal, wenn sie sich regte, flutete Schmerz ihren Körper. Sie hielt den Arm horizontal vor ihrem Oberkörper und schob die Fingerspitzen in die Gürtelschlaufen ihrer Jeans.

Bevor sie von der Farm wegfuhren, hatten sie keine Feuerwehrwagen zurückkehren gesehen. Sie hatten gehört, wie Hubschrauber über sie hinwegflogen, die Wasserladungen herangeflogen, um sie abzuwerfen. Einer hatte eine Ladung auf Nells Farm gekippt, als sie gerade losfuhren.

Vergebliche Liebesmüh.

Eve dachte an Banjo, der in seinem Käfig in Hughs Praxis lag. Sie erinnerte sich vage, für ihn gebetet zu haben. Oder für Rain? Sie wusste es nicht mehr.

Margo saß hinten. Sie hatte kein Wort gesagt, seit sie losgefahren waren. Sicher sorgte sie sich um Harry. Er und Margo waren eines von diesen Paaren, die einander ein Leben lang nahe waren. Ein Team. Und auch wenn Eve nicht behaupten konnte, Harry zu mögen, hoffte sie um Margos willen, dass es ihm gut ging, dass sie ihn in irgendeinem Pub beim Bier vorfanden, wo er alles aussaß.

Lichter weiter vorne sagten ihnen, dass sie am Stadtrand angelangt waren.

»Ich denke, dass wir direkt zum Krankenhaus fahren sollten«, sagte Hugh. »Der Arm muss versorgt werden.«

Eve setzte sich aufrechter hin und drehte sich zu Margo um. Deren Gesicht war immer noch schlammverschmiert und sah faltig und eingefallen aus. Unter ihren Augen waren tiefe Ringe, und ihre Lippen waren schrumpelig und grau.

»Nein, halten wir erst mal hier«, sagte sie, als sie an die Festwiese kamen. »Harry könnte hier sein.«

Bei der Erwähnung ihres Mannes sah Eve Margos Augen aufflackern. Ihr mochte der Kopf schwirren, aber sie war noch klar genug, um zu begreifen, dass Margo ihn unbedingt sehen musste. Im Hinterkopf hatte sie das Bild von Jack in dem Feuerwehrwagen. Vielleicht gab es hier auch Neuigkeiten über die Brände, wer vermisst wurde oder verwundet war. Und wer sicher.

»Aber dein Arm!«

»Der ist nicht so schlimm, wirklich«, log Eve.

Hugh zuckte mit den Schultern. »Wie du meinst.«

Es wurden keine Wagen aufs Festgelände gelassen, deshalb parkte Hugh auf dem Grasstreifen am Rand. Inzwischen waren viel mehr Flüchtlinge da als bei Eves letzter Fahrt vorbei an dem Gelände, und die Partystimmung war verpufft. Die Leute saßen in Grüppchen zusammen und redeten oder hörten Radio. Es mussten Hunderte sein.

Hugh sprach den Mann am Tor an. »Gibt es hier jemanden, der die Aufsicht hat?«

»Hinten, in dem Wohnwagen.«

Alle drei gingen den Weg hinunter. Eve hielt Margos Arm mit ihrer gesunden Hand. Sie machte sich Sorgen um Margo, denn es sah ihr nicht ähnlich, so still zu sein. Einige Leute nickten ihnen zu, als sie vorbeigingen, doch sie liefen weiter bis zu dem »Information«-Schild. In dem Wohnwagen saßen ein paar uniformierte Feuerwehrleute und wenige andere in Zivil und redeten in Walkie-Talkies.

»Kann ich Ihnen helfen?«, fragte ein freundlicher junger Mann in einem blauen T-Shirt und einer Jeans, der am Fenster saß.

Ich wette, wir sehen aus, als bräuchten wir Hilfe.

»Wir kommen von dem Feldweg oben, von der Mossy Creek Farm«, erklärte Hugh. »Das Haus meiner … meiner Freundin ist abgebrannt und das Vieh und der Schuppen ihrer Nachbarin.« Er nahm Margos Arm und ermunterte sie wortlos, vorzutreten. »Wir suchen nach Margos Mann. Haben Sie die Leute hier registriert?«

»Wie heißt er?«

»Harry Thompson«, hauchte Margo schwach.

Der junge Mann wanderte eine Liste mit dem Finger ab, die mehrere Seiten lang war. »Hier nicht. Bedaure.«

»Können Sie bitte noch mal nachsehen?«, bat Hugh.

Der arme Junge schien ratlos. Eve konnte nicht glauben, dass er Margo nicht kannte. Jeder kannte sie. Sie und Harry lebten schon länger in dieser Gegend als Nell. Er ging hinüber zu einem Schreibtisch und erzählte einem Kollegen, wonach sie suchten. Beide sahen hin und wieder ernst zu ihnen. Der Sitzende blätterte einige Papiere durch, guckte wieder zu ihnen und schüttelte den Kopf. Der Jüngere kam zurück.

»Er ist hier eindeutig nicht gelistet. Wir können seinen Namen aufnehmen, damit wir wissen, dass er vermisst wird. Dann können Sie wieder nachfragen.«

Eve fiel etwas ein. »Margo, könnte er bei Dean sein?«

»Ja, möglich«, antwortete Margo, und ihr Gesicht wurde ein wenig weicher.

»Wie ist seine Nummer?«, fragte Hugh. Er zog sein Handy aus der Tasche und wählte die Nummer, die Margo ihm aufsagte. Dann gab er ihr das Telefon.

»Luke, bist du das? Hier ist Oma. Ist dein Vater da?« Ihre Stimme zitterte. Sie schaffte es gerade eben noch, sich zusammenzunehmen. Eve beobachtete sie, als sie sich anhörte, was am anderen Ende gesagt wurde, und sah, dass Margo noch bleicher wurde.

Dann drückte sie das Gespräch weg und starrte in die Lücke zwischen Eve und Hugh. »Sie sind im Krankenhaus. Bei Harry.«

»Okay, fahren wir«, sagte Hugh, legte einen Arm um Margos Mitte und führte sie zum Wagen zurück. Eve ging hinter ihnen her. Ein schlimmer Tag konnte offenbar noch fieser werden.

Blitzschnell waren sie von der Festwiese aus beim Krankenhaus. Eve half Margo aus dem Wagen, und Hugh suchte einen Parkplatz. Die arme Margo zitterte am ganzen Leib und bewegte sich mechanisch. Im grellen Licht drinnen konnte Eve sehen, wie furchtbar mitgenommen Margo wirklich war. *Ich dürfte nicht viel anders aussehen,* dachte sie. Aber das spielte keine Rolle. Wichtig war, dass sie Harry fanden und es ihm gut ging, dass sich die Leute um Margo kümmerten und danach vielleicht um Eve. Sie hielt ihren Arm angewinkelt vor sich. Nur so konnte sie verhindern, dass der Schmerz sie komplett ausknipste.

Geh einfach weiter. Du schaffst das.

Eine lächelnde Krankenschwester begrüßte sie am Tresen der Aufnahme, und sie nannten ihr Harrys Namen.

Die Buchstaben auf ihrem Namensschild verschwammen und brachen auseinander, als Eve sie lesen wollte.

S.Y.L …

»Thompson. Ja, er ist auf der Intensivstation. Den Flur runter, dann links und durch die Türen ganz am Ende.«

Dreh dich um. Geh.

Geradeaus. Umdrehen.

Eve stand vor schweren Kunststofftüren und wusste nicht,

wie sie hindurchkommen sollte. Es musste Margo gewesen sein, die sie aufschob. Weiter vorne saß ein einzelner Mann im Warteraum. Margo lief zu ihm.

»Mum, Gott sei Dank! Ich war verrückt vor Sorge. Wir hatten gehört, dass das Feuer in eure Richtung wandert, aber wir konnten nicht zu dir. Dad hat sich mit einem der Polizisten an der Straßensperre gestritten und sich reichlich aufgeregt. Dann ist er plötzlich mitten auf der Straße umgekippt. Ich konnte ihn ins Auto schaffen und hierherbringen. Sie glauben, dass er einen Herzinfarkt hatte.«

»Kommt er wieder in Ordnung?«

»Das wissen sie noch nicht. Sie haben ihn an alle möglichen Maschinen angeschlossen und geben ihm Medikamente, um ihn zu stabilisieren.«

»Kann ich zu ihm?«

»Natürlich. Wir haben versucht, dich anzurufen.« Seine Stimme zitterte. »Ich wusste nicht, was ich machen soll.«

Margo ging zurück zu Eve, die noch an der Tür stand, nahm ihre Hand und führte sie hinüber zu dem Mann. »Ihr zwei erkennt euch sicher nicht wieder. Dean, das ist Eve – Angie Flanagan. Sie ist rübergekommen und hat mir geholfen, alles zu wässern. Die Kühe sind weg und der Schuppen, aber das Haus hat es überstanden. Bei Nells hatten wir weniger Glück.«

Dean streckte Eve die Hand hin. »Hallo, Angie.«

Eve reichte ihm ihre heile Hand, und Dean schüttelte sie.

»Wo ist Harry?«, fragte Margo.

»Da drin.« Dean nickte zu einer Tür und hakte seine Mutter unter. »Es dürfen nur Angehörige zu ihm, tut mir leid.«

Eve lehnte an der Wand und versuchte, sich zu konzentrieren. *Dean ist Margos Sohn. Margo hatte eine Tochter. Ich hatte mal eine Mutter. Sie hieß Nell.*

»Geht es dir gut, Kind? Ich würde dich lieber nicht hier alleine lassen.«

»Nein, ich komme klar, Margo. Geh du rein zu Harry«, antwortete Eve sehr langsam und deutlich.

Dann waren sie fort.

Ascheflocken schwebten um sie herum. Sie sah ihnen zu, wie sie hin und her trieben, sich zu Wirbeln formten und schneller und schneller wurden. Winzige weiße Lichter, die sich drehten. Schimmernd. Jemand kam zu ihr und setzte sie auf einen Stuhl. Sie hatte seinen Namen vergessen, aber er hatte eine schöne Stimme.

Würde ihr Arm nicht so fies pochen, hätte sie durchgehalten. Doch jetzt war der Ascheschnee in ihrem Kopf ein Wirbelsturm, der in ihrem Inneren tobte. Die Stimme sagte etwas von Unfallstation, und dann war Eve wieder auf den Beinen.

Gehen.

Den ganzen Weg zurück durch den Krankenhausflur richtete sie ihren Blick auf einen Fleck ein Stück vor sich, auf den sie zuging. Sie hatte es fast hingeschafft, als sie zu stolpern begann.

»Eve.« Hugh fing sie auf.

Ja, so hieß er: Hugh.

17

Als sie zu sich kam, lag sie in einem fremden Bett. Vom Geruch des Antiseptikums musste sie würgen. Eine Krankenschwester hielt ihr Handgelenk, und ihr linker Arm war verbunden. Ihre Haut fühlte sich klamm an. Sie musste sich übergeben. Die Schwester bemerkte es anscheinend, denn sie hielt ihr eine Schale hin. Ein säuerlicher Geschmack belegte Eves Kehle, als sie angestrengt würgte. Schließlich legte sie sich zurück. Ihre Augen tränten.

»Wir haben Ihnen etwas gegen die Schmerzen gegeben«, sagte die Schwester. »Die Ärztin kommt gleich zu Ihnen. Leider können wir Ihnen noch nichts zu essen geben, aber Sie dürfen ein bisschen Eiswasser trinken.« Die Schwester hob ein Glas mit einem Strohhalm an Eves Mund. Eve konnte ihre rissigen Lippen gerade weit genug öffnen, um zu trinken.

»Danke.« Sie sank wieder in die Kissen zurück und schloss die Augen. Was hatte sie gemacht, bevor sie hier war? Die Bilder tauchten in ungeordneten Fetzen auf: der Marsch den Reitweg entlang, eine zischende Schlange, Feuer.

»Hi, Eve.« Das kam von irgendwo sehr weit weg. Als sie die Augen öffnete, stand Cat neben ihrem Bett.

»Ich habe mir immer solche Augen wie deine gewünscht, weißt du das?« Wieso war das Sprechen so schwierig? Es war, als müsste sie in einer Fremdsprache reden.

»Tja, Pech, was?« Cat lächelte.

»Du bist noch wütend auf mich, nicht, Cat?«

»Nein. Warum soll ich wütend auf dich sein? Ich verbinde dir jetzt den Arm frisch. Du wirst nicht viel merken, weil wir dir reichlich Pethidin gegeben haben. Aber wenn das nachlässt, wird es höllisch wehtun.«

»Schon mich bitte nicht, Cat. Sag mir einfach, wie schlimm es ist.«

»Ist das nicht eher dein Spezialgebiet?«

Cat machte etwas mit ihrem Arm, doch Eve sah nicht einmal hin. Es war schwer genug, bloß zu denken. Sie versuchte, sich an etwas zu erinnern, wusste aber nicht, was es war. Cat. Jack. Cat.

Jack in dem Feuerwehrwagen.

»Geht es Jack gut?« Jetzt lallte sie wie eine Betrunkene.

Sie bekam keine Antwort auf ihre Frage. Vielleicht konnte Cat sie nicht hören. Sie bemühte sich, lauter zu reden. »Geht es Jack …«

»Weiß ich nicht. Er ist noch irgendwo draußen im Buschland. Der Feuerwehrwagen, in dem er war … sie haben den Kontakt verloren.« Obwohl ihr der Kopf schwirrte, bemerkte Eve, dass Cat sie nicht ansah, sondern weiter an dem Verband zupfte.

»Ich habe ihn gesehen. Heute irgendwann.«

Oder war es gestern?

»Du hast ihn gesehen? Wo?«

Jetzt fiel es ihr wieder ein. »Er ist mit den anderen Feuerwehrleuten an der Farm vorbeigefahren. Sie fuhren den Hügel rauf.«

Es schepperte, als etwas zu Boden fiel.

Eine Schwester trat an Eves Bett, und Cat war verschwunden. »Die Ärztin ist gleich zurück. Möchten Sie mehr Wasser?«

»Das ist keine Ärztin«, lallte Eve. »Das ist Cat.«

Eve wachte mit einem Schmerz auf, der alles übertraf, was sie bisher an Schmerzen kannte. Ihr Arm fühlte sich wie geschmolzenes Blei an. Er war wieder bis knapp über dem Ellbogen verbunden. Eve lag noch im Bett, aber die Vorhänge, von denen sie vage erinnerte, dass sie geschlossen gewesen waren, waren nun zurückgezogen. Sie hörte sich stöhnen, als sie sich an das Kopfteil gelehnt aufsetzte, und ihr wurde speiübel.

Sie hatte keine Ahnung, wie spät es war. Oder welcher Tag.

Einige der anderen Patientinnen auf der Station schliefen noch. Eine starrte auf einen Fernseher auf einem Rolltisch. Ihr eines Bein hing in einer Schiene. Als sie herübersah, versuchte Eve, ihr zuzulächeln, doch die Frau glotzte sie bloß an und wandte den Blick wieder ab.

Eine Krankenschwester kam herein, wobei die Gummisohlen ihrer Schuhe auf dem Fliesenboden quietschten. Sie sah auf die Karte unten am Bett und nach der Infusion in Eves Arm. »Guten Morgen, Miss Nicholls. Wie fühlen Sie sich?«

»Mir ging's schon besser«, murmelte Eve.

»Ihr Arm wird leider noch einige Zeit wehtun. Ich komme gleich zum Verbandswechsel.« Als sie sich zu der anderen Patientin umdrehte, fiel Eve ein Gesprächsfetzen ein: Cat hatte sie etwas gefragt. Was?

»Entschuldigung«, krächzte Eve heiser, weil ihr Hals wund war. »Ist Dr. Mitchell da?«

Die Schwester wandte sich wieder zu ihr. »Nein, bedaure. Sie musste nach Hause«, antwortete sie matt. »Ihr Mann war mit ein paar anderen Freiwilligen in einem Feuerwehrwagen unterwegs und wurde vom Feuer eingeschlossen.«

Oh Gott, nein, nicht Jack!

Sie sah ihn mit seinen Kollegen vor sich, als sie an Margos Einfahrt hielten. Wie lange mochte das her sein? Jedenfalls hatte sie Cat davon erzählt, und dass sie nach Westen gefahren waren.

»Was ist mit ihm?« Eve hielt den Atem an, während sie auf die Antwort wartete.

»Wie durch ein Wunder hat er überlebt. Er konnte gerade noch aus dem Truck springen, bevor er in die Luft geflogen ist.« Die Schwester musste sich einen Moment fangen. »Die anderen hatten weniger Glück. Der Mann unserer Frau Doktor steht natürlich unter Schock.«

Im Geiste sah Eve Flammen hoch aufschießen und krümmte sich unter der Decke. Sie konnte die Macht der Hitze noch fühlen, die auf Margo und sie herunterdrückte, die Enge in ihrer Brust, als sie nach Luft rang, das bösartige Röhren des Feuers um sie herum. Sie hatten solch ein Glück gehabt, dass sie dem Inferno entkamen. Und Jack auch.

Als könnte sie ihre Gedanken lesen, sagte die Schwester: »Jemand da oben muss auf ihn aufgepasst haben.« Dann sagte sie bemüht munter: »Ach ja, und Sie hatten Besuch.«

Eve folgte ihrem Blick zu einer Vase mit Telopeas und Wildblumen auf dem Tisch neben ihrem Bett.

Und neben der Vase stand ein auf einem Briefbogen ausgedrucktes Foto: Banjo, der vor dem Käfig in Hughs Praxis saß und in die Kamera grinste.

»Du hast es geschafft«, sagte sie laut.

Sie nahm die Nachricht auf, die an das Foto geheftet war, und las:

Eve (oder Angie oder wer immer Du heute bist),

die Ärztin sagt, dass Du es überstehen wirst. Das freut mich. Ich hätte einen Besucher mitgebracht, aber im Krankenhaus halten sie sich strikt an eine Keine-Hunde-Politik (über Geschmack lässt sich nicht streiten). Ich dachte, das hier wäre ein halbwegs akzeptabler Ersatz. Harry geht es gut – es war nur ein leichter Infarkt – und Margo fühlt sich erheblich besser, nachdem sie selbst versorgt wurde.

Sei vorsichtig mit Deinem Arm,

Hugh

P. S. Ich war draußen auf der Farm. Die Stute war in den Busch gelaufen. Sie ist ein wenig angesengt und hat nicht mehr viel Schweif übrig, ist aber ansonsten noch heil und ganz. Den Van habe ich zur Sicherheit mit zu mir genommen.

P. P. S. Wenn es Dir wieder besser geht, darfst Du mir das Bier spendieren.

Banjo hatte also überlebt. Und Rain auch.

Und Harry. Und Margo. Und Jack.

Die kleine Holzkiste, die sie aus Nells Haus geholt und in Hughs Wagen gepackt hatte, stand neben der Vase. Eve strich über den zerkratzten Deckel. Ihr Urgroßvater hatte die Kiste gebaut und sie seinem Sohn vermacht, der sie Eves Mutter gab. Und jetzt gehörte sie ihr. Im Grunde war sie nichts Besonderes – sah man von ihrer Fähigkeit ab, alles zu überstehen.

Eve zog sie einhändig auf ihren Schoß und schob umständlich den Deckel auf. Ganz oben war der Brief von Nell. Immer noch versiegelt. Eve hielt die untere Ecke mit den Zähnen und riss den Umschlag mit dem Zeigefinger auf, bis sie den Brief herausziehen konnte.

Die krakelige Schrift ihrer Mutter erstreckte sich über das Blatt. Zitternd hielt Eve es und begann zu lesen.

Liebe Angie,

wenn du dies hier liest, bin ich wahrscheinlich schon tot. Wir haben uns so viele Jahre nicht gesehen. Zu lange. Kein Tag vergeht, an dem ich nicht an dich denke und mich frage, wo du bist, ob du jemals an mich denkst, ob du noch lebst.

Ich hoffe, dass es dir gut geht.

Wenn du willst, kannst du das Haus haben. Es gehört dir. Du bist die Letzte von uns, und es steht dir rechtmäßig zu. Außerdem hast du die Farm immer geliebt, als du klein warst, mehr noch als Bec, glaube ich. Du liebtest das, wofür sie steht, genau wie ich.

Mir ist klar, dass zwischen uns furchtbare Dinge geschehen sind, und das tut mir leid. Ich hätte dir nie die Vorwürfe machen dürfen, die ich dir nach Rebeccas Tod machte. Wieder und wieder habe ich sie in Gedanken zurückgenommen, all die Jahre, und ich bete zu Gott – falls es einen gibt –, dass er mir vergibt, auch wenn ich selbst mir nie vergeben kann.

Becs Tod war eine Tragödie, nichts anderes. Ihr wart dort, wo ihr nicht hättet sein dürfen, aber ich weiß, dass du, wäre es irgend möglich gewesen, sie zu retten, es getan hättest. Ich weiß, wie sehr du sie geliebt hast.

Auch wenn es für uns zu spät ist, Angie, hoffe ich, dass du es geschafft hast, nach vorne zu blicken und dir ein Leben aufzubauen. Schuld ist ein böses Gefühl, dass uns innerlich zerfrisst und uns wütend und elend macht. Sie versteinert unser Herz und isoliert uns, macht uns nichts als einsam.

Im Leben kann ich unmöglich wiedergutmachen, was ich zu dir gesagt und dir angetan habe, doch vielleicht kannst du mir jetzt, da ich tot bin, verzeihen.

Mit dem Haus kannst du tun, was immer du willst. Es ist jetzt deines. Vielleicht hast du Kinder, die du herbringen kannst, um sie hier so zu lieben, wie ich dich und deine Schwester geliebt habe, als wir noch zusammen glücklich waren, als ihr jung wart.

Sei glücklich, mein liebes Kind,

Nell

Eve ließ das Blatt auf die Bettdecke sinken, während sie allmählich begriff, was ihre Mutter geschrieben hatte.

Woher hatte sie es gewusst? Wie konnte sie wissen, dass Eve ihr Herz vor der Welt verschlossen hatte? Dass sie sich weigerte, zu lieben und geliebt zu werden?

Die Antwort kam prompt: weil Nell es ebenfalls getan hatte. Es fing an, als Charlie sie wegen einer anderen verließ, und endete, als Becs Asche in die Erde gelassen wurde. Genauso wie für Eve.

Sie hob den Brief hoch, steckte ihn in die Kiste zurück und schob den Deckel zu.

Es gab keine Kinder, wie Nell vermutete, aber sie hatte einen Hund, einen Van und ein Pferd namens Rain. Und selbst wenn es nur noch eine Ruine war, hatte sie ein Zuhause.

Sie schloss die Augen und sah die Eukalyptusbäume von Mossy Creek Farm, wie sie vor dem Feuer gewesen waren, hoch und weiß und glitzernd in der Morgensonne. Und sie sah sich auf einer kastanienbraunen Stute unter ihnen, einen braunen Hund an ihrer Seite.

Danksagung

Zwar ist dies mein erster veröffentlichter Roman, doch ich schreibe schon seit einigen Jahren, und es gibt so viele Menschen, die mich unterstützen und mir auf meinem Weg geholfen haben. Mein aufrichtiger Dank geht an die Mitglieder von The Writers' Dozen. Ohne euch hätte ich wohl aufgegeben. Besonders möchte ich Jen Tomasetti, Yvonne Louis, Pauline Reynolds, Terri Green, Angella Whitton und Monique McDonell danken. Ohne den Ansporn dieser talentierten Frauen wäre der Roman nie geschrieben worden. Ein besonderes Dankeschön an dich, Monique, dafür dass du immer bereit bist, mir zuzuhören, Ideen mit mir auszutauschen und mir unschätzbar wertvolles Feedback zu geben.

Ein riesiger Dank geht an das Team vom Queensland Writers Centre und von Hachette, die das Manuscript Development Program auf die Beine stellten, für das ich 2011 ausgewählt wurde. Meinen Kollegen bei QWC/Hachette – Nicole Cody, Fiona Balint, Susan Johnston, Nicola Alter, Inga Simpson, Alethea Kinsela, Carolyn Daniels und Ross Davies: Danke, dass ihr so eine wunderbare Gruppe seid. Ich freue mich schon auf mehr gemeinsame Ausflüge in die Romanwelt mit euch. Besonders danke ich Ross für seine Anmerkungen, bevor ich den »Abschicken«-Knopf drückte.

Ich danke all meinen Freunden, meiner Familie, den Lehrern und Studenten, die sich für mein Geschreibe interessierten. Und ich danke Wanda Humphries für ihre Anregungen zum entscheidenden Kapitel.

Es ist ein unglaubliches Glück, Vanessa Radnidge als Verlegerin zu haben. Ich danke dir, Vanessa, dass du an meine Geschichte geglaubt hast und mich so behutsam durch den

Prozess vom Manuskript zum fertigen Buch geführt hast. Und ein herzliches Dankeschön an meine wundervolle Lektorin, Kate Stevens, für den stets wachen Blick und die fantastischen Fertigkeiten beim Lektorieren. An alle bei Hachette: Ihr habt die Arbeit zu einem durchweg schönen Erlebnis gemacht. Ich stehe tief in eurer Schuld.

Und schließlich danke ich meiner Familie – mehr als ich es in Worten sagen könnte. Ich danke meinem Pferd Morocco, das mich lehrte, mich meinen Ängsten zu stellen und das Reiten zu genießen. Meiner Mum, Gwen, für alles. Meinen Töchtern Georgia, Freya und Amelia danke ich dafür, dass sie mich in die Welt der Pferde einführten und mir täglich eine gute Dosis Liebe, Ermutigung, Unterstützung und Inspiration gönnen. Und meinem Mann John danke ich, dass er der geduldigste und zuversichtlichste Mann der Welt ist, der immer an mich glaubt.